V. M. BURNS

Mord von seiner besten Seite

Weiterer Titel der Autorin

Tod zwischen den Zeilen

Über die Autorin

Valerie M. Burns wurde in Northwest Indiana geboren, verbrachte einen Großteil ihres Lebens an der Küste des Michigansees und lebt heute in Tennessee. Sie studierte Urbanistik, Politik- und Literaturwissenschaft. Ihr Romandebüt *Tod zwischen den Zeilen* wurde 2017 in der Kategorie *Best First Novel* für den *Agatha Award* nominiert.

V.M. BURNS

Mord von seiner besten Seite

EIN FALL FÜR BUCHHÄNDLERIN SAM WASHINGTON

Kriminalroman

Aus dem Englischen von
Angela Koonen

lübbe

Dieser Titel ist auch als Hörbuch und E-Book erschienen

Vollständige Taschenbuchausgabe

Deutsche Erstausgabe

Einband-/Umschlagmotive: © Getty Images Plus (15);
Alena Petrachkova/Adobestock
Umschlaggestaltung: Guter Punkt, München | www.guter-punkt.de
Satz: hanseatenSatz-bremen, Bremen
Gesetzt aus der Bembo Std
Druck und Verarbeitung: GGP Media GmbH, Pößneck
Printed in Germany

ISBN 978-3-404-18862-8

2 4 5 3 1

Sie finden uns im Internet unter
luebbe.de
Bitte beachten Sie auch: lesejury.de

In liebevoller Erinnerung an Coco Chanel
für siebzehn Jahre Liebe und Kuscheln

1

North Harbor, Michigan

»Hast du den Aufzug dieses Flittchens gesehen?«

»Schsch.« Ich schaute nach allen Seiten, ob das »Flittchen« außer Hörweite war. Taktvolles Benehmen war nicht Nana Jos Stärke.

»Komm mir nicht mit ›Schsch‹, Sam! Ich habe schon Sumoringer gesehen, die mehr anhatten.«

Meine Großmutter übertrieb mal wieder, aber nicht sehr. Melody Hardwick war dünn wie ein Supermodel, stark geschminkt, studierte im vierten Jahr und klebte im übertragenen und buchstäblichen Sinn an meinem Mitarbeiter Dawson Alexander.

»Dem Jungen ist hoffentlich klar, dass sie nur eine Goldgräberin ist.« Nana Jo hatte Melody von Anfang an nicht gemocht.

»Du weißt doch gar nicht, ob sie es auf sein Geld abgesehen hat. Du kannst sie bloß nicht leiden.« Ich schloss die Ladentür zu. »Außerdem hat Dawson überhaupt kein Geld.«

»Mag sein, dass er zurzeit keinen Cent in der Tasche hat, aber der Junge hat FEP.« Nana Jo wischte die Kassentheke ab und leerte den Papierkorb.

»Was heißt ›FEP‹?«

»Fantastisches Erwerbspotenzial. Er ist der beste Quarterback der MISU Tigers seit zehn Jahren. Sie sind ungeschlagen, und wenn es so weitergeht wie in der letzten Woche, haben sie gute Chancen, ins Finale zu kommen und vielleicht die Meisterschaft zu gewinnen.«

Meine Großmutter begeisterte sich seit jeher für Sport, aber seit der Quarterback der Michigan Southwest University, von den Einheimischen »MISU« genannt, in meiner Buchhandlung jobbte, war sie fanatische Anhängerin seiner Mannschaft.

»Es war ihm peinlich. Hast du gesehen, wie sie an ihm geklebt hat?«

»Dawson ist ein großer Junge. Er kann schon selbst entscheiden.«

Sie blickte mich an, als wäre sie davon nicht überzeugt. Offen gestanden, war ich es auch nicht. Ich machte mir seinetwegen Sorgen. Das Studium fiel ihm schwer. Am Ende des ersten Jahres war ihm eine akademische Probezeit gewährt worden. Weil er den ganzen Sommer über gebüffelt und von Nana Jo und mir Nachhilfe bekommen hatte, waren seine Zensuren besser geworden, er war nicht suspendiert worden und hatte sein Leben neu ausgerichtet. Er brauchte eigentlich nicht mehr in der Buchhandlung zu arbeiten. Sein Football-Stipendium deckte Miete und Essen. Ich wollte von ihm eigentlich nie Geld für das Apartment über meiner Garage verlangen, aber Studenten mussten die Hausraten einbringen und fair für ihre Arbeit bezahlt werden.

»Solche Mädchen bedeuten nichts als Ärger. Denk an meine Worte. Sie wird sich bei der ersten Gelegenheit mit einer Schere an Dawson ranschleichen, wie Delila an Samson.«

Nana Jo riss mich aus meinen Gedanken und weckte

in mir die Sorge, die ich glaubte, verdrängt zu haben. Ich versuchte, sie zu vertreiben, doch sie blieb im Hinterkopf.

Wir putzten den Laden, und dann machte sie sich eilig auf den Weg zu einem Date mit ihrem Freund Freddie.

Bei einer schnellen Runde durch die Regale sah ich mir an, wie ordentlich die Bücher in den Fächern standen. Ich staunte noch immer, dass *Market Street Mysteries* mir gehörte. Mein verstorbener Mann und ich hatten jahrelang davon geträumt, eine Krimibuchhandlung zu eröffnen. Nach seinem Tod, der inzwischen ein Jahr zurücklag, lebte ich unseren Traum.

Ich ließ die Fingerspitzen über die soliden Borde gleiten, die noch nach Holz rochen und von der öligen Politur glänzten, die mein Tischler Andrew mir gegeben hatte. Nach sechs Monaten lief das Geschäft gut, und ich fand es noch immer aufregend, darin umherzuschlendern und zu denken, dass dies mein Eigentum war. Während ich von Regal zu Regal ging, hörte ich Krallen auf dem Holzboden klicken, denn meine vierbeinigen Gefährten Snickers und Oreo begleiteten mich. Meine Liebe zu Kriminalromanen mochten die beiden Pudel nicht teilen, aber sie schätzten definitiv die Gebäckkrümel, die ihren Weg unter Büchertische und die Kassentheke fanden.

An der Rückseite des Geschäfts lag der eingezäunte Garten, in dem ich mich erholen und die Hunde Eichhörnchen jagen und in der Sonne liegen konnten. Wenn der Herbst am Michigansee einzog, wurde es kalt. Das Laub ging von Gelbgrün zu sattem Gelb, Burgunderrot und Rostrot über. Der See wechselte ebenfalls vom ruhigen Dunkelblau des Sommers zu dem hellen Blau, das mit dem Horizont verschwamm und vom Himmel nur durch die weißen Wellenkämme zu unterscheiden war, die über das Wasser tanzten und ans Ufer schlugen.

Der Herbst war meine liebste Jahreszeit. Da hielt ich mich viel im Freien auf und genoss das Abendrot, so auch an diesem Abend, bis Snickers mir zu verstehen gab, dass sie ihr Fressen noch nicht bekommen hatte, indem sie an meinen Beinen kratzte und mir die Strumpfhose ruinierte. Ich musste unbedingt daran denken, gleich am nächsten Morgen einen Termin mit dem Hundesalon zu vereinbaren, oder ich durfte vorerst keine Röcke tragen.

Solange mein Mann Leon und ich von der Buchhandlung geträumt hatten, hatten wir die Drei-Zimmer-Wohnung in der oberen Etage vermieten wollen, um unsere Fixkosten zu reduzieren. Nach seinem Tod hatte ich unser damaliges Haus verkauft und war mit meinen Pudeln in das neue gezogen. Eines Tages hatte ich in meinem Garten ein Mordopfer gefunden. Seitdem schlief Nana Jo meistens in meinem Gästezimmer, obwohl sie ein Haus in der Seniorenwohnanlage hatte. Dass ich mich in der Wohnung so wohlfühlen würde, hätte ich nie gedacht.

Nächste Woche jährte sich Leons Tod zum ersten Mal. Der Schmerz war inzwischen nicht mehr so lähmend. Tagsüber lenkte mich die Arbeit ab, aber abends wurde es für mich schwer. Vor einem Jahr hatte ich angefangen zu schreiben, um mich geistig zu beschäftigen und meine Zeit auszufüllen. Vor sechs Monaten hatte ich die erste Fassung eines britischen Kuschelkrimis abgeschlossen und seitdem überarbeitet.

Nana Jo wollte, dass ich ihn an einen Literaturagenten schickte, doch dann müsste ich jemand anders als meiner liebenden Großmutter erlauben, ihn zu lesen. Ich war noch nicht bereit, mich demütigen und zurückweisen zu lassen. Und in dem unwahrscheinlichen Fall, dass ein Verleger an meinem Roman interessiert wäre, stünde ich vor einem weiteren Problem: Er würde wissen wollen, was ich als Nächstes schreiben könne. Aber was, wenn ich lediglich ein Buch in mir hatte?

Die Frage ließ sich nur auf eine Art beantworten: durch einen zweiten Versuch. Deshalb kochte ich mir nach dem Abendessen einen Tee und setzte mich an meinen Laptop.

Wickfield Lodge, Landsitz von Lord William Marsh,
November 1938

Thompkins betrat den hinteren Salon, wo die Familie beim Tee saß, und räusperte sich. »Der Duke of Kingfordshire ist am Telefon.«

Lady Daphne saß an ihrem Lieblingsplatz beim Fenster. Sie war im Begriff, sich zu erheben, hielt jedoch inne, als Thompkins sich erneut leise räusperte.

Er wandte sich an Lady Elizabeth. »Der Herzog bittet, Eure Ladyschaft sprechen zu dürfen.«

Lady Elizabeth Marsh schaute zu ihrer Nichte Daphne, deren Erröten ihr nicht entging. Sie stellte die Tasse ab und eilte aus dem Salon. In der Bibliothek nahm sie den Hörer ab. »Hallo, James, mein Lieber, gibt es …«

»Gott sei Dank, Sie sind zu Hause. Ich bedaure, aber mir bleibt keine Zeit für Höflichkeiten. Eile ist geboten.« Lord James Fitzandrew Browning, normalerweise ruhig und entspannt, sprach mit leicht schwankender Stimme, was die Dringlichkeit seines Anrufs noch deutlicher widerspiegelte als seine Worte und sein inkorrektes Benehmen. Der Herzog holte tief Luft und sprach weiter. »Es wird Ihnen sonderbar vorkommen, aber Sie müssen mir vertrauen. Sie werden einen Anruf der Herzogin von Windsor erhalten, die darum bitten wird, ihre Jagdgesellschaft am kommenden

Wochenende in Wickfield Lodge aufzunehmen. Es ist essenziell, dass Sie ihr das gestatten.«

Was immer Lady Elizabeth erwartet haben könnte, dies ganz gewiss nicht. Einen Moment lang war sie wie erstarrt, bevor sie sich so weit fasste, dass sie darauf eingehen konnte. »Aber natürlich, James. Wir … wir haben noch nichts vor.«

James ließ einen tiefen Seufzer hören, und sie sah ihn beinahe vor sich, wie er sich die Stirn wischte.

»James, Sie wissen, wir helfen gern, wo wir können, aber Sie sagten, das sei essenziell. Essenziell für wen?«

James zögerte kurz mit seiner Antwort. »Für England. Für die Krone. Vielleicht für die ganze Welt.«

2

An Samstagen war in der Buchhandlung viel zu tun, und deshalb war ich froh, dass meine Neffen Christopher und Zaq für die Herbstferien vom College heimgekommen waren und im Geschäft aushalfen. Auch den Sommer über waren mir die Zwillinge eine unschätzbare Hilfe gewesen. Sie waren zwanzig Jahre alt, groß und schlank und sahen einander zum Verwechseln ähnlich, waren aber charakterlich so verschieden, dass man sie ganz leicht auseinanderhalten konnte. Christopher war kaufmännisch orientiert und neigte zum Preppy-Look, Zaq dagegen hatte ein Händchen für Technik und kleidete sich provokant. Keiner der beiden hatte etwas für Krimis übrig, doch sie waren begabt, und ich war ihnen dankbar, weil sie Zeit für ihre Tante opferten und sich ihr Taschengeld nicht woanders verdienten.

Nana Jo las gern Krimis und verstand es, die Wünsche der Kunden zu ermitteln und ihnen die passenden Autoren und Krimigenres wie Hardboiled, Detektivroman, Kuschelkrimi oder Polizei-Thriller zu empfehlen.

Heute begann das Heimspielwochenende für die MISU und die Bye Week, die spielfreie Woche für die Jesus Andrea Mary University, von den Einheimischen »JAMU« genannt, an der die Zwillinge studierten. Als Dawson seinerzeit angefangen hatte, bei mir zu arbeiten, hatte ich überlegt, in der Buchhandlung einen Fernseher aufzustellen, damit wir ihn samstags spielen sehen konnten. Jedoch schien mir ein Fernsehgerät in einer Buchhandlung paradox zu sein. Ich wählte schließlich einen Mittelweg, indem ich auf den sanften Jazz verzichtete, den ich sonst laufen ließ, und auf den Sportsender schaltete, zumindest wenn Spiele der MISU und der JAMU übertragen wurden.

Ich rechnete mit Beschwerden der Kunden, die sich gern in einen Sessel setzten und in Ruhe lasen. Aber bisher waren die Kommentare positiv gewesen. Vermutlich war das ihrem Wunsch geschuldet, einen Jungen ihrer Stadt zu unterstützen, zumal sie eine Vorliebe für das von Dawson produzierte Gebäck hegten. Für jemanden, den sie persönlich kannten, waren sie bereit, ein wenig Ruhe zu opfern.

Zum Glück hatten Dawson und die MISU Tigers das Spiel mit einem gesunden Vorsprung von drei Touchdowns gut im Griff. Ein Sieg der eigenen Mannschaft machte die Kunden glücklich, und glückliche Kunden gaben mehr Geld aus.

Sobald sich in der Stadt herumgesprochen hatte, dass Dawson bei mir wohnte und arbeitete, waren mehr Leute in den Laden gekommen. Viele waren Football-Fans, die ihm gratulieren und über Sport plaudern wollten oder um Autogramme für ihre staunenden Kinder baten. Die übrigen waren junge Mädchen, die für ihn schwärmten und schüchtern zu ihm hinschauten, wenn er arbeitete, und sich kichernd hinter einem Buch verbargen, sobald er zu ihnen blickte. Der zusätzliche Kundenverkehr war gut fürs Geschäft, unabhängig von den Gründen.

Das MISU-Team gewann mühelos, und ich hatte am Ende des Tages sehr viel eingenommen. Die Zwillinge waren am Abend verabredet und machten sich nach Ladenschluss sofort auf den Heimweg.

»Du solltest mit uns ins Casino gehen«, sagte Nana Jo.

»Danke, aber ich werde zu Hause bleiben. Ich möchte ein paar Seiten schreiben.« Wir ordneten Bücher in die Regale ein und putzten.

»Wunderbar. Du arbeitest an einem neuen Band der Reihe? Weißt du, ich bin wirklich stolz auf dich. Doch du musst dein Manuskript endlich an Literaturagenten schicken. Soweit ich weiß, ist es ein langer Prozess, bis man veröffentlicht wird. Ich habe irgendwo gelesen, dass Agatha Christie fünf Jahre lang abgelehnt wurde, bevor sie ihren ersten Buchvertrag unterschrieb.«

»Ich weiß. Es ist …«

Die Alarmanlage, die seit dem Sommer installiert war, sprang an. Ich erschrak derart, dass ich die Bücher fallen ließ, die ich einsortieren wollte. Der Alarm schrillte, sobald eine Tür oder ein Fenster geöffnet wurde – manchmal sogar, wenn die Anlage nicht scharf geschaltet war. Nana Jo trat um mich herum, um zu sehen, wer hereingekommen war, und ich hob die Bücher auf.

Hastig legte ich sie auf den nächsten Tisch und eilte nach vorn. Ich hätte schwören können, dass ich die Ladentür zugeschlossen hatte. Gerade als ich um die Ecke bog, hörte ich Nana Jo reden.

»Wir haben geschlossen.«

»Oh, ich weiß. Ich dachte nur, ich warte hier auf Dawson.«

Ich überlegte, woher ich die Stimme kannte. Als ich in den Hauptgang trat, sah ich Dawsons spärlich bekleidete Freundin Melody. Ihr heutiges Outfit bestand aus mehr Stoff als das gestrige, aber der Unterschied war gering. Ein schwarzer hautenger Minirock und ein kurzes Mesh-Top mit tiefem V-Ausschnitt, das nur die Brüste bedeckte, und rote zehn Zentimeter hohe Pumps, die Nana Jos Freundin Irma als »Nuttenschuhe« bezeichnet hätte.

»Gott erbarme sich. Was hast du denn da an?« Nana Jo betrachtete sie mit offenem Mund.

Ihr schockierter Gesichtsausdruck war an Melody nicht verschwendet. Die drehte sich lachend um die eigene Achse, um Nana Jo den Gesamteindruck zu gönnen. »Toll, hm?«

»Kommst du gerade von der Stange?«

Melody errötete, neigte den Kopf zur Seite und machte einen Schritt auf sie zu, als wollte sie etwas Beleidigendes erwidern.

Viele junge Menschen hielten Ältere für schwächlich. Allerdings wog meine Nana Jo hundert Kilo und hatte den Grünen Gürtel in Aikido. Außerdem konnte sie eine Fledermaus auf dreihundert Meter Entfernung von der Dachrinne schießen. Fragen Sie mich nicht, woher ich das weiß. Trotz des Altersunterschieds hätte ich bei einem Zweikampf mein Geld auf Nana Jo gesetzt.

Ich trat dazwischen. »Dawson ist nicht da, und das Geschäft ist geschlossen. Ich schlage vor, du versuchst es auf dem Campus.«

Melody sah mich an wie einen Kaugummi unter ihrer Schuhsohle.

»Was ist hier los?«

Ich war so sehr darauf konzentriert gewesen, einen Streit zwischen Nana Jo und Melody zu verhindern, dass ich Dawsons Schritte nicht gehört hatte.

Melody offenbar auch nicht. »Dawson. Wie lange bist du schon hier?« Sie lächelte breit.

»Lange genug.« Bei seinem eisigen Ton drehte ich den Kopf. Sein Blick war hart, sein Gesicht wie versteinert.

»Was machst du hier, Melody? Ich habe dir gestern gesagt, dass Schluss ist.«

Mit demselben breiten Lächeln schlenderte Melody an mir vorbei. »Ich wusste, du meinst das nicht so. Wir haben gestern beide Sachen gesagt, die wir nicht so meinten.« Sie ging nah an ihn heran, legte die Handflächen an seine Brust und neigte sich zu ihm. »Lass uns zu dir hochgehen und über alles reden, ja?«

Ein paar Sekunden lang rührte sich Dawson nicht, aber ich sah die Ader an seiner Schläfe hervortreten. Schließlich nahm er Melody entschlossen beim Handgelenk.

Sie verzog das Gesicht. »Autsch. Du tust mir weh.«

Dawson drehte sich um und ging auf demselben Weg hinaus, auf dem er hereingekommen war, wobei er Melody mit sich zog.

»Anscheinend war er intelligent genug, um das billige Flittchen zu durchschauen«, murmelte Nana Jo. »Die haben wir zum letzten Mal hier gesehen.«

Ich lief zur Ladentür, um abzuschließen. Irgendetwas an Melodys Gesichtsausdruck und ein Kribbeln im Nacken sagten mir, dass Nana Jo sich irrte und dass dies noch nicht alles gewesen war.

Gewöhnlich verbrachte ich die Sonntage mit meiner Mutter. Wir gingen in die Kirche, danach essen, und anschließend unternahmen wir etwas. Heute machten wir einen Einkaufsbummel in der Innenstadt von South Harbor.

Im Gegensatz zu North Harbor gab es hier ein belebtes Geschäftszentrum mit malerischen Kopfsteinpflasterstraßen und Backsteinhäusern. In Konfiserien bekam man alles von Butter-Toffees über Trüffel bis hin zu überteuertem Kaffee. Zwischen altmodischen Sodashops und Antiquitätengeschäften reihten sich Klamottenläden aneinander, in denen die Schuhe mehr kosteten, als ich in einem Monat als Lehrerin verdient hatte.

»Honey, ist der Kaschmirpulli nicht schön? Der würde dir großartig stehen.« Meine Mom hielt ein bonbonrosafarbenes Strickteil hoch, das gerade über einen meiner Oberschenkel gepasst hätte.

»Nicht mal im Traum würde ich in den hineinpassen, Mom.«

»Den wird es auch in anderen Größen geben. Ich finde wirklich, du solltest deine Garderobe aufbessern. Du hast nur schwarze und braune Sachen. Du läufst noch immer herum, als wärst du in Trauer.« Sie hielt mir das flauschige Ding unters Kinn.

Als ich aufs Preisschild sah, blieb mir die Spucke weg. »Soll das ein Witz sein? Der kostet ja beinahe mehr als meine monatliche Rate für den Hauskredit.«

»Du solltest mehr Wert auf deine Erscheinung legen. Seit Leon tot ist, lässt du dich gehen. Ich denke, du versteckst dich hinter deiner Trauer, und es ist Zeit, dass du wieder anfängst zu leben und vielleicht auch mal mit jemandem ausgehst.«

Ich starrte sie mit offenem Mund an. »Wir können nicht alle wie die Fürsten leben. Ich habe weder die Zeit noch das Geld, um mir ständig die Nägel und die Haare machen zu lassen und überteuerte Pullover zu kaufen. Ich muss mich um mein Geschäft kümmern.«

Die Verkäuferin, die mit einem strahlenden Lächeln zu uns gekommen war, wandte sich ab und ging weg.

Seufzend legte meine Mutter den Pullover zurück und schlenderte in den hinteren Bereich der Boutique. Ihr Seufzen sagte mehr als tausend Worte. Offenbar hatte ich sie wieder einmal enttäuscht. Einen Moment lang stand ich da, dann sah ich mir die Pullover an einem Ständer an und suchte nach einem, den ich anziehen könnte, ohne wie eine Wurst in der Pelle zu stecken.

Grundsätzlich konnte ich mir den rosa Pulli schon leisten. Während meiner Ehe war das Geld immer knapp gewesen. Ein Koch und eine Englischlehrerin kauften keine Kaschmirpullover. Aber ich hatte unser Haus verkauft und mit dem Geld aus der Lebensversicherung mein jetziges erworben. Die Buchhandlung warf Gewinn ab, nicht so viel, um in der *Fortune* erwähnt zu werden, doch dank niedriger Fixkosten, sparsamer Lebensführung und harter Arbeit kam ich ganz gut über die Runden. Ein Kaschmirpullover würde mich nicht in den Ruin stürzen, und meine Mom wäre glücklich. Aber als erwachsene Frau von Mitte dreißig sollte ich mir keinen Pullover kaufen müssen, den ich nicht haben wollte, nur um meine Mom glücklich zu machen. Ich wünschte, Nana Jo hätte uns begleitet. Sie hätte mich verstanden und zwischen uns vermittelt.

Meine Mutter war ganz anders als sie. Man glaubte kaum, dass die beiden Mutter und Tochter waren. Josephine Thomas war groß und robust. Grace Hamilton, meine Mutter, dagegen klein und recht zierlich. Mit eins zweiundfünfzig wog sie tropfnass nur fünfzig Kilo. Sie glich einer zarten Porzellanfigur, die man ins oberste Fach einer abschließbaren Vitrine stellte, damit man sie nicht versehentlich zerbrach. Mein Großvater hatte sie immer seine »kleine Prinzessin« genannt und ihr die »Prinzessin-Flause« in den Kopf gesetzt, wie Nana Jo es ausdrückte. Meine Mutter war jetzt Mitte sechzig und hatte außer im eigenen Haushalt noch nie gearbeitet. Sie hatte bis zum Tod meines Vaters niemals eine Rechnung bezahlt. Sie war eben die Prinzessin.

Ich setzte meine Mom vor ihrer Eigentumswohnung

in South Harbor ab und fuhr über die Brücke nach North Harbor, wo ich lebte. Die pinkfarbene Ladentüte auf dem Rücksitz enthielt einen weißen Kaschmirpullover, den ich aus Angst, ihn zu bekleckern, bestimmt nie tragen würde.

Nun bog ich auf den Parkplatz des Spirituosengeschäfts ein, das sich in meiner Nachbarschaft befand, und sah auf die Uhr. Zum Glück war es nach zwölf, sodass Alkohol verkauft werden durfte. Laut der Nummernschilder gehörten die anderen vor dem Geschäft geparkten Autos Einwohnern von Indiana, die die Staatsgrenze überquert hatten, weil sie in Michigan auch sonntags alkoholische Getränke kaufen konnten. Wir alle überschritten mal die eine oder andere Grenze. Ich hatte nur nicht die Zeit oder die Energie, um darüber nachzudenken, welche es bei mir gerade war. Anstelle einer Therapie musste eine Flasche Wein fürs Erste genügen.

Während des Sommers hatte ich Dawson oft gesehen, nach Beginn des Herbstsemesters kaum noch, obwohl er über meiner Garage wohnte. Zweimal am Tag Football-Training, Gewichtheben und Unterricht nahmen den Großteil seiner Zeit in Anspruch. Doch er backte gern und konnte das wirklich gut. Sein Apartment war winzig, und in seiner Küchenzeile gab es nur eine Kochplatte und keinen Backofen. Deshalb hatte er sich angewöhnt, meine Küche zu benutzen und jeweils für eine ganze Woche zu backen.

Als ich durch die Hintertür hereinkam, wehte mir von der Treppe ein köstlicher süßer Duft entgegen.

Ohne meine gewohnte Eskorte stieg ich die Treppe hoch. Snickers und Oreo hörten es, wenn ich das Garagentor öffnete, und sprangen mir an anderen Tagen bellend entgegen. Allerdings war die Möglichkeit, dass ein Plätzchen auf den Boden fiel, an diesem Tag viel verlockender als das Wiedersehen mit mir.

Ich stellte die Flasche Wein auf die Kassentheke und entledigte mich achtlos der pinkfarbenen Hochglanztüte. Dawson stand mit dem Rücken zu mir, als er ein Blech mit Plätzchen aus dem Herd zog und zum Abkühlen auf der Arbeitsfläche abstellte.

»Was für ein herrlicher Duft.« Er beschwor das Bild von Vanilleschoten, Mandeln und Zucker herauf, und ich atmete tief ein.

»Danke. Sie kommen gerade richtig, um eins zu kosten.« Dawson drehte sich zu mir um.

»Du meine Güte! Was ist mit deinem Gesicht passiert?«

Er antwortete nicht, sondern senkte den Kopf. Ich eilte um den Küchentresen herum und drehte sein Gesicht ins Licht, um mir die Verletzungen näher anzusehen. Drei rote Kratzer zogen sich über beide Wangen. Unter dem linken Auge hatte er eine Platzwunde und an der Stirn einen Bluterguss. Seine Augen waren gerötet, und dunkle Schatten deuteten an, dass er kaum geschlafen hatte.

Er wollte sich abwenden, doch ich hielt sein Kinn fest und zwang ihn, mich anzusehen.

»Was ist passiert?«

Dawson blieb so lange stumm, dass ich schon nicht mehr mit einer Antwort rechnete, aber auch ich sagte kein Wort. Schließlich hielt er das Schweigen nicht mehr aus. »Nichts weiter.«

Ich schnaubte. »Also, nach ›nichts‹ sieht es nicht aus.«

Dawson zuckte mit den Schultern. »Das ist nichts Schlimmes.« Sanft, aber bestimmt nahm er meine Hand weg und zog sich zur hinteren Küchenwand zurück, wo er sich anlehnte und die Arme verschränkte, wie um eine Barriere zwischen uns zu schaffen.

Ich holte tief Luft und versuchte, ruhig zu atmen. »War das dein Vater? Wurde er entlassen?«

Er schüttelte den Kopf.

»Wer dann?«

Er ließ wieder den Kopf hängen. »Sagen wir einfach, Melody hat das endgültige Aus unserer Beziehung nicht so gut aufgenommen.«

»Du solltest zum Arzt gehen. Die Kratzer sind tief und könnten …«

Er schüttelte den Kopf, bevor ich zu Ende gesprochen hatte. »Wenn ich das tue, steht es am nächsten Tag in der Zeitung.«

Traurig, dass ein Neunzehnjähriger fürchten musste, in die Zeitung zu kommen, weil er mit einem Mädchen Schluss gemacht und sie ihm dafür das Gesicht zerkratzt hatte. Doch in dieser Saison bekamen die MISU Tigers viel öffentliche Aufmerksamkeit und ganz besonders Dawson.

Ich ging ins Bad und holte einen Kühlverband und Jod. Dawson weigerte sich nicht, als ich ihn aufforderte, sich an den Esstisch zu setzen, und beschwerte sich auch nicht, als ich die Wunden versorgte. »Die Zeitungen sind deine geringste Sorge. Warte nur ab, wenn Nana Jo das erfährt!«

Er zuckte zusammen, aber ich konnte nicht erkennen, ob das am Jod lag oder an meinem Hinweis auf Nana Jos Reaktion.

»Was für eine ungewöhnliche Bitte! Und mehr wusste James darüber nicht?«, fragte Lord William, während er geistesabwesend ein Stück von seinem Scone abbrach und an Cuddles verfütterte, den Cavalier King Charles Spaniel, der zu seinen Füßen saß.

»Zumindest hat er nichts Näheres gesagt. Aber ich bin mir

sicher, dass er uns ins Bild setzen wird, sobald er hierherkommt.« Lady Elizabeth nahm ihre Handarbeit aus dem Korb und strickte weiter. Wie sie hin und wieder sagte, half ihr das, klar zu denken.

»Wird Lord Browning auch teilnehmen?« Lady Daphne Marsh zupfte ein imaginäres Fädchen von ihrem Rock und mied den Blickkontakt mit ihrer Tante.

»Nun, vermutlich. Allerdings habe ich ihn nicht danach gefragt. Ich nehme es nur an.« Elizabeth schaute ihren Gatten an. »Du hast doch nichts dagegen, mein Lieber, nicht wahr?«

»Nein. Nein. Natürlich nicht.« Lord William warf den Rest des Scones dem Hund hin und zog seine Pfeife hervor. »James hätte die Bitte sicherlich nicht geäußert, wenn es nicht wichtig wäre.«

»Genau das dachte ich auch.« Lady Elizabeth strickte weiter.

»Ich nehme nicht an, dass du etwas darüber weißt?« Lord William sah seine Nichte fragend an.

Lady Elizabeth seufzte. Manchmal war ihr Gatte zu begriffsstutzig, um die Zeichen richtig zu deuten, andernfalls hätte er bemerkt, dass Daphne kaum gesprochen hatte, seit der Name James Browning gefallen war. Die beiden hatten sich vor sechs Monaten kennengelernt, als Lord James seinem früheren Klassenkameraden und Freund Victor Carlston, dem Earl of Lochloren, zu Hilfe gekommen war. Man hatte den Earl beschuldigt, einen von Daphnes Verehrern ermordet zu haben. Damals meinte Victor, er sei in Daphne verliebt, und um sie zu schützen, schritt er ritterlich ein und ließ die Polizei glauben, er habe den Mord begangen. Lord James half, den wahren Mörder zu entlarven, sodass sein Freund der Verurteilung entging. Victor lebte nun im Eheglück mit Daphnes Schwester Penelope auf dem Nachbaranwesen, Bidwell Cottage.

Die Marshs hofften, bald eine weitere Hochzeit ankündigen zu können, da Lord James und Lady Daphne füreinander bestimmt zu sein schienen. Allerdings waren die Besuche des Herzogs in letzter Zeit immer seltener geworden.

»Nein. Ich habe mit James … äh, dem Herzog seit fast zwei Wochen nicht mehr gesprochen«, antwortete Daphne nahezu flüsternd.

»Am besten, du sagst Thompkins, sie sollen sich auf Gäste einstellen«, meinte Lord William.

»Das werde ich tun, aber ich denke, ich warte damit, bis wir uns sicher sein können«, erwiderte Lady Elizabeth. »Immerhin hat Wallis noch nicht angerufen. Ich weiß nicht einmal, wie viele Leute wir zu erwarten haben.«

»Nimmst du an, dass David auch kommt?«, fragte Lord William.

»Ich habe keine Ahnung«, antwortete sie, ohne von ihrer Handarbeit aufzublicken. »Zuletzt hörte ich, er sei in Frankreich.«

»Es wird doch kein Problem mit der Königinmutter oder der übrigen Familie geben?«, hakte Daphne nach.

»Nun, das hängt davon ab, welche Art Problem du meinst.« Lady Elizabeth strickte still einige Maschen. »Sein Bruder Bertie und dessen Frau Elizabeth sind noch immer sehr verärgert, und die Königinmutter ist von David enttäuscht. Ich bedaure nach wie vor sehr, dass niemand von der Familie an der Hochzeit teilgenommen hat.«

Lord William brauste auf. »Aber wie hätten wir teilnehmen können? Das wäre ein Zeichen gewesen, dass die Familie Davids Thronverzicht und die Eheschließung mit einer geschiedenen Frau – einer Amerikanerin – billigt.« Er fuchtelte mit seiner Pfeife und verstreute dabei Asche über das Sofa.

Lady Elizabeth blickte auf und schüttelte den Kopf. Auf dem Sofa zeigten sich allmählich kahle Stellen, weil die Hausmädchen ständig Tabakkrümel herunterbürsten mussten. »Nun, ich weiß nicht, ob die Tatsache, dass sie zweimal geschieden wurde oder Amerikanerin ist, das Verwerfliche daran war. Ich hätte es erwogen teilzunehmen, wenn die Hochzeit einen Tag eher oder später stattgefunden hätte.«

»Ich stimme dir zu. Es war, als wollten sie der Familie eine lange Nase drehen, indem sie sich an König Georges Geburtstag vermählen«, sagte Daphne. »Wirklich, am Geburtstag seines Vaters!«

»Schlechtes Benehmen.« Lord William stopfte sich die Pfeife.

»Ungeachtet der Umstände sind David und Bertie Brüder, und ich glaube, sie werden die Sache am Ende bereinigen«, meinte Lady Elizabeth. »Außerdem sagte James, es sei unerlässlich für die Krone, die Jagdgesellschaft bei uns zu empfangen. Das kann nur bedeuten, dass der König zumindest davon weiß.«

Lord William nickte und paffte weiter vor sich hin.

»Wie dem auch sei. Es scheint nicht so, als würden wir erfahren, wie die Krone darüber denkt. Die Herzogin hat nicht angerufen. Was, wenn sie die Jagd nun doch woanders abhält?«, fragte Daphne.

Thompkins betrat leise den Salon und räusperte sich. »Ihre Gnaden, die Herzogin von Windsor ist am Telefon und möchte Ihre Ladyschaft sprechen.«

3

Nana Jo reagierte lautstark, als sie Dawsons Gesicht sah, und reihte lauter altmodische Ausdrücke aneinander wie »Flittchen«, »Harpyie«, »Weibsbild«, »Drachen«. Als sie sich beruhigt hatte, rührte sie eine Salbe aus Aloe-Vera-Gel, Honig, Vitamin-E-Öl und Backnatron zusammen.

Den ganzen Sonntag über glänzte Dawsons Gesicht wie eine Speckschwarte, und immer wieder musste er Snickers abwehren, die ihm die Salbe ablecken wollte, aber am Montag sah er schon viel besser aus. Es war ein Unterschied wie Tag und Nacht. Die Kratzer hatten sich geschlossen. Es würde noch dauern, bis die Narben verblassten, doch der Fortschritt war erstaunlich.

»Mrs Thomas, Sie haben Wunder gewirkt.« Dawson gab ihr einen Kuss auf die Wange.

»In zwei, drei Tagen werden die Kratzer verschwunden sein.« Nana Jo betrachtete ihr Werk. »Aber wenigstens siehst du nicht mehr aus, als wärst du in einem Zickenkrieg zwischen die Fronten geraten.«

»Du verblüffst mich immer wieder«, sagte ich zu ihr, nachdem Dawson zur Uni aufgebrochen war.

Wir setzten uns an die Frühstückstheke und tranken Kaffee.

»Wo hast du das Rezept für solch eine Heilsalbe her?«

Lächelnd trank sie einen Schluck Kaffee. »Ich bin auf einer Farm aufgewachsen. Da hat sich andauernd jemand verletzt, und die meisten Leute waren zu arm, um einen Arzt aufzusuchen und dafür kilometerweit zu fahren. Meine Großmutter war die Hebamme der Gegend und, nun ja, eine Medizinfrau. Sie hat Kräuter gezogen und in ihrer Küche alles Mögliche zusammengebraut, um Husten und Gelenkentzündungen zu lindern.«

»Das wusste ich gar nicht.« Ich kannte sie schon mein Leben lang, und dennoch überraschte meine Großmutter mich immer wieder.

Nana Jo zuckte mit den Schultern. »Ich fand das nie erwähnenswert. Die Wirksamkeit mancher Hausmittel wird heute als Ammenmärchen abgetan.«

»Zurzeit gibt es wissenschaftliche Studien, die zeigen, dass viele tatsächlich wirken. Ich habe kürzlich in einem Artikel gelesen, dass Hühnersuppe bei Erkältungen nachweislich hilft. Allerdings sind sich die Forscher nicht sicher, ob das an den Inhaltsstoffen oder an der Einstellung des Kranken liegt. Wie auch immer, die Suppe wirkt.«

Ein Weilchen unterhielten wir uns über medizinische Umschläge, Heftpflaster und Kräutertees. Dann gingen wir in den Laden hinunter.

Als ich seinerzeit meine Stelle als Englischlehrerin aufgab und die Buchhandlung eröffnete, plagten mich viele Ängste. Würde ich die Dinge allein bewältigen können? Würde ich genug verdienen, um mich zu ernähren? Lasen die Leute noch immer Bücher? Die Antwort auf die drei Fragen lautete schließlich Ja.

Kürzlich fragte mich eine alte Freundin, die ich zwanzig Jahre nicht gesehen hatte, ob ich die Arbeit in einer Buchhandlung nicht eintönig und langweilig fände. Ich brauchte keine Sekunde zu überlegen. *Market Street Mys-*

teries mochte vieles sein, aber eintönig und langweilig war sie sicherlich nicht.

Täglich kamen neue Kunden herein. Neue Bücher wurden jede Woche geliefert, darunter auch solche von Schriftstellern, die ich viele Jahre gelesen hatte und die für mich inzwischen wie alte Freunde waren. Bekannte Reihen von Victoria Thompson, Emily Brightwell, Jeanne M. Dams und Martha Grimes lösten bei mir freudige Erregung aus, wenn ich die bunten Umschläge sah und daran dachte, wie spannend es war, beim Lesen dem Täter auf die Spur zu kommen. Außerdem machte es mir Spaß, neue Autoren zu entdecken und zu überlegen, welchen ich meiner Favoritenliste hinzufügen würde.

In den seltenen Augenblicken, da es im Laden mal ruhig war, unternahm ich einen Spaziergang durch das Zentrum von North Harbor und ging in die Geschäfte meiner Nachbarn. Die Buchhandlung hatte mir durch die schwerste Zeit meines Lebens hindurchgeholfen, die vom Tod meines Mannes geprägt gewesen war. Ich hatte mir mit neuen Freunden ein neues Leben aufgebaut und hoffte, eines Tages eine viel gelesene Schriftstellerin zu sein.

Ein paar Häuser weiter hatte ein neues Restaurant eröffnet. Ich stand vor dem Fenster und las die Speisekarte, die neben der Tür angebracht war. Ein Blick auf die Uhr zeigte, dass es kurz nach zwei war. Mir knurrte der Magen, während ich die Gerichte überflog. Ich ging hinein und wartete, bis sich meine Augen an das dunkle Ambiente gewöhnt hatten.

»Schön, dass Sie sich entschieden haben hereinzukommen.« Ein Mann mit grau melierten, sehr kurzen Haaren und Bart, sanften braunen Augen und einem warmen Lächeln kam hinter der Bar hervor.

Ich muss wohl verwirrt geschaut haben, denn er deutete zum Fenster. »Ich habe Sie draußen stehen sehen.«

»Oh. Ja. Entschuldigung.«

»Kein Grund, sich zu entschuldigen. Deshalb habe ich die Speisekarte dort aufgehängt. Ich hoffe, damit ein paar Gäste hereinzulocken.«

»Bei mir hat es gewirkt.« Ich lachte ihn an.

»Wie wär's mit einem schönen Tisch am Fenster?«

Ich nickte und setzte mich auf den Stuhl, den der Wirt mir herauszog.

»Ich kann Ihnen einen guten Weißwein von einem lokalen Weingut anbieten.«

»Oh, nein danke. Bitte nur Wasser mit Zitrone.«

Nachdem er gegangen war, schaute ich mich um. Das Restaurant war sauber und nach dem Geschmack moderner Großstädter eingerichtet. Nackte Ziegelwände, farbiger Betonboden und Eisenelemente schufen eine moderne, hippe Atmosphäre. Hinter der Bar hing ein Flachbildschirm an der Wand. Der Wirt kam mit einem Glas und einer Karaffe Eiswasser mit Zitronenscheiben zurück.

Lächelnd stellte er sie auf den Tisch. »Ihnen gehört die Krimibuchhandlung, nicht wahr?«

Ich trank einen Schluck und nickte.

»Das dachte ich mir. Seit der Eröffnung versuche ich, die übrigen Geschäftsinhaber im Viertel kennenzulernen. Ich bin Frank Patterson.« Er gab mir die Hand.

»Samantha Washington, aber Sie können mich Sam nennen.«

»Sam, freut mich sehr. Wie lange sind Sie schon hier?«

Mir war klar, dass er nach dem Bestehen meiner Buchhandlung fragte. Ich wollte gerade antworten, als die Fernsehsendung hinter ihm meine Aufmerksamkeit auf sich zog. Ein Foto von Melody Hardwick füllte den Bildschirm, dann Aufnahmen von einer zugedeckten Leiche.

Ich schnappte nach Luft.

Am unteren Bildschirmrand war zu lesen, dass Melodys Leiche am frühen Morgen von Joggern entdeckt worden war. Die Polizei ging davon aus, dass ihr Tod auf »Fremdeinwirkung« zurückzuführen war. Das nächste eingeblendete Bild brachte fast mein Herz zum Stillstand: Dawson, der hinten in einen Streifenwagen einstieg.

Später konnte ich mich an meinen Rückweg zur Buchhandlung nicht mehr erinnern. Nana Jo sagte, ich sei hereingekommen wie ein wirbelnder Derwisch. Ich wusste aber noch, wie ich mit Nana Jo in das Polizeirevier von South Harbor marschiert war.

Der zweistöckige Backsteinbau befand sich in der Innenstadt und nicht weit von meinem Laden entfernt. North und South Harbor lagen am Ufer des Michigansees, getrennt durch den St. Thomas River, der über dreihundert Kilometer durch Nord-Indiana und Süd-Michigan mäanderte und nach einem Bogen um North Harbor in den See mündete.

Das Polizeirevier und das angrenzende Gerichtsgebäude bildeten einen weitläufigen Komplex an einer schmalen Straße zwischen North und South Harbor. Bisher war ich als Kind bei Schulexkursionen und später einmal als Erwachsene dort gewesen, als man mich in eine Jury berufen hatte. Das war vor Nine Eleven gewesen, und Überwachungskameras und Metalldetektoren, die es mit denen am nahen River Bend Airport aufnehmen konnten, hatte man damals noch nicht eingebaut.

Ich war so sehr mit meiner Sorge um Dawson beschäftigt, dass ich auch den Gang zur Polizei nur lückenhaft in Erinnerung hatte. An eines würde ich mich jedoch zeit meines Lebens erinnern, nämlich daran, wie Nana Jo den Metalldetektor ausgelöst hatte. Wir waren sofort von Polizisten mit gezogener Waffe umringt gewesen, die uns alle angebrüllt hatten, wir sollten die Hände hochnehmen und uns auf den Boden legen. Ich erinnere mich an den Officer, der mir die Arme hinter dem Rücken zusammenführte, und an die Kälte der Handschellen, die sich um meine Handgelenke legte. Ich sah zu meiner Großmutter, die ebenfalls in Handschellen neben mir lag. Mein Herz raste, und ich hörte meinen Puls in den Ohren. Jep. Das waren die Augenblicke, die ich niemals vergessen würde.

Nachdem wir die Buchhandlung verlassen hatten, hatten meine Neffen zum Glück die Hände nicht in den Schoß gelegt, sondern sofort meine Mutter angerufen. Und die hatte uns umgehend meine Schwester hinterhergeschickt. Ich war noch nie so froh gewesen, Jenna zu sehen.

»Was glauben Sie, was Sie da tun?«, sagte sie in dem kalten, unerbittlichen Ton, den ich sonst bei ihr fürchtete. »Sie haben zehn Sekunden, um meiner Schwester und meiner Großmutter vom Boden aufzuhelfen, oder ich werde, so wahr mir Gott helfe, jeden Einzelnen von Ihnen verklagen.« Jenna war Strafverteidigerin und bei der Polizei bekannt für ihr hartes, nüchternes Auftreten. Einmal hatte ich zufällig gehört, dass man sie im Büro des Bezirksstaatsanwalts »den Pitbull« nannte, und ich als ihre Schwester fand das durchaus treffend.

»Sie kennen diese Frauen?« Ein Officer trat aus der Meute hervor.

»Das sagte ich gerade, nicht wahr?«, erwiderte Jenna mit zurückgehaltenem Zorn. »Und Sie haben zwei Sekunden, um Ihre Dienstwaffe herunterzunehmen.« Sie kehrte ihm den Rücken zu und blickte direkt in die Kamera über der Tür. »Wie Sie sehen, haben diese Dummköpfe meine Schwester und meine betagte Großmutter in Handschellen gelegt und auf den kalten Betonboden gezwungen. Obwohl sie ganz offensichtlich keine Gefahr darstellen, richten diese Polizisten noch immer ihre Waffen auf sie.«

Besagte Polizisten steckten ihre Pistolen weg. Einer war mir beim Aufstehen behilflich. Es brauchte zwei, um Nana Jo auf die Beine zu helfen.

»Ihre *betagte* Großmutter hat den Metalldetektor ausgelöst.« Er drehte Nana Jos Handtasche um, sodass der Inhalt herausfiel. Sein schnippisches Lächeln wurde zu einem höhnischen Grinsen, als sein Blick über ihr iPad, ihr Handy, ein Notizbuch, eine Bürste, ein Holster, Make-up und zwanzig andere Dinge glitt, die nun am Boden lagen. Er trat mit der Schuhspitze gegen das leere Holster und schaute noch einmal umher, doch eine Schusswaffe war nirgends zu sehen.

»Hey, Barney Fife, du hast mein iPad zerbrochen und wirst mir ein neues kaufen«, sagte Nana Jo.

Jenna lächelte und sprach weiter zur Kamera. »Keine Pistole, nur ein leeres Holster. Und wenn sie ihre Pistole mitgebracht hätte, würde man die Genehmigung, sie zu tragen, in ihrem Portemonnaie finden.«

Das höhnische Grinsen verschwand, während der Officer in besagtes Portemonnaie schaute und den Waffenschein entdeckte. Er steckte ihn und die anderen Habseligkeiten wieder in die Handtasche und nickte den Kollegen zu, die uns festhielten, damit sie uns die Handschellen abnahmen.

»Wahrscheinlich hat das iPad den Alarm ausgelöst. Jedenfalls hätte sie vorher sagen müssen, dass sie eine Waffe besitzt, und hätte die Genehmigung sofort vorzeigen sollen«, erwiderte der Officer in einem Ton, als ermahnte er ein Kind. Schwerer Fehler.

»Das merke ich mir für das nächste Mal, wenn ich die Pistole tatsächlich bei mir trage. Natürlich hättet ihr das von mir erfahren, wenn ihr Einfaltspinsel eine Minute gewartet hättet, bevor Wyatt Earp und seine Bande ihre Waffen zogen, als wären sie bei der Schießerei am O. K. Corral.« Nana Jo riss ihm ihre Handtasche weg.

»Ich werde die Herausgabe dieser Videoaufnahme fordern«, kündigte Jenna an, »um sicherzustellen, dass damit nichts passiert. Wenn meine Schwester oder Großmutter bei diesem Vorfall verletzt wurden, werden Sie von mir hören.«

Der Officer schien etwas erwidern zu wollen, doch Jennas Blick machte ihm umgehend klar, dass Schweigen seine beste Verteidigung wäre.

»Also, wo haben Sie Dawson Alexander hingebracht?« Jennas Frage erinnerte mich wieder an den Grund unseres Besuchs.

Wir wurden zu einem Empfangsbereich eskortiert. Dort trugen wir uns ein und wurden in einen Besprechungsraum geführt. Jenna durfte den Polizisten begleiten, aber Nana Jo und ich mussten warten. Ich wollte Einspruch erheben, doch Jennas Blick verriet mir, dass auch für mich Schweigen das Beste wäre.

Noch immer aufgeregt, weil man mich in Handschellen gelegt und Waffen auf mich gerichtet hatte, war ich froh, mich hinsetzen zu können. Wie aufgeregt ich tatsächlich war, merkte ich erst, als ich mir ein Glas Wasser aus dem Krug eingoss, der auf dem Tisch stand. Denn meine Hände zitterten so stark, dass ich etwas verschüttete.

»Geht es dir gut?« Nana Jo nahm ein paar Servietten aus ihrer Handtasche und saugte das Wasser damit auf.

»Nein«, antwortete ich wahrheitsgemäß. »Aber ich bin gleich wieder okay. Das war beängstigend.«

Nana Jo lächelte. »Das war ziemlich nervenaufreibend. Es tut mir leid, Honey.«

»Ich bin froh, dass du daran gedacht hast, deine Pistole zu Hause zu lassen.«

Sie grinste. »Hab ich nicht.«

»Wie bitte?«

Sie schüttelte den Kopf. »Ehrlich gesagt, war ich genauso überrascht wie der Polizist. Ich habe sie zwar liegen gelassen, doch nur aus Versehen. Ich war dermaßen erschüttert wegen Dawson, dass ich nicht daran gedacht habe, meinen Friedensstifter einzustecken.«

»Ein Glück.« Ich neigte mich lächelnd nach vorn. »Ich bin angenehm überrascht, dass du einen Waffenschein besitzt.«

Nana Jo grinste. »Tja, auch das haben wir Jenna zu verdanken. Ehrlich gesagt, trage ich schon länger eine Waffe, als du auf der Welt bist. Doch nach allem, was diesen Sommer vorgefallen ist, hat Jenna mich überzeugt, dass ich einen Waffenschein brauche.«

Wir warteten eine gefühlte Ewigkeit, die in Wahrheit nur zwanzig Minuten dauerte. Jenna kam mit Detective Bradley Pitt herein. Pitt hatte die Ermittlung im Mordfall »Clayton Parker« geleitet. Im Sommer hatte ich die Leiche des Immobilienmaklers in meinem Garten gefunden. Pitt war ein unangenehmer Mann mit der Neigung, falsche Schlüsse zu ziehen, wie zum Beispiel, als er geglaubt hatte, ich hätte Parker ermordet.

Pitt war klein, kämmte sich Haarsträhnen über die Glatze und trug Polyesterhosen, die ihm zu kurz waren, und viel zu enge, bunt geblümte Hemden aus dem gleichen Material. Wegen seiner Überzeugung, ich sei die Mörderin, hatten Nana Jo, ihre Freundinnen und ich selbst herausfinden müssen, wer Parker umgebracht hatte.

»Stinky Pitt, ich hätte mir denken können, dass du hinter diesem Debakel steckst. Wieder siehst du alles gründlich verkehrt.« Nana Jo hatte ihn in der Grundschule unterrichtet und brachte ihn gern in Verlegenheit, indem sie ihn mit dem Spitznamen von damals anredete.

Detective Pitt biss sichtlich die Zähne zusammen und bekam rote Ohren. »Ich wünschte, Sie würden daran denken, dass mich keiner mehr so nennt.« Er blickte sie böse an, während sie ein harmloses Gesicht machte.

Sie liebte es, ihn zu reizen, und wusste genau, was sie tat. Allerdings achtete sie darauf, ihn nicht im Beisein seiner Kollegen Stinky Pitt zu nennen.

»Hören Sie. Dawson Alexander ist auf keinen Fall ein Mörder«, sagte ich. »Sie haben den Falschen festgenommen.«

»Noch haben wir niemanden festgenommen. Wir haben ihn hergebracht, um ihn zu befragen.« Detective Pitt ging um den kleinen Konferenztisch herum. »Aber das heißt nicht, dass wir keine Anklage erheben werden. Wir hatten noch nicht einmal Zeit, mit ihm zu sprechen.«

»Und von jetzt an werden Sie nicht mit ihm sprechen, ohne dass sein rechtlicher Beistand anwesend ist«, sagte Jenna. »Und nun will ich mit meinem Mandanten reden.«

Detective Pitt schien eine Bemerkung auf der Zunge zu liegen, doch man musste ihm zugutehalten, dass er schwieg. Er schüttelte lediglich den Kopf und nuschelte beim Hinausgehen etwas über reinhuschende oder reinpfuschende Anwälte.

»Wow. Du bist hart drauf«, sagte ich ehrfürchtig.

Jenna lachte. »Nicht umsonst nennen sie mich ›den Pitbull‹. Ich habe mir den Titel verdient.«

Wir warteten mehrere Minuten, dann ging die Tür auf, und Detective Pitt kam mit Dawson herein.

Pitt schien bleiben und zuhören zu wollen, doch Jenna erlaubte das nicht.

»Danke, Detective. Ich gebe Ihnen Bescheid, wenn wir fertig sind.«

Er drehte sich wortlos um und ging, aber die Tür fiel ein klein wenig schwungvoller ins Schloss als zuvor.

Dawson sah aus, als wäre er seit dem Morgen um zehn Jahre gealtert. Waren seitdem wirklich nur ein paar Stunden vergangen? Seine Augen wirkten müde, und die Wunden, die am Morgen schon blasser ausgesehen hatten, fielen wieder mehr auf. Aber vielleicht sprangen sie mir auch nur wegen der beängstigenden Situation mehr ins Auge.

»Dawson, ich habe Detective Pitt gesagt, ich sei deine Anwältin. Aber du musst mich nicht nehmen. Wenn du einen anderen …«

»Nein. Ich will von Ihnen vertreten werden. Es war mir nur zu peinlich, Sie zu fragen.« Er senkte den Kopf und sah sie von unten herauf an. »Ich weiß allerdings nicht, wie ich Sie bezahlen soll.«

»Pah! Mach dir deshalb keine Gedanken. Von Familienmitgliedern nehme ich kein Geld.«

Dawson schaute sie überrascht an und bekam feuchte Augen.

Ich ebenfalls. Dawson war für mich tatsächlich Familie. Leon und ich hatten keine Kinder bekommen, und Dawson war zu einer Zeit in mein Leben getreten, als ich jemanden brauchte, für den ich sorgen konnte. Er hatte mir erlaubt, ihn zu bemuttern, und war in eine der Lücken hineingerutscht, die Leon durch seinen Tod hinterlassen hatte.

»Nun will ich hören, was du ihnen gesagt hast.« Jenna sah mich und Nana Jo an. »Normalerweise würde ich das nicht in eurem Beisein tun. Die Gespräche zwischen Mandant und Anwalt sind vertraulich.«

»Das heißt, du darfst nicht weitergeben, was er dir erzählt, ja?«, vergewisserte ich mich.

»Größtenteils. Es ist komplizierter, doch das ist der Sinn der Sache. Anwälte sind verpflichtet, ihre Mandanten bestmöglich zu beraten. Wenn Bürger sich an einen Anwalt um Rat wenden, müssen sie unbefangen alles erzählen können, was man gegen sie verwenden könnte.« Sie blickte Dawson an. »Verstehst du das?«

Er nickte.

»Aber wohlgemerkt, nur das Gespräch zwischen Anwalt und Mandant ist vertraulich. Wenn Sam und Nana Jo bleiben und zuhören, können sie gezwungen werden, das Gesprochene preiszugeben.«

Nana Jo und ich fingen gleichzeitig zu reden an, doch Dawson unterbrach uns.

»Ist okay. Ich habe sie nicht umgebracht. Ich habe nichts zu verbergen. Sie können bleiben.«

»Mir ist egal, was die Polizei sagt. Ich würde denen nie etwas verraten«, erklärte Nana Jo.

»Ich auch nicht.«

Jenna schüttelte den Kopf. »Bin ich die einzige Gesetzestreue in der Familie?« Sie lächelte. »Meine Verwandten sind offenbar zum Meineid bereit.« Und wieder schüttelte sie den Kopf.

»Für jemanden, der mir am Herzen liegt, würde ich lügen wie gedruckt«, erwiderte ich.

»Verdammt richtig«, pflichtete Nana Jo bei. »Deshalb bleiben wir mit dir und deinem Tony in Kontakt. Zwei Anwälte in der Familie, das ist ziemlich praktisch.«

Jenna schüttelte erneut den Kopf und wandte sich dann Dawson zu. »Ich will genau wissen, was du der Polizei gesagt hast.«

»Eigentlich nichts. Sie haben mich fast eine Stunde lang warten lassen. Dann ließ sich Detective Pitt blicken. Er hat mir eine Menge Fragen gestellt, aber ich hatte vorher viel Zeit zum Nachdenken.« Er hielt kurz inne und seufzte. »Mein Vater hat mir nichts beigebracht, doch eines habe ich von ihm gelernt. Er pflegte zu sagen: ›Bei den Bullen immer schön die Klappe halten, es sei denn, du hast deinen Anwalt bei dir. In unserem Land müssen sie dir einen Anwalt geben. Ist Amerika nicht großartig?‹ Das sagte er oft.« Er sah uns nacheinander an. »Also habe ich den Mund gehalten. Ich habe bloß erklärt, dass ich einen Anwalt will.«

Jenna atmete auf.

»Gut gemacht«, lobte Nana Jo.

Dawson lächelte. »Ich hätte nicht gedacht, dass sie das tun würden. Detective Pitt hat immer wieder versichert, ich bräuchte keinen Anwalt, weil er mich nicht festgenommen hat. Als das nicht wirkte, meinte er, unschuldige Leute bräuchten keinen Anwalt. Wenn ich unschuldig bin, sollte ich helfen wollen.« Er sah Jenna an. »Ich muss zugeben, dass ich nahe daran war einzuknicken. Wenn Sie nicht gekommen wären, hätte ich wahrscheinlich angefangen zu reden.«

Jenna sah aus, als wollte sie jemanden in der Luft zerreißen. Sie stand auf und ging in dem kleinen Raum auf und ab. »Dieser nichtsnutzige Mistkerl! Der kann seine Dienstmarke abschreiben«, murmelte sie. Nach zwei Minuten setzte sie sich wieder und lächelte Dawson an. »Es tut mir leid, dass du in die Situation geraten bist. In dieser Hinsicht hatte dein Vater recht. Wenn du einen Anwalt verlangst, müssen sie die Befragung sofort beenden und einen

Pflichtverteidiger herbestellen.« Sie seufzte. »Aber kommen wir zum Geschäft. Hast du einen Dollar?«

Dawson schaute verwirrt, fragte jedoch nicht nach, sondern zog sein Portemonnaie aus der Tasche und gab ihr den Geldschein.

Sie nahm ihn. »Danke. Das ist mein Vorschuss. Das bedeutet, du beauftragst mich, dich zu vertreten und zu verteidigen. Ich werde dir eine Quittung schreiben und dich einen Vertrag unterschreiben lassen. Okay?«

Dawson nickte.

»Gut. Nun darfst du mit der Polizei nur noch sprechen, wenn ich dabei bin. Verstanden?«

Dawson nickte.

»Auf dem Weg hierher habe ich deinen Coach angerufen. Er weiß über die Situation Bescheid. Er wusste noch nicht, wie die Universitätsleitung dazu steht. Aber ich schätze, die werden zu dir auf Distanz gehen, bis die Angelegenheit geklärt ist. Es hat schon so viele Skandale mit Footballspielern und anderen Sportlern gegeben, da dürfte der Berater empfehlen, sich neutral zu verhalten. Doch damit befassen wir uns zu gegebener Zeit.«

Jenna zog einen Notizblock, ein Diktiergerät und einen Kugelschreiber aus ihrer Aktentasche. »Normalerweise würde ich so nicht verfahren. Aber ich muss jedes Detail wissen. Erzähl bitte von Anfang an, von deiner ersten Begegnung mit Melody bis heute.« Sie schaltete das Diktiergerät ein.

Dawson überlegte kurz und holte ein paar Mal tief Luft. »Ich habe sie auf dem Campus kennengelernt. Eines Tages kam sie im College-Hof auf mich zu und bat um mein Handy. Ich gab es ihr, und sie tippte ihre Nummer ein und speicherte sie unter meinen Kontakten. Sie sagte: ›Ruf mich an.‹«

Nana Jo stieß einen leisen Pfiff aus.

»Schsch!«, machte Jenna. »Ich lasse euch beide nur hier sitzen, wenn ihr still seid und ihn reden lasst.«

Wir nickten.

Sie wandte sich Dawson zu. »Fahr bitte fort.«

»Na ja, sie war heiß und schon im letzten Studienjahr, und … sie war echt heiß.«

»Wir haben verstanden. Sie war heiß und leicht zu haben, und ihr seid euch nähergekommen. Ist das so richtig?«, fragte Jenna.

Dawson nickte. »Ja. Wir waren zusammen.«

»Wie lange?«

»Nur zwei Monate. Das Semester begann Ende August, und sie hat mich Anfang September angesprochen.«

Nana Jo machte ein Geräusch, das wie ein Räuspern klang. »Das passt. Die MISU hatte eine Siegessträhne, und dein Bild zierte die Titelseite der *River Bend Times*. Sie sah ihre Chance, sich an einen Goldesel zu hängen, und hat sie genutzt.«

»Nana Jo, bitte.« Jenna schaute verärgert zu ihnen herüber. »Unterbrich ihn nicht.«

»Ist schon okay. Sie hat recht. Zuerst war ich geschmeichelt. Die Kommilitonen sahen mich mit anderen Augen an, wenn ich mit ihr im Arm über den Campus ging. Die Studentinnen auch. Aber eigentlich lag Melody nichts an mir. Sie wollte bloß mit mir gesehen werden. Sie wollte zu Partys gehen und fotografiert werden. Sie wollte, dass ich aus der Garagenwohnung ausziehe.« Schüchtern sah er zu mir herüber. »Sie ist zu dem Besitzer der Harbor-Point-Apartments gegangen und hat ihn überredet, das Penthouse an mich zu vermieten.«

»Harbor Point?« Trotz Jennas Warnung konnte ich mich nicht zurückhalten. »Die Wohnungen dort sind extrem teuer. Die gehen alle auf den See hinaus. Das Penthouse kostet bestimmt ein Vermögen.«

»Normalerweise dreitausend im Monat.«

Nana Jo pfiff durch die Zähne, und mir blieb die Spucke weg.

Sogar Jenna wirkte überrascht. »Wie konntest du dir das leisten?«

»Gar nicht. Der Besitzer ist ein großer MISU-Fan und ein Freund von ihr. Sie sagte, er würde es mir für zweihundert überlassen.«

Jenna blickte ihn an, als traute sie ihren Ohren nicht. »Zweihundert? Das ist lächerlich. Sam könnte für ihre Garagenwohnung mehr als das verlangen. Warum war er dazu bereit?«

Dawson zuckte mit den Schultern. »Keine Ahnung, aber das ist ein zwielichtiger Typ. Ich konnte ihn nicht leiden. Ich fand ihn schmierig. Er war schon älter und trug Polyesterhemden mit Goldkettenmuster. Er hatte eine echt dichte dunkle Brustbehaarung und wuschelige unecht wirkende Haare, die aussahen wie ein Toupet. Ich habe dem Kerl nicht getraut.« Dawson senkte den Blick.

Nach den sechs Monaten, die er bei mir wohnte, kannte ich ihn ziemlich gut. Nana Jo und ich wechselten einen Blick. Hinter der Sache steckte noch mehr. Jenna hatte nicht annähernd so viel Zeit mit Dawson verbracht wie wir, aber ihr Instinkt meldete sich anscheinend, denn sie schwieg dazu und wartete ab. Die meisten Menschen kannten die Macht des Schweigens nicht und versuchten hastig, es zu überbrücken. Als ehemalige Lehrerin kann ich ehrlich behaupten, dass ich durch Schweigen mehr Ergebnisse erzielt habe als durch mein Tun oder Reden. Auch diesmal wirkte es.

»Er hat mich an meinen Vater erinnert. Ich wusste, dass

für ihn etwas dabei herausspringen würde. Ich habe mal im HOD einen Abend lang mit Freunden Billard gespielt.«

»HOD?« Jenna sah ihn groß an. »In dem Trailerpark, der dem House of David gehört?«

Dawson nickte.

Das House of David war eine religiöse Gemeinschaft, die in den frühen Zwanzigerjahren des vergangenen Jahrhunderts in North Harbor starken Zulauf hatte. Zur gleichen Zeit florierten auf dem Gelände ein Vergnügungspark, ein Baseball-Stadion und ein Obst- und Gemüsemarkt. Praktisch alle Erwerbszweige der Sekte hatten längst geschlossen, als ihr Gründer, Benjamin Purnell, 1923 wegen Betrugs und Kindesmissbrauchs angeklagt wurde. Der Kindesmissbrauch konnte nicht bewiesen werden, doch die Gerüchte schadeten Purnell. Er starb bald nach dem Prozess, und im House of David kam es zu einer Spaltung.

»Ich habe ihn dort gesehen. Virgil Russell saß an der Bar und trank.«

Entweder konnte Dawson inzwischen meine Gedanken lesen, oder ich hatte mir etwas anmerken lassen, denn er redete hastig weiter. »Ich habe nichts getrunken. Ich gehe nur gern dorthin und spiele Billard. Da ist es ruhig. Keiner redet über Football oder weiß, wer ich bin.« Er ließ den Kopf hängen.

Mir war nicht klar gewesen, unter welchem Druck Dawson stand. Ich hatte geglaubt, seine größte Sorge sei es, bessere Noten zu erzielen und in der Mannschaft zu bleiben. Wie viel Druck die Medien und die Fans für ihn bedeuteten, hatte ich nicht erkannt. Als ich jetzt sein Gesicht betrachtete, wurde es mir endlich bewusst.

»Also hast du diesen Virgil Russell in der Billardhalle gesehen«, sagte Jenna. »Hat er dich auch bemerkt?«

»Nein. Ich habe mich rausgeschlichen, sobald er mir

aufgefallen war. Ich weiß nicht, warum, aber ich habe draußen im Wagen gewartet. Als er irgendwann rauskam, war er nicht allein.«

Er hatte immer leiser gesprochen. Offenbar widerstrebte es ihm weiterzuerzählen, doch nachdem er zweimal durchgeatmet hatte, fuhr er fort: »Da habe ich sie zusammen gesehen. Melody und Virgil waren zusammen.«

Jenna sah mich an.

Ich zuckte mit den Schultern. Offenbar hatte Melody den Mann schon gekannt, bevor sie ihn Dawson vorgestellt hatte. Auch diesmal war mir meine Verwirrung wohl anzumerken.

Dawson wurde unruhig und mied ein paar Sekunden lang jeden Blickkontakt, dann sah er mich an. »Verstehen Sie nicht? Sie waren *zusammen*.«

Endlich dämmerte es uns.

»Es war widerlich. Er war alt genug, um ihr Vater zu sein. Er hatte seine Hände überall an ihr, und sie hat sich um ihn gewickelt wie … wie …« Dawson suchte nach einem passenden Vergleich.

Nana Jo fiel es nicht schwer, ein treffendes Bild zu finden. »Wie ein Oktopus.«

»Ja! Genau so.«

Ich beobachtete seine Mimik und Körpersprache und wusste, das war noch nicht alles. Er hielt mit etwas hinterm Berg. Aber ich weigerte mich zu glauben, dass er das Mädchen getötet hatte.

Jenna atmete tief durch. »Gut, du hast also deine Freundin mit einem anderen Mann gesehen. Warst du deswegen wütend?«

Dawson schien darüber nachzudenken. »Vielleicht ein paar Sekunden lang. Doch dann war ich ehrlich gesagt erleichtert.«

»Erleichtert? Warum das?«, hakte Jenna nach.

»Ich wusste, dass es zwischen Melody und mir nicht funktionieren würde. Und mir war auch klar, dass sie nichts für mich empfand. Der Vorfall war der passende Vorwand, um mit ihr Schluss zu machen. Und das habe ich getan. Ich habe Schluss gemacht.«

»Wann war das?«

Für ein paar Augenblicke schwieg er. »Freitagabend, gleich nach dem Motivationstreffen.«

»Wie hat sie es aufgenommen?«

Dawson rieb sich übers Gesicht. »Nicht so gut. Zuerst stritt sie ab, dass sie es war, die ich mit Virgil gesehen hatte. Als das nicht wirkte, behauptete sie, ich hätte das falsch interpretiert, und sie wären nur Freunde.« Dawson schüttelte den Kopf. »Anscheinend hat sie mich für ein totales Landei gehalten. Da gab es überhaupt nichts misszuverstehen. Der Kerl hat sie betatscht wie … wie …«

»Wie ein Blinder den Obststand.« Unsere Großmutter half wieder aus.

»Nana Jo.« Jenna war nicht erfreut darüber, und ihr Ton sagte: Entweder bist du jetzt still, oder du gehst.

Nana Jo kniff die Lippen zusammen, drehte mit Daumen und Zeigefinger einen imaginären Schlüssel herum und warf ihn weg.

Jenna wandte sich wieder Dawson zu. »Gut. Vor drei Tagen hast du mit ihr Schluss gemacht, und sie hat es nicht gut aufgenommen. Wie ging es weiter?«

»Am Samstag war das Footballspiel. Später am Abend kam sie in die Buchhandlung. Sie wollte mit mir reden. Ich habe sie mit in mein Apartment genommen. Wir haben uns gestritten.«

»Hast du sie geschlagen?«, hakte Jenna nach.

Dawson schüttelte den Kopf. »Kein einziges Mal. Aber

sie mich ein paar Mal. Sie hat mich gekratzt. Ich habe sie an den Handgelenken festgehalten, damit sie es nicht noch mal tun konnte.« Er hob die Hände und zeigte, wie er sie festgehalten hatte. »Sie trat und spuckte und schlug nach mir mit aller Kraft. Ich habe sie auf das Sofa gedrückt, bis sie sich beruhigt hatte. Dann habe ich sie hochgezogen und vor die Tür gesetzt. Sie hat eine Zeit lang herumgeschrien und mich beschimpft und gegen die Tür geschlagen. Ich hatte Angst, sie weckt die ganze Nachbarschaft auf, aber ich habe ihr nicht aufgemacht. Schließlich wurde sie es leid und ist abgehauen. Danach habe ich sie nicht mehr gesehen.«

»Das klingt, als hätte sie ein großes Tamtam gemacht.« Jenna sah mich an. »Hast du es gehört?«

Ich schüttelte den Kopf. »Überhaupt nichts.« Ich drehte den Kopf zu Nana Jo. »Du?«

Sie verneinte ebenfalls.

Jenna saß da und blickte nachdenklich ins Leere. »Dawson, gibt es noch etwas, was du mir sagen möchtest?«

Er überlegte und schüttelte den Kopf. »Nein. Das ist alles.«

»Und was war am Sonntag? Hast du sie gestern gesehen?«

»Nein. Ich bin zu Hause geblieben. Ich habe gebacken.«

»Das stimmt. Ich war dabei«, warf ich eifrig ein.

»Aber du warst nicht den ganzen Tag bei ihm. Du bist gestern mit Mom zur Kirche gegangen. Das hat sie mir erzählt. Und anschließend wart ihr essen und dann shoppen.«

»Tja, das stimmt, doch er hat noch gebacken, als ich wieder nach Hause kam.«

Jenna sah nicht erleichtert aus. »Und du?«, wollte sie von Nana Jo wissen.

»Ruby Maes Enkelin hat in ihrer Kirche ein Solo gesungen. Deshalb bin ich hingegangen und danach mit den Mädels zum Brunch.«

Die »Mädels« waren Nana Jos Freundinnen aus der Seniorenwohnanlage. Sie waren temperamentvoll, unternehmungslustig und jede auf ihre eigene Weise liebenswert.

Jenna runzelte die Stirn. Sie stand auf und ging hin und her. »Ich sage es ganz ehrlich: Die Sache sieht nicht gut aus. Wir müssen den Todeszeitpunkt in Erfahrung bringen. Die Polizei wird dich wahrscheinlich verhaften.«

Dawson schaute sie entsetzt an, und ich muss zugeben, mir schnürte etwas die Kehle zu und trieb mir die Tränen in die Augen.

»Aber er ist unschuldig!«

»Ich weiß, doch er hat ein starkes Motiv. Außerdem hat er sich mit Melody gestritten. Man wird Dawsons Hautpartikel unter ihren Fingernägeln finden, das ist nur eine Frage der Zeit. Selbst ein Dummkopf wie Detective Stinky Pitt erreicht damit einen Schuldspruch.«

Mit meiner zugeschnürten Kehle bekam ich erst mal keinen Ton heraus. Nur mit Mühe gelang mir ein piepsiges Krächzen. »Aber was können wir dagegen tun?«

»Ich werde eine Verteidigungsstrategie ausarbeiten.«

Nana Jo stand auf. »Und wir werden herausfinden, wer das Flittchen in Wahrheit umgebracht hat.«

4

Es war schon dunkel, als wir endlich zu Hause ankamen. Jenna hatte uns Stunden vorher rausgeschickt. Sie hatte vor Dawsons Vernehmung noch mal in Ruhe seine Aussage mit ihm durchgehen wollen, ohne dass wir sie dabei unterbrechen konnten.

Nana Jo und ich hatten so lange im Wartebereich gesessen. Drei Stunden später sahen wir Jenna auf ihrem Weg zur Toilette. Sie glaubte nicht, dass man Dawson heute noch anklagen würde, aber ihm standen noch einige Stunden Befragung bevor. Sie schlug uns vor, nach Hause zu gehen, und versprach anzurufen, wenn es weitere Entwicklungen gäbe.

Ich hatte nichts weiter gegessen außer altbackenen Erdnussbuttercrackern aus dem Automaten und hatte einen Bärenhunger. Weder Nana Jo noch ich hatten Lust zu kochen, und deshalb nahmen wir uns unterwegs zwei Pizzen mit.

Christopher und Zaq hatten sich in der Buchhandlung um die Kunden gekümmert, solange wir weg gewesen waren. Als wir eintrafen, war alles aufgeräumt und sauber und die Ladentür abgeschlossen. Außer Krümeln auf dem Teppich in der Küche gab es keine Überraschungen, und das verriet mir, dass Snickers und Oreo ihr Futter bekommen hatten und in den Garten gelassen worden waren, um ihr Geschäft zu verrichten. Ich nahm mir vor, meinen Neffen einen Bonus zu zahlen.

Nana Jo und ich verputzten jede eine ganze Pizza, die mit allem Möglichen belegt war, und tranken dazu eine Flasche Wein. Hinterher waren wir lethargisch und hatten keine Lust zu reden. Bevor Nana Jo zu Bett ging, schickte sie eine Nachricht an ihre Freundinnen. Kurz darauf waren wir für den nächsten Abend in *Randy's Steak House* mit ihnen verabredet.

Körperlich war ich erschöpft, aber ich konnte meine Gedanken nicht abschalten. Ich warf mich im Bett hin und her und bekam kein Auge zu. Snickers wurde das Beben der Matratze irgendwann zu ungemütlich, sodass sie vom Bett sprang und sich in ihr kuscheliges Hundebett in der Ecke verzog. Oreo war zu leicht erregbar und zu rührig, als dass ich ihm nachts seine Freiheit lassen konnte. Wenn er ein Mal zu oft auf Snickers trat, bekam er zu spüren, dass sie nicht nur knurren, sondern auch beißen konnte. Zu seiner eigenen Sicherheit steckte ich ihn über Nacht in seine Transportbox.

Als ich schließlich aufgab und das Licht einschaltete, öffnete Oreo nur kurz ein Auge. Snickers umkreiste dreimal ihr Bett und rollte sich dann darin ein, mit dem Rücken zu mir. Ich griff nach meinem Laptop und zwang mich, auf andere Gedanken zu kommen. Ein Ausflug zu einem englischen Landsitz war dafür genau das Richtige.

»Ist es nicht eine Schande, dass Ihre Ladyschaft solche amerikanischen Emporkömmlinge bewirten muss?« Mrs McDuffie kräuselte die Lippen, als hätte sie in eine Zitrone gebissen.

Thompkins stand kerzengerade und blickte missbilligend auf die korpulente, sommersprossige Haushälterin.

»Ihre Ladyschaft gehört nicht zu denen, die sich vor ihrer Pflicht drücken.« Thompkins rümpfte über die Haushälterin die lange schmale Nase.

»Nun, selbstverständlich nicht.« Mrs McDuffie empörte schon der bloße Gedanke, jemand könne ihr unterstellen, dass sie Ihre Ladyschaft kritisierte, und ihr Gesicht nahm einen kräftigen Rotton an. Sie mochte nicht die Gebildetste unter ihresgleichen sein, aber sie war geradezu überschwänglich loyal gegenüber den Marshs und besonders gegenüber Lady Elizabeth. »Das habe ich nie gesagt.«

Thompkins hatte den übrigen Dienstboten die bevorstehende Ankunft einer Jagdgesellschaft mitgeteilt und erkundigte sich, ob jemand Fragen habe.

»Wie viele kommen denn?« Gladys sprach leise. Sie war erst kürzlich eingestellt worden und hatte Ehrfurcht vor dem Butler.

»Ihre Ladyschaft sagte, wir sollten uns auf ein Wochenende mit zwölf bis fünfzehn Gästen vorbereiten.« Thompkins schnippte ein unsichtbares Stäubchen von seinem makellosen Ärmel. »Die Herzogin war sich nicht ganz sicher.«

Mrs McDuffie schnaubte. »Nicht ganz sicher? Wie kann sie nicht wissen, wie viele Leute zu ihrer eigenen verflixten Gesellschaft kommen?«

Gladys und zwei Diener besaßen den Anstand, sich das Lachen zu verkneifen. Millie und Flossie kicherten. Sie halfen nur tageweise aus und waren noch nicht entsprechend geschult.

Thompkins konnte sich noch an eine Zeit erinnern, da Diener vortrefflich erzogen und stolz gewesen waren, ihr Leben lang einer adligen Familie zu dienen. In seiner Anfangszeit bei den Marshs hatte das Personal aus über fünfzig Bediensteten bestanden. Die meisten hatten damals im Haus gelebt. Nun gab es nur noch sieben, die mit der Familie unter demselben Dach lebten. Er selbst, die Haushälterin Mrs McDuffie, das Hausmädchen Gladys, die Köchin Mrs Anderson, deren Tochter, die Unterköchin Agnes sowie die Diener Frank und Jim. Die beiden waren keine Kammerdiener, sondern halfen, wenn etwas Schweres zu heben war, und verrichteten alle möglichen Arbeiten auf dem gesamten Anwesen. Frank war der Sohn des Hausmeisters und Jagdaufsehers, der in einem Cottage am Rande des Anwesens lebte.

Die zwei neuen Hausmädchen Flossie und Millie kamen täglich aus dem Dorf ins Haus. Die Marshs hatten selten Gäste, daher erledigte das wenige Personal alle anfallenden Arbeiten. Wenn mehr Hilfe gebraucht wurde, und das kam zum Glück nicht oft vor, nahm Thompkins die Dienste eines Personalvermittlers in Anspruch.

Er schaute in die Gesichter der Dienerschaft, die auf seine Anweisungen wartete, und verscheuchte Gedanken an die gute alte Zeit. Er gab sich keinen Illusionen hin. Ihm war klar, dass jene Zeit nicht für alle eine gute gewesen war, vor allem nicht für das Hauspersonal. Viele Hausangestellte waren früher schlecht behandelt und ebenso schlecht bezahlt worden. Sie mussten vierzehn oder mehr Stunden am Tag arbeiten und teilten sich nachts winzige Zimmer unter dem Dach, in denen sie im Sommer schwitzten und im Winter froren.

Thompkins war in den Diensten der Marshs groß geworden. Der vorige Herzog war zwar ein freundlicher Mann gewesen, doch die äußeren Umstände waren keineswegs ideal.

Inzwischen arbeiteten in Wickfield Lodge so wenige Angestellte, dass jeder von ihnen ein Zimmer für sich hatte, etwas, das früher nur den ranghöchsten Angestellten gewährt worden war. Die Löhne waren anständig, moderne Gerätschaften erleichterten die Arbeit, und die Marshs behandelten ihre Angestellten respektvoll und erlaubten ihnen ein Privatleben. Sie ermutigten sie sogar, sich zu bilden. Nein, Thompkins sehnte sich weniger nach der Vergangenheit als vielmehr nach gutem Arbeitsethos, dem Stolz auf eine ordentlich erledigte Aufgabe und einem respektvollen Umgang.

Flossie sah Thompkins mit staunender Verzückung an. »Mr Thompkins, Sir, wissen Sie, ob Ihre Königliche Hoheit eigene Diener mitbringt, zum Beispiel eine Zofe? Ich würde ihr nur zu gern …«

Mrs McDuffie schnaubte. »Herrgott noch! ›Ihre Königliche Hoheit‹, also wirklich! Ich werde keine Knickse vor dieser amerikanischen …«

»Mrs McDuffie.« Der sonst so gleichmütige Butler, der sich einer unerschütterlichen Haltung rühmte und sich nie erlaubte, Gefühle zu zeigen, zitterte von der Anstrengung, ruhig zu bleiben. Er atmete ein paar Mal tief durch und gewann die Fassung wieder. »Sie werden über die Herzogin als Ihre Gnaden oder Herzogin von Windsor oder schlicht als Herzogin sprechen. Der König hat der Herzogin nicht den Titel Ihre Königliche Hoheit verliehen. Daher werden wir sie nicht so nennen.« Thompkins blickte streng in die Runde und verweilte bei Flossie, die rot wurde und den Blick senkte.

Sie war ein braves Mädchen, gehorsam und wohlerzogen. Ihr größter Fehler war eine Vorliebe fürs Kino und amerikanische Schauspielerinnen. Er hatte sie einmal ertappt, als sie in der Küche tanzte und vorgab, Miss Ginger Rogers zu sein. Er hatte Mrs McDuffie davon berichtet, die ihr daraufhin eine Standpauke gehalten hatte. Flossie hatte die Zurechtweisung gut aufgenommen, ohne zu schmollen, und seitdem hatte er sie nicht mehr beim Tanzen ertappt.

Mit etwas Glück war ihre Verehrung der Leinwandstars nur eine Phase, die sie mit der Zeit hinter sich lassen würde. Er schaute sie jetzt freundlich an. Ihre Haltung war ruhig und respektvoll, aber der Glanz in ihren Augen verriet ihm, dass sie noch immer fasziniert war.

»Ich glaube, die Herzogin wird ihre Zofe mitbringen, doch von anderem Personal weiß ich nichts. Ich werde am späteren Nachmittag mit Ihrer Ladyschaft sprechen und mich nach den An-

forderungen erkundigen.« Er wandte sich an die Köchin. »Mrs Anderson, Ihre Ladyschaft wird mit Ihnen über die Speisen für das Wochenende sprechen wollen. Soweit ich weiß, achtet die Herzogin von Windsor sehr auf ihr Gewicht, und daher werden einige … Anpassungen nötig sein.«

Mrs Anderson rümpfte die Nase und nickte. Sie war eine gute Köchin, konnte aber jedem gegenüber, der in ihr Küchenreich hineinregieren wollte, zuweilen ein wenig reizbar sein. Sogar Thompkins bewegte sich bei ihr auf einem schmalen Grat. Daher war er erleichtert, weil sie die Forderung nicht übel nahm.

»Ist das alles?« Mrs McDuffie sah den Butler an und stand vom Tisch auf.

Thompkins nickte.

»Kommt, Mädchen. Wir sollten schleunigst die Gästezimmer lüften.«

Mrs McDuffie und die Hausmädchen gingen die Hintertreppe hinauf, um die Zimmer für die Gäste vorzubereiten.

Frank und Jim standen auf und wandten sich Thompkins zu. Frank war groß, blond und gutmütig, kräftig und gut gebaut. Er war wohlgelitten, besonders bei den Mädchen, und hatte sich den Ruf erworben, ein guter Rugby-Spieler zu sein.

Auch Jim war groß und kräftig, bewegte sich aber mit mehr Elan und Anmut. Er spielte ebenfalls gern Rugby und war ein sehr guter Werfer in der regionalen Kricketmannschaft.

»Sir, ich hab mich gefragt, ob Sie wollen, dass ich meinen Vater herhole«, sagte Frank.

Sein Vater, Hyrum McTavish, war seit über fünfzig Jahren auch Jagdaufseher bei den Marshs und lebte in einem Cottage auf dem Anwesen.

Thompkins war dankbar, weil er nicht den weiten Weg auf sich nehmen musste, um den Mann aufzuspüren, der praktisch überall sein konnte. Allerdings hatte Lord William erwähnt, dass McTavish eventuell nach dem verletzten Indischen Muntjak sehen würde. Gerade als er darauf antworten wollte, kam Lady Elizabeth herein.

»Mylady.« Thompkins straffte sich und neigte den Kopf. Er bemerkte erfreut, dass auch die beiden Diener eine respektvolle Haltung annahmen.

»Thompkins, gut, dass ich Sie hier antreffe. Ich habe soeben mit der Herzogin von Windsor telefoniert. Unser voriges Gespräch verlief derart hastig, dass ich nichts zu den Gästen fragen konnte, und Lord William war besonders neugierig wegen der Jagd.«

Lady Elizabeth benahm sich gewöhnlich sehr vornehm, doch Thompkins kam nicht umhin zu bemerken, dass sie verärgert war.

»Ja, Mylady.«

»Nun, es stellt sich heraus, dass die Herren gar keine Fuchsjagd veranstalten werden.« Sie seufzte. »Sie wollen Fasane schießen.« Thompkins verstand ihren Ärger. »Verzeihen Sie, Mylady, aber ich dachte …«

»Ja, ich auch. Lord Browning sprach eindeutig von einer ›Jagdgesellschaft‹, und die Herzogin nannte es ebenfalls ›Jagd‹. Als ich sie jedoch anrief, erwähnte sie, wie sehr sich einer der Gäste auf die Fasane freut. Da wurde mir klar, dass wir aneinander vorbeiredeten.« Sie seufzte. »Ich nehme an, es handelt sich um begriffliche Unterschiede zwischen Amerikanern und Engländern. In Übersee sind ›Jagen‹ und ›Schießen‹ wohl das Gleiche.«

Thompkins zog die Brauen zusammen, beeilte sich jedoch, alle Anzeichen seiner Abscheu aus seinem Gesichtsausdruck zu tilgen. »Sehr wohl, Mylady. Ich war gerade im Begriff, Frank auszuschicken, damit er seinen Vater über die Jagd verständigt.« Er wandte sich an den Diener. »Bitte, informieren Sie Mr McTavish, er soll ein Fasanenschießen vorbereiten. Er kann Treiber und andere Helfer engagieren, die er braucht.« Thompkins wandte sich wieder Lady Elizabeth zu, die billigend nickte.

»Ja, Sir«, antwortete Frank. Er und Jim neigten den Kopf vor Ihrer Ladyschaft und gingen hinaus.

»Thompkins, es widerstrebt mir, Ihnen das so kurzfristig aufzubürden. Bitte rufen Sie die Personalagentur an und nehmen Sie sich die nötigen Helfer.«

»Ja, Mylady.« Er räusperte sich leise. »Darf ich fragen, ob die Herzogin eine feste Vorstellung hatte, wie viele Gäste wir erwarten sollten?«

»Oh ja. Beinahe hätte ich es vergessen. Das war der Hauptgrund für meinen Anruf.« Lady Elizabeth gab dem Butler ein Blatt Papier mit Namen. »Das sind die geladenen Personen.«

Thompkins sah die Liste durch. Als er fertig war, blickte er auf.

»Ja. Ich weiß, was Sie denken. Ich war ebenso überrascht wie Sie.« Lady Elizabeth runzelte die Stirn, und ihre sonst so heitere Miene drückte Besorgnis aus. »Lord William ist fuchsteufelswild. Er ist oben und zieht an seiner Pfeife doppelt so schnell wie gewöhnlich.« Sie seufzte. »Niemand von uns dilettiert gern in der Politik, und zurzeit schon gar nicht. Die Lage in Europa ist unsicher, und der kleinste politische Fehltritt könnte England in den Strudel eines weiteren Weltkriegs stoßen.«

»Vielleicht wäre es besser abzulehnen …«

»Ich wünschte, das wäre möglich.« Lady Elizabeth seufzte. »Doch ich habe bereits zugesagt.« Sie hob den Kopf und straffte die Schultern. »Außerdem wird Lord James Browning hier sein. Ich glaube nicht, dass er uns gebeten hätte, die Gäste zu empfangen, wenn es nicht immens wichtig wäre. Wir werden auf das Schicksal und Lord Browning vertrauen müssen, der die Dinge im Auge behalten wird.«

»Sehr wohl, Mylady.«

5

Ich wusste nicht, wann ich ins Bett gegangen, nur dass es spät geworden war. Normalerweise graute mir vor dem Klingeln des Weckers, aber an diesem Morgen wachte ich kurz vorher auf, dank des herrlichen Geruchs, der in mein Schlafzimmer zog.

Gähnend streckte ich den Arm zum Nachttisch, um den Wecker abzustellen, und schauderte, weil Snickers mir just in dem Moment über den Mund leckte. Ich wischte mir mit der Bettdecke über die Lippen, und als ich die Augen aufschlug, sah ich eine Handbreit vor mir die Hundeschnauze, die auf die nächste Gelegenheit wartete, mich »sauber« zu lecken. Ich setzte mich auf, wischte mir noch einmal den Hundekuss ab und sprang aus dem Bett, um ins Bad zu laufen. Da es nach Zimtgebäck und Kaffee roch, wusste ich, dass Dawson zu Hause war und mein Frühstück nicht bloß aus Getreideflocken mit kalter Milch bestehen würde.

Ich hatte das zwar nie mit einer Stoppuhr kontrolliert, aber vermutlich brauchte ich für meine Morgenroutine nur die halbe Zeit, wenn ich wusste, dass gebratener Speck oder frisch gebrühter Kaffee auf mich warteten. Geduscht und angezogen ließ ich die Pudel aus dem Zimmer und eilte zur Küche, um zu frühstücken und zu sehen, wie es Dawson ging.

Nana Jo saß bereits auf einem Barhocker und biss genießerisch in eine Zimtschnecke. Ich hörte sie verzückt stöhnen, als ich an ihr vorbeiging.

Dawson stellte mir einen Teller und eine Tasse mit dampfendem Kaffee auf die Frühstückstheke. »Sie essen, ich lasse die Hunde nach draußen.«

Ich erhob keine Einwände.

Er nahm zwei Hundekuchen aus der Blechbüchse, und Snickers und Oreo folgten ihm die Treppe hinunter wie Lemminge. Meine Pudel waren treu, doch für Hundekuchen würden sie ihre Seele verkaufen.

Nana Jo und ich frühstückten friedlich, bis Dawson und die Pudel zurückkamen.

»Du siehst aus wie durch den Wolf gedreht und weggeschmissen.«

Ich trat Nana Jo gegen das Schienbein. »Warum sagst du ihm nicht, was du wirklich denkst?«

Er lächelte. »Ich weiß nicht genau, was das heißt, ahne aber die ungefähre Bedeutung.«

»Wie geht es dir?«, fragte ich. Allerdings deuteten die dunklen Schatten unter seinen Augen und sein abgespannter Gesichtsausdruck schon darauf hin, dass er die Nacht nicht geschlafen hatte.

Er bestätigte meine Vermutung. »Ich habe kein Auge zubekommen. Deshalb habe ich Zimtschnecken gebacken.«

»Sie schmecken himmlisch.« Ich leckte mir die Finger ab.

»Danke.« Er holte tief Luft. »Ich werde mir eine Tasche packen und auf dem Campus bleiben. Mrs Rutherford sagte, dass ich wahrscheinlich bald verhaftet werde.« Er senkte den Kopf.

Ich erschrak und versuchte, die Tränen aufzuhalten, die

mir in die Augen schossen. »Aber das dürfen sie nicht! Du hast es nicht getan. Jenna weiß das doch, und …«

Er hob die Hand, um meine Tirade zu unterbrechen. »Tut sie, und es bedeutet mir viel, dass Sie mir glauben.«

»Wir beide«, warf Nana Jo ein.

Er nickte. »Danke. Doch sie sagt auch, dass die Anklage gegen mich auf starken Indizien beruht und der Bezirksstaatsanwalt der Öffentlichkeit zeigen will, dass er hart durchgreift.«

»Dieser zweitklassige, feige, geltungssüchtige Scharlatan«, schimpfte Nana Jo. »Er würde einen unschuldigen Menschen einsperren, nur um seinen Namen in der Zeitung zu lesen. Ich hätte gute Lust, bei ihm reinzumarschieren und dem Jungspund die Meinung zu geigen. Ich …«

Dawson hob beide Hände. »Immer mit der Ruhe, Mrs T.« Dawson verkniff sich das Schmunzeln. »Ich weiß Ihre Anteilnahme zu schätzen, doch ich halte es nicht für hilfreich, den Bezirksstaatsanwalt zu verärgern.«

»Er hat recht«, erwiderte ich. »So ungern ich das zugebe, der Mann macht lediglich seinen Job.«

Nana Jo wollte nicht kampflos aufgeben. »Nein, tut er nicht. Es ist nicht seine Pflicht, Unschuldige einzusperren, sondern die Wahrheit herauszufinden. Aber ich nehme an, damit sind solche Erbsenhirne überfordert.«

Derweil irritierte mich etwas, das Dawson gesagt hatte. »Moment mal. Warum willst du auf dem Campus übernachten? Das verstehe ich nicht.«

Er wich meinem Blick aus. »Wenn ich verhaftet werde, sollte ich mich woanders aufhalten.«

Zuerst glaubte ich, es wäre ihm peinlich, wenn Nana Jo und ich Zeugen seiner Verhaftung würden, doch sein Gesichtsausdruck ließ vermuten, dass mehr dahintersteckte. »Dawson, ich will nicht lügen und so tun, als wäre ich nicht traurig, das mit ansehen zu müssen. Aber zu wissen, dass du unschuldig bist, macht es mir leichter. Falls du dich meinetwegen und wegen Nana Jo sorgst, tu das nicht. Wir sind viel zäher, als man meinen könnte.«

»Verdammt richtig«, bekräftigte Nana Jo.

Dawson wich meinem Blick noch immer aus und trat von einem Bein aufs andere. »Es würde keinen guten Eindruck machen, wenn einer Ihrer Angestellten in der Buchhandlung verhaftet wird.«

Ich stand auf, ging um die Frühstückstheke herum und hob sein Kinn an, damit er mir in die Augen sah. »Dawson, ich weiß es zu schätzen, dass du darauf Rücksicht nehmen möchtest, aber was die Leute denken, geht mir am Allerwertesten vorbei. Hier ist dein Zuhause, und du musst es nicht verlassen aus Angst vor dem Gerede anderer Leute.«

Seine Augen füllten sich mit Tränen, und er schien etwas entgegnen zu wollen, fand jedoch nicht die passenden Worte.

Ich schloss ihn in die Arme, und er legte den Kopf auf meine Schulter und weinte.

So standen wir ein paar Augenblicke lang, bis er sich aufrichtete und sich mit einem Geschirrtuch durch das Gesicht wischte. »Danke, Mrs W. Ich danke Ihnen beiden.«

Nana Jo hatte in ein Taschentuch geweint. Sie wischte sich die Augen und putzte sich die Nase. »Da wir das nun geklärt haben, ist es Zeit, etwas zu unternehmen. Wenn die Polizei nicht ermitteln will, wer das … Mädchen tatsächlich umgebracht hat, tja, dann müssen wir das wohl für sie erledigen.« Sie trank noch einen Schluck Kaffee.

So wenig es mir behagte, Nana Jo hatte recht. Jenna würde alle Hebel in Bewegung setzen, um Dawson vor einer Verurteilung zu bewahren. Doch die Polizei und Detective Pitt würden nicht nach einem anderen Täter suchen, solange sie ausreichende Indizien gegen Dawson in der Hand hatten. Also würde ein Unschuldiger ins Gefängnis kommen, wenn wir nicht eingriffen und den Mörder entlarvten.

Den Rest des Tages nahm ich kaum wahr. Mit den Gedanken war ich nur halb bei den Büchern in meiner Buchhandlung. Im Grunde war ich mit dem beschäftigt, was ich bisher über Melody Hardwick erfahren hatte. Vor einigen Monaten, als der Immobilienmakler, der mein jetziges Haus zum Kauf angeboten hatte, in meinem Garten ermordet worden war und die Polizei mich für die Mörderin gehalten hatte, hatten mir Nana Jo und ihre Freundinnen aus der Seniorensiedlung geholfen, den wahren Täter zu finden. Die Damen hatten ihren großen Verwandten- und Freundeskreis genutzt, um Informationen zu beschaffen. Jetzt fragte ich mich: Hatten wir bloß Glück gehabt, als wir das Verbrechen aufgeklärt hatten, oder könnte uns das noch einmal gelingen? Wir waren für heute Abend im Restaurant verabredet, also würden wir das noch erörtern.

Dienstags war in *Randy's Steak House* Seniorentag. Dort zum halben Preis miteinander zu essen war für meine Großmutter und ihre Freundinnen mittlerweile Tradition geworden. Der Wirt kannte sie mit Namen. Ich war erst Mitte dreißig und bekam deshalb keinen Rabatt, doch ich sammelte bei jedem Besuch Rabattpunkte, und beim nächsten Mal würde ich ein Essen umsonst bekommen.

»Also, Ladys. Ihr wisst, warum wir hier sind. Lasst uns loslegen.« Nana Jo steckte sich den letzten Bissen ihres heißen Banana Puddings in den Mund und zog ihr Tablet aus der Handtasche. »Wie wär's, wenn ich anfange?« Sie schaute in die Runde. Niemand erhob Einwände. »Ich habe Freddie angerufen und ihm die Situation auseinandergelegt.«

»Ein heißer Typ, dieser Freddie. Dem würde ich gern mal ein paar Tricks zeigen.« Irma Starczewski bekam einen Hustenanfall. Sie war eine zierliche Frau von Mitte achtzig. Ihre Stimme war tief und rau, weil sie seit Jahrzehnten rauchte wie ein Schlot, und sie hatte ein grobes Mundwerk.

Nana Jo schaute sie über ihre Brille hinweg herablassend an. »Ja, jede Wette. Zum Glück hat der Mann Geschmack. Und wenn ich jetzt fortfahren dürfte …«

Irma streckte ihr die Zunge raus und bekam gleich den nächsten Hustenanfall. Sie blickte sich unauffällig um, zog einen Flachmann aus der Handtasche und trank einen Schluck.

»Wie ihr wisst, ist Freddies Sohn Mark bei der State Police, und der sagt, dass die kleine Goldgräberin ein langes Vorstrafenregister hatte und Melody Hardwick nicht ihr echter Name war.«

»Nana Jo. Nur weil du Melody – oder wie immer sie heißt – nicht leiden konntest, sollten wir noch lange keine voreiligen Schlüsse ziehen. Wir müssen so unvoreingenommen und fair wie möglich bleiben.«

Nana Jo sah mich mit Unschuldsmiene an. »Ich weiß nicht, wovon du redest. Ich gebe nur wieder, was er gesagt hat.«

Ich lächelte. »Demnach hat Mark sie also als ›Goldgräberin‹ bezeichnet?«

»Na ja, das eine Wort könnte von mir stammen, aber auf das Wichtigste gehst du gar nicht ein. Sie hieß nicht Melody Hardwick.«

»Ob Dawson das weiß?« Ich sah sie fragend an. Sie zuckte mit den Schultern.

»Wirst du uns nun verraten, wie sie tatsächlich hieß?«, sagte Dorothy Clark. »Ich habe nämlich später noch ein heißes Date mit einem Mann, der an der MISU gearbeitet hat, und ich will ihn fragen, ob er sie kannte.« Sie war eins achtzig groß, hundertfünfzig Kilo schwer und sah aus, als wäre sie mal Linebacker der Chicago Bears gewesen. Sie war außerdem eine unverbesserliche Flirterin, hatte den Schwarzen Gürtel in Aikido und konnte Männerherzen zum Schmelzen bringen. Von ihr konnte man einiges lernen. Wenn der Mann, mit dem sie verabredet war, irgendetwas Lohnendes wusste, dann würde sie es erfahren, dessen war ich sicher.

Nana Jo schaute auf ihr Tablet. »Elizabeth Mae Simpson.«

Dorothy zog einen Kuli hervor, notierte sich den Namen auf einer Serviette und gab ihn an Irma und Ruby Mae weiter.

»Sie nannte sich auch Beth, Lizzy, Bessie. War zweiundzwanzig Jahre alt, schlank, braunes Haar, braune Augen.«

»Was hatte sie auf dem Kerbholz?« Ruby Mae holte ihr Strickzeug hervor, das sie immer bei sich trug. Sie mochte ich von Nana Jos Freundinnen am liebsten. Sie war Afroamerikanerin und hatte eine ruhige, freundliche Art. Ich schätzte sie auf Anfang achtzig, obwohl das bei ihrer glatten Haut schwer zu sagen war. Sie stammte aus Alabama und war auch dort aufgewachsen. Ihr Südstaatenakzent hatte sich gehalten, obwohl sie die längste Zeit ihres Lebens in Chicago gelebt hatte, wo ihr Mann sie mit neun Kindern sitzen gelassen hatte. Sie hatte sie allein großgezogen.

»Er bezeichnete sie als ›Trickbetrügerin‹«, sagte Nana Jo.

Ruby Mae runzelte die Stirn. »Was heißt das genau?«

»Sie hat mehrere Leute um Geld betrogen.«

»Also, so ein schei…«

»Irma!«, riefen alle.

»Entschuldigung.« Irma schlug sich die Hand vor den Mund und hustete.

»Das klingt, als hätte die Kleine nichts Gutes im Schilde geführt.« Ruby Mae strickte. »Und als hätte unser Dawson noch mal Schwein gehabt.« Sie blickte von ihrem Strickzeug auf. »Entschuldigt meine Wortwahl.«

»Nicht der Rede wert.« Nana Jo tätschelte ihr den Handrücken. »Und ich bin ganz deiner Meinung. Er hat wirklich Schwein gehabt.«

»Was ist mit dem anderen Kerl, den du am Telefon erwähnt hast?«, fragte Dorothy.

Nana Jo schaute auf ihr Tablet. »Ach ja, Virgil Russell. Mark hatte keine Zeit, den auch noch in der Datenbank zu suchen.«

»Ich habe meinen Enkel Ernie angerufen. Er ist Immobilienmakler. Er weiß über diesen Russell Bescheid. Das ist ein mieser Schei…«

»Irma!«

»Entschuldigung. Ernie sagt, er betreibt Mietwucher in Elendsvierteln.«

»Hat er Genaueres erzählt?« Nana Jo tippte auf ihrem Tablet herum.

Irma hustete. »Ich gehe morgen Mittag mit ihm essen. Er hat versprochen, einen seiner Partner auf den Mann anzusprechen. Ich bin sicher, er kann mir morgen mehr erzählen.«

»Großartig.« Ich war immer wieder erstaunt, wie schnell die Damen sich ins Zeug legten und ihre Quellen anzapften.

»Wie hält Dawson sich?«, wollte Ruby Mae wissen.

Ich bekam feuchte Augen, doch das war kein Moment, um sich eine Schwäche zu leisten. Wir hatten harte Arbeit vor uns. Ich nahm mich zusammen und erzählte ihnen, was Dawson am Morgen zu uns gesagt hatte.

Ruby Mae schniefte und betupfte sich die Augenwinkel. Irma fluchte leise und bekam wieder einen Hustenanfall, der einen Schluck aus dem Flachmann erforderlich machte. Dorothy schaute stoisch und entschlossen in die Runde.

»Tja, es sieht nicht gut für ihn aus, doch wir können helfen. Wir brauchen möglichst viele Informationen.« Nana Jo sprach wie ein General zu seinen Soldaten.

»Ich werde Jenna anrufen«, entschied ich. »Sie kann uns hoffentlich sagen, ob die Leiche schon obduziert wurde. Dabei könnte einiges Nützliche ans Tageslicht gekommen sein.«

»Gute Idee.« Nana Jo tippte. »Ich hake bei Freddie noch mal nach. Vielleicht hat er von Mark inzwischen Informationen über Russell und dessen Geschäfte erhalten.«

»Meine Enkelin Jillian studiert an der MISU«, bemerkte Dorothy. »Vielleicht ist sie Melody oder Elizabeth Mae einmal begegnet.«

»Ich fände es praktischer, wenn wir sie weiter Melody nennen.« Ich sah in die Runde und bekam von allen stille Zustimmung. »Das ist nicht so verwirrend.«

»Gut. Ich werde meine Enkelin nach ihr fragen«, versprach Dorothy. »Wenn sie sie selbst nicht kannte, dann weiß sie vielleicht jemanden, der mit ihr Kontakt hatte.«

»Sam, ich kann bei dir die Rädchen schnurren hören«, meinte Nana Jo.

Sie kannte mich genau. »Ich gehe heute auch zum Campus. Ich möchte mit dem Sportdirektor über Dawson sprechen.« Ich senkte den Blick. »Es wäre eine Katastrophe, wenn er sein Stipendium verliert. Ich dachte, ich sehe mich mal im Campus-Center um.«

Nana Jo blickte mich fragend an. »Wozu das?«

Ich nahm mir einen Moment Zeit, um meine Gedanken zu ordnen. »Wisst ihr noch, als der Austauschstudent letztes Jahr im Fluss ertrunken ist? Da gab es auf dem Campus eine Trauerfeier. Die Studenten versammelten sich und errichteten mit Blumen und Andenken eine Gedenkstätte.«

»Ich erinnere mich. Zeitungs- und Fernsehjournalisten haben einige von ihnen interviewt«, sagte Dorothy. »Dabei erfuhr man viel Trauriges über sein Leben in Kenia und welche großen Hoffnungen seine Familie in ihn gesetzt hatte.«

»Vielleicht wird wegen Melody so etwas auch gemacht. Dann könnte ich mit jemandem sprechen, der mit ihr befreundet war und der sie wirklich gut kannte.«

Nana Jo nickte. »Gute Idee.«

»Sieht so aus, als hätten wir einen Plan.« Dorothy machte Anstalten aufzustehen. »Ich muss mich auf den Weg zu meinem Date machen.«

»Nur eins noch«, wandte Nana Jo ein. »Wir müssen diesmal sehr schnell arbeiten.«

Wir alle schauten sie verwundert an.

»Diesen Samstag beginnt für das MISU-Team die Bye Week, und wenn wir Dawson bei einem Spiel sehen wollen, müssen wir ihn bis dahin von dem Mordverdacht befreit haben.«

6

Nachdem ich Nana Jo und ihre Freundinnen im »Dorf«, wie sie die Seniorensiedlung meist nannten, abgesetzt hatte, fuhr ich zu Jenna. Meine Schwester und mein Schwager waren beide erfolgreiche Anwälte, die sich North Harbor als Wohnsitz ausgesucht hatten, anstatt nach South Harbor in eine pompöse Vorortvilla zu ziehen. Früher war North Harbor mal der Stadtteil gewesen, in dem die Elite mit großen viktorianischen Häusern zwischen ausgedehnten Rasenflächen und schmiedeeisernen Zäunen ihren Wohlstand zur Schau gestellt hatte. Als die Automobilindustrie schließlich wegzog, verschwanden die lukrativen Jobs und auch der Reichtum. Wer blieb, zog aus seinem großen Haus in die Arbeiterviertel von South Harbor um.

Jenna und Tony hatten für einen Dollar eine heruntergekommene viktorianische Villa gekauft und mit liebevoller Sorgfalt renoviert. Sie hatte eine Wohnfläche von dreihundertsiebzig Quadratmetern, wirkte aber warm und behaglich. Meine Schwester hatte sich im vorderen Turm ihr Arbeitszimmer eingerichtet, das über einen halbrunden Schreibtisch und einen der sieben Kamine verfügte. Es war gemütlich und bot einen Blick über den Rosengarten.

Als ich vor dem Haus anhielt, sah ich meine Schwester im Turmzimmer am Schreibtisch sitzen. Sie musste mich auch erblickt haben, denn als ich die Verandastufen hochstieg, erwartete sie mich in der offenen Tür.

»Komm rein.«

Ich legte die Handtasche auf den Wandtisch im Flur und folgte ihr nach oben. »Wo sind Tony und die Zwillinge?«

»Tony muss noch arbeiten, und die Zwillinge sind zu einer Dichterlesung gegangen.«

Ich musste wohl ziemlich verblüfft geguckt haben, denn Jenna lachte.

»Ich weiß. Ich war genauso überrascht. Sie haben jeder ein Date, und Quincy Troupe hält die Lesung.«

»Ah … okay, jetzt verstehe ich.«

Ich las selten Gedichte, doch Quincy Troupe war mir ein Begriff. Er hatte eine Biografie über den Jazzmusiker Miles Davis geschrieben und über den früheren hochverdienten Basketballspieler Magic Johnson ein Gedicht verfasst. Wenn die Zwillinge zu einer Dichterlesung gingen, dann konnte der Dichter nur Quincy Troupe heißen.

Jenna setzte sich hinter ihren Schreibtisch und ich mich auf das viktorianische Sofa, das sie bei einem Garagenflohmarkt gekauft und später neu hatte beziehen lassen. Immer wenn ich es sah, dachte ich lächelnd daran, wie wir beide versucht hatten, es im Fond meines SUV zu verstauen, ohne es noch mehr zu beschädigen, als der Zahn der Zeit und die Generationen von Nutzern es bereits getan hatten. Mit den Mahagonischnitzereien, der üppigen Polsterung, dem rautenförmig gesteppten Rücken und den gekrümmten Armlehnen entsprach es nicht meinem Geschmack, passte jedoch ausgezeichnet zum Stil des Hauses.

»Ich würde ja fragen, was dich herführt, aber ich kann es mir denken.«

»Ich komme gerade vom Essen mit Nana Jo und den Damen. Gibt es etwas Neues?«

Sie schaute über die vor ihr ausgebreiteten Papiere. »Es sieht nicht gut aus.« Sie griff zu einer Mappe. »Sie wurde erwürgt.«

»Auf welche Weise?«

»Nach den blauen Flecken zu urteilen, hat der Täter seine Hände benutzt.«

»Und das heißt …«

Jenna nickte. »Dass es entweder ein Mann oder eine sehr starke Frau getan hat.«

»Wann?«

»Nach Meinung des Gerichtsmediziners ist der Tod zwischen Mitternacht und halb drei am Montagmorgen eingetreten. Dawson behauptet, dass Melody bis Mitternacht an seine Tür gehämmert hat, aber die Polizei glaubt ihm das nicht.«

»Gibt der Obduktionsbericht etwas Interessantes her?«

Jenna schüttelte den Kopf. »Eigentlich nicht. Sie hatte gegen acht Uhr ihre letzte Mahlzeit eingenommen.« Jenna überflog das Dokument. »Sie hatte am Vortag Sex. Die Polizei will von Dawson eine DNA-Probe.«

»Er war mit ihr zusammen. Das bedeutet aber nicht, dass er sie getötet hat.«

Jenna senkte den Blick. »Nein, doch wenn sie die DNA-Probe haben, werden sie bald wissen, dass die Hautzellen unter Melodys Fingernägeln von Dawson stammen, und bisher beweist nichts, dass sie nach dem Streit noch gelebt hat.« Sie schaute auf. »Man wird ihn verhaften.«

Ich atmete einige Mal tief durch, um mich zu beruhigen.

»Morgen gehe ich mit Dawson zum Wangenabstrich. Wir werden in der Innenstadt bleiben. Höchstwahrscheinlich verhaften sie ihn kurz danach. Der Bezirksstaatsanwalt ist ein alter Klassenkamerad von mir. Er ist nicht das hellste Licht im Hafen, aber auch kein Dummkopf, und außerdem schuldet er mir einen Gefallen. Morgen Nachmittag findet die Kautionsanhörung statt.«

»Brauchst du Geld?«

Sie schüttelte den Kopf. »Ich habe einen Kautionsagenten an der Hand, mit dem ich häufig zusammenarbeite. Er wird sich um alles kümmern.«

Sosehr ich auch blinzelte, ich konnte die Tränen nicht zurückhalten.

Jenna langte hinter sich ins Regal nach einer Schachtel Papiertaschentücher und brachte sie mir.

Ich zog eines heraus, wischte mir über die Augen und schnäuzte mich.

»Sam, es tut mir leid. Ich weiß, wie sehr du an Dawson hängst, doch du musst dich wappnen. Bevor sich die Sache klärt, wird es erst mal schlimm.«

Ich blickte auf. »Was meinst du?«

Jenna ging auf und ab. »Hier rufen schon ständig Journalisten an. Die Medien werden sich vor deinem Geschäft aufbauen und euch Mikrofone und Kameras vor die Nase halten. Manche werden dir überallhin folgen. Ich kann sie davon abhalten, den Laden zu betreten, aber nicht, sich an der Straße zu postieren. Ich rate dir, keinerlei Kommentar abzugeben. Überlass das Reden allein mir.«

Ich nickte. »Können wir irgendetwas tun?«

»Ja. Findet möglichst viel über Melody heraus. Normalerweise würde ich meinen Ermittler darauf ansetzen, doch der steckt bis über beide Ohren in anderen Fällen.« Sie lächelte mich an. »Außerdem bin ich mir ziemlich sicher, dass du dich sowieso nicht heraushalten wirst, selbst wenn ich das von dir verlange.«

Ich grinste. »Da hast du recht.«

Jenna wurde ernst. »Sam, sei vorsichtig. Da läuft ein Mörder frei herum. Zieh nicht allein los. Normalerweise habe ich etwas gegen Waffen, doch Nana Jo sollte ihren Friedensstifter griffbereit haben. Der Täter glaubt, er ist mit einem Mord davongekommen. Er wird nicht gelassen reagieren, wenn ihm jemand auf die Spur kommt.«

Jennas Warnung ging mir während der Heimfahrt durch den Kopf. Zu Hause angekommen, ließ ich Snickers und Oreo in den Garten und sah zu, wie sie schnuppernd nach einer geeigneten Stelle für ihr Geschäft suchten. In Dawsons Apartment brannte Licht. Das fand ich tröstlich, und ich fragte mich unwillkürlich, wie oft ich das noch sehen würde. Mir kamen schon wieder die Tränen, und ich musste mich sehr zusammenreißen, um nicht laut zu weinen.

Als ich wieder ins Haus ging, war ich voller Unruhe. Da war an Schlaf nicht zu denken, und ich legte mich erst gar nicht hin, sondern suchte Ablenkung bei den Marshs.

Thompkins betrat die Bibliothek und blieb in aufrechter, steifer Haltung an der Tür stehen. Nach diskretem Räuspern kündigte er einen Besucher an. »Der Herzog von Kingfordshire, Lord James Fitzandrew Browning.«

James trat ein.

»Exzellent. Sie kommen gerade rechtzeitig, um mit uns Tee zu trinken.« Lady Elizabeth sah den Butler an, der daraufhin nickte und hinausging.

James war ein sommersprossiger, blonder, freundlicher Mann mit breiten Schultern und stämmigem Körperbau. Die Marshs kannten ihn seit einem halben Jahr. Er war damals eigens angereist, um zu verhindern, dass sein langjähriger Freund Victor Carlston wegen eines Mordes an den Galgen kam, den er nicht begangen hatte. Nachdem der wahre Mörder am Ende verhaftet worden war, hatte James als Trauzeuge an der Hochzeit von Victor und Lady Penelope Marsh teilgenommen. Seitdem war er häufig Gast in Wickfield Lodge und hatte Lady Daphne viel Aufmerksamkeit gewidmet.

»James, wie schön, dass Sie uns endlich besuchen! Jetzt können Sie uns vielleicht verraten, worum es bei der ganzen Sache in Wahrheit geht«, sagte Lord William in seiner lauten, gutmütigen Art.

Lady Elizabeth schoss ihm einen Blick zu. Ihr Mann zog die Stirn kraus und holte seine Pfeife hervor. Sie wartete aufmerksam ab.

James schaute zu Daphne hinüber, die in dem Sessel am Fenster saß. Er ging zu ihr und griff nach ihrer Hand.

Daphne nickte flüchtig lächelnd und entzog ihm die Hand, um den Blick wieder nach draußen zu richten.

Lady Elizabeth verfolgte das kühle Benehmen ihrer Nichte und legte umso mehr Wärme in ihren Ton. »James, wir freuen uns sehr, dass Sie bei uns sind.«

Thompkins kam mit einem Teewagen herein, auf dem Tee, Sandwiches, Scones und Törtchen standen, und schob ihn zu Lady Elizabeth.

»Wunderbar, Thompkins. Danke«, sagte sie zu dem hinausgehenden Butler, dann nahm sie die silberne Teekanne und schenkte ein. »James, möchten Sie eine Tasse Tee, oder bevorzugen Sie etwas Stärkeres?«

James nahm die Tasse entgegen. »Danke. Tee ist mir sehr recht.« Vor seinem ersten Schluck blickte er zu Daphne.

Sobald jeder seinen Tee hatte, wandte sich Lady Elizabeth an ihren Gast. »Nun, vielleicht können Sie uns jetzt erzählen, was Sie uns eingebrockt haben?«

Er holte tief Luft und stellte seine Tasse auf den Tisch. »Zuerst möchte ich Ihnen danken, weil Sie zugesagt haben, die Jagdgesellschaft der Herzogin aufzunehmen. Wir wussten uns nicht mehr anders zu helfen.«

»Selbstverständlich sind wir gern behilflich«, versicherte sie, »aber es kommt uns doch seltsam vor.«

»Das glaube ich gern«, bekräftigte Lord James nickend und zögerte einen Moment lang. »Doch ich fürchte, ich muss Sie bitten, mir noch ein wenig länger zu vertrauen.« Er sah zu Lady Daphne, die in ihre Teetasse starrte und ihm keinen Blick gönnte. »Unglücklicherweise darf ich keine Erklärung dazu abgeben, zumindest noch nicht. Ich hoffe, ich werde Sie zu gegebener Zeit aufklären dürfen, aber im Augenblick ist das nicht der Fall. Vielmehr muss ich Sie bitten, niemandem gegenüber zu erwähnen, dass ich Sie angerufen und mich mit diesem Anliegen an Sie gewandt habe. Es ist von immenser Wichtigkeit, dass die Herzogin von Windsor nichts von meiner Beteiligung erfährt. Für sie und jeden anderen Außenstehenden bin ich lediglich ein geladener Gast und Freund der Familie.« James schaute erneut zu Daphne.

Lady Elizabeth blickte ihn verwundert an. »Aber wieso weiß sie das nicht? Wallis kann nicht von selbst auf die Idee gekommen sein, da wir uns noch nie begegnet sind. Irgendjemand muss Wickfield Lodge vorgeschlagen haben.«

»Ah … nun ja. Ich kann nur sagen, dass der Vorschlag von jemandem kam, den die Herzogin respektiert. Dass Sie eine Lieblingscousine des Königs sind und sich als nützlich erwiesen haben, indem Sie bei der königlichen Familie die Wogen für sie glätteten, war ein zusätzlicher Anreiz.« Er lächelte kurz. »Dennoch kann ich nicht genug betonen, wie wichtig das ist.«

Lady Elizabeth sah zu ihrem Mann, der paffend und gedankenverloren sein Sandwich stückweise an Cuddles verfütterte.

James wirkte nervös, was für ihn ganz untypisch war. Der Fünfzehnte Duke of Kingfordshire hatte sonst immer eine lässige, unbeschwerte Ausstrahlung, wie sie für junge Männer seines Standes üblich war. Er bot das Bild eines reichen, privilegierten Adligen, der keinerlei Sorgen hatte. Jedoch erwies er sich bei näherem Hinsehen als klug, scharfsinnig, zielstrebig und entschlossen. Wenn Augen das Fenster zur Seele waren, dann entdeckte man in seinen tiefe Überzeugungen und Mut.

Lady Elizabeth bekundete schweigend ihre Zustimmung.

»Verflixt geheimnisvoll.« Lord William blickte zwischen Gattin und Nichte hin und her. Einen Augenblick später nickte er ebenfalls.

Die Aufmerksamkeit richtete sich nun auf Daphne. Sie saß noch immer vor dem großen Fenster, das auf die Terrasse hinausging, und schaute in die Ferne. Die Sonne schien herein und umgab ihre Schönheit mit einem Glanz, der überwältigend war. Goldblonde Haare und leuchtend blaue Augen funkelten wie das Meer in der Sommersonne. Sie war atemberaubend. Nun drehte sie den Kopf zu James und hob die langen dunklen Wimpern. James erschrak angesichts ihres eisigen Blicks, und ihre Tante schauderte unwillkürlich.

»Was verlangst du von mir?« Ihre Worte hingen im Raum wie beißender Rauch.

Lady Elizabeth stellte ihre Teetasse ab und stand auf. »Darling, ich meine, wir sollten unbedingt noch einmal mit dem Personal sprechen.« Sie nahm ihren Strickkorb, der stets bei ihrem Sessel stand.

Lord William sah seine Gattin groß an.

»Kommst du, mein Lieber? Ich denke wirklich, wir sollten das jetzt erledigen.«

Nach ein paar Augenblicken registrierte er die stumme Botschaft und stemmte sich vom Sofa hoch, sodass Cuddles seinen Ruheplatz aufgeben musste, und folgte seiner Frau zur Tür. »Per-

sonal, gewiss. Müssen mit dem Personal sprechen. Verzwickte Sache.«

»Wartet«, bat Daphne. »Es ist nicht nötig, dass ihr hinausgeht. Seine Gnaden wird sicher nichts sagen wollen, was er nicht auch in eurem Beisein äußern kann.«

Seine Gnaden machte ein Gesicht, als hätte er sogar vieles zu sagen, bei dem er lieber mit ihr allein wäre. Er stellte jedoch seine Tasse hin und setzte sich in den Sessel neben Daphne.

Sie wandte sich ihm zu, und sofort legte sich ein unsichtbarer Schleier über ihre Augen, sodass ihre Gedanken dahinter verborgen blieben.

»Daphne, ich denke, du weißt, wie viel du mir bedeutest. In den vergangenen zwei Monaten hatte ich viel zu tun, und ich möchte dich um Verzeihung bitten, dass ich dir nicht mehr Zeit gewidmet habe. Doch meine Gefühle sind …«

»Ach du meine Güte.« Daphne lachte. »Ich glaube, du missverstehst mich. Ich habe nicht um ein Liebesgeständnis gebeten. Wir wissen beide, das wäre aufgesetzt.«

James wich zurück, als hätte sie ihm ins Gesicht geschlagen.

»Ich wollte nur wissen, wie weit du mit dieser Scharade gehen willst, die du arrangiert hast. Bist du bloß ein alter Freund der Familie, der beste Freund meines Schwagers, oder soll die Familie mehr in dir sehen?«

»Daphne.« Lady Elizabeth konnte ihre Bestürzung nicht verbergen.

Daphne blickte ihre Tante unschuldig an. »Ich bedaure, wenn ich dich schockiert habe, Tante Elizabeth. Ich versuche nur, mir darüber klar zu werden, wie viel Verstellungskunst meine Rolle erfordert.«

James' Augen blitzten auf, und er biss sichtlich die Zähne zusammen. »Ich würde deine Verstellungskunst nicht strapazieren wollen. Sagen wir einfach, ich bin ein Freund der Familie.«

»Einverstanden.« Daphne wandte sich wieder dem Fenster zu.

»Gut.« James stand auf, nahm seine Pfeife aus der Tasche und ging zum Kamin.

Lady Elizabeth und Lord William sahen die beiden jungen Leute an und verließen still den Salon.

Victor und Penelope gingen von ihrem Haus aus die drei Meilen zu Fuß und nahmen an dem Familiendinner teil, was ein wenig dazu beitrug, die angespannte Stimmung aufzulockern.

Daphne und James waren übertrieben freundlich zueinander, wenn sie mal ein Wort wechselten, und steigerten damit die Anspannung, anstatt sie zu verringern. Daphne zeigte sich überaus interessiert an Penelopes Problem, geeignetes Personal zu finden, und bot ihr sogar an, bei der Auswahl zu helfen. James hingegen wirkte wie benommen. Er war still und redete nur, wenn er angesprochen wurde. Nach dem Essen zog sich die Familie zum Kaffee in den hinteren Salon zurück.

Lady Elizabeth holte ihr Strickzeug hervor und schaute in die Runde. Lächelnd fing sie Penelopes Blick auf. Nach vier Monaten Ehe war für jeden offensichtlich, dass das Paar glücklich war. Victor hatte lange Zeit geglaubt, in die schöne Daphne verliebt zu sein. Vor sechs Monaten war ihm jedoch klar geworden, dass sein Herz in Wirklichkeit für Penelope schlug. Lady Elizabeth betrachtete ihren neuen Neffen voller Zuneigung.

Victor setzte sich in einen Sessel vor dem Kamin und streckte die Beine aus, als fühlte er sich vollkommen zu Hause. Er rauchte, während Lord William Anekdoten aus seiner Militärzeit zum Besten gab. Victor und James wechselten wissende Blicke. Daphne hatte sich ans Fenster zurückgezogen und in eine Zeitschrift vertieft. Lady Elizabeth war sich allerdings sicher, dass sie seit einer halben Stunde nicht mehr umgeblättert hatte.

Penelope neigte sich zu ihr und flüsterte: »Was hat die Eisprinzessin denn?« Sie deutete mit dem Kopf dezent auf ihre Schwester.

Lady Elizabeth seufzte. »Sie ist gekränkt. Ich denke, sie hat ernste Gefühle für James.«

Penelope schaute zu ihrer jüngeren Schwester hinüber. Die jungen Damen waren grundverschieden. Ein oberflächlicher Betrachter hätte nicht vermutet, dass sie Schwestern waren. Daphne war eine zierliche, blasse Erscheinung mit blonden Haaren und blauen Augen, Merkmale, die sie von ihrem Vater Peregrine Marsh geerbt hatte. Penelope dagegen hatte die dunklen Haare und braunen Augen ihrer Mutter. Im Sommer musste sie sich vor der Sonne hüten, um nicht dunkelbraun zu werden, ähnlich wie ihre Mutter, Lady Henrietta Pringle. Ihre liebenden Eltern waren kurz nach Daphnes Geburt bei einem Autounfall umgekommen. Lord William und Lady Elizabeth, die selbst kinderlos geblieben waren, hatten die Mädchen daraufhin großgezogen und betrachteten sie als ihre Töchter.

»Ich würde meinen, James empfindet für sie genauso.« Penelopes Blick schweifte zu dem Herzog hinüber. »Was ist denn vorgefallen?«

Ihre Tante legte ihr Strickzeug auf den Schoß. »Er hat sich zwei Monate lang kaum einmal blicken lassen. Dann kommt er hierher, nachdem er dieses aufwendige Wochenende arrangiert hat, und erklärt ihr nicht, was vor sich geht.«

»Vielleicht darf er das nicht.«

Lady Elizabeth sah ihre Nichte an. »Ich hatte gehofft, er hätte sich Victor anvertraut.«

Penelope schüttelte den Kopf. »Wenn, dann hat Victor mir nichts davon gesagt. Aber James hätte euch ganz sicher nicht darum gebeten, wenn es nicht wichtig wäre. Ich war noch nie in seinem Haus, doch laut Victor wirkt der Buckingham-Palast dagegen wie ein Cottage. Wenn es nur darum ginge, ein ausreichend großes

Jagdgelände zur Verfügung zu stellen, hätte er die Gesellschaft vermutlich selbst aufgenommen.«

»Er will nicht, dass jemand von seiner Rolle in dieser Angelegenheit erfährt. Offiziell ist er nur ein geladener Gast und Freund der Familie.« Lady Elizabeth zog die Brauen zusammen.

»Was gibt es? Du wirkst verärgert.«

Ihre Tante strickte ein paar Maschen. »Ich habe ein ganz ungutes Gefühl bei der Sache. Nachdem ich die Gästeliste gesehen habe, muss ich sagen, wenn mich jemand anders gebeten hätte, die Gastgeberin zu spielen, hätte ich höchstwahrscheinlich abgelehnt. Dein Onkel verabscheut es, in die Politik hineingezogen zu werden, und ich fürchte, es hat schon sehr viel schlechte Presse über Leute wie den Cliveden-Kreis gegeben.«

Penelope runzelte die Stirn. »Den Cliveden-Kreis?«

»Du weißt, Liebes, das ist die Gruppe, die Lady Nancy Astor nach Cliveden House einlädt. Die Zeitungen haben ausführlich darüber berichtet, wie sie versuchen, Hitler zu beschwichtigen und … nun ja, dergleichen mehr.«

»Ich habe darüber gelesen, doch es überrascht mich, dass du solche Artikel liest.«

»Man muss sich auf dem Laufenden halten.« Lady Elizabeth strickte weiter. »Das ist quälend. Ich weiß nicht, was schlimmer ist: der Gedanke, dass uns vielleicht wieder ein Krieg bevorsteht« – sie hielt beim Stricken inne und blickte ihre Nichte an – »oder dass wir tatenlos zusehen, während Deutschland Europa erobert. Wenn man Hitler nicht bremst, wird er vor dem Ärmelkanal nicht haltmachen.«

Penelope tätschelte ihrer Tante die Hand. »Ich bete, dass es nicht dazu kommt. Aber versuch, dir keine Sorgen zu machen. Das ist nur ein Jagdwochenende, und Victor und ich werden so viel wie möglich hier sein. Wir helfen auf jede erdenkliche Art.«

Sosehr sie sich bemühte, Lady Elizabeth konnte das mulmige Gefühl nicht abschütteln, dass ihnen etwas Unangenehmes be-

vorstand. Sie sah jedoch, dass sie ihre Nichte beunruhigte, und deshalb glättete sie ihre Stirn und lächelte. »Danke, Liebes. Das wird uns eine enorme Hilfe sein.« Dann wandte sie sich an die anderen. »Möchte jemand noch eine Tasse Kaffee?«

7

Der Mittwoch war immer mein bevorzugter Wochentag gewesen, besonders zu meiner Zeit als Lehrerin. Meine Kollegen freuten sich die ganze Woche über auf den Freitag und das Wochenende. Das bedeutete fünf ganze Tage Unterricht und Korrigieren von Klassenarbeiten. Wenn ich mich auf den Mittwoch anstatt auf den Freitag freute, verging die Woche viel schneller.

Dieser Mittwoch veränderte meine Haltung dazu für immer. An diesem Mittwoch unterzog sich Dawson einem DNA-Test und wartete geduldig auf seine Verhaftung, die dann auch erfolgte.

Ich hatte beschlossen, stark zu bleiben und nicht zu weinen. Ich wollte es ihm nicht noch schwerer machen, indem ich den Tränen freien Lauf ließ. Sich meinetwegen zu sorgen war jetzt das Letzte, was er brauchte. Ich schloss den Laden zu, um Dawson, Jenna und Nana Jo zum Polizeirevier zu begleiten.

Zuerst fuhr Jenna jedoch zur North Harbor Clinic. Dort wurde Dawson unverzüglich in einen Behandlungsraum gebracht.

»Warum lässt du das hier machen? Ich dachte, die Polizei kümmert sich darum«, sagte ich, als wir uns ins Wartezimmer setzten.

»Das staatliche Labor ist überlastet. Dort würde es sechs Monate dauern, bis sein Abstrich an die Reihe kommt.«

»Wäre das für ihn nicht besser? Ohne den DNA-Beweis können sie ihn schließlich nicht verhaften, oder?«

»Oh doch, das können sie. Außerdem will ich nicht riskieren, dass in dem staatlichen Labor die DNA-Probe verloren geht oder verunreinigt wird. Dort arbeiten gute Leute, doch die sind überarbeitet, und wer überarbeitet ist, dem unterlaufen Fehler. Ich mache seit Langem gute Erfahrungen mit dem Kliniklabor. Da bekomme ich das Ergebnis immer nach ein paar Stunden.«

»Aber in sechs Monaten wüssten wir, wer der Mörder ist.«

Jenna drehte sich auf dem Sitz zu mir. »Sam, Mord ist ein Kapitalverbrechen. Wenn Dawson wegen eines solchen verhaftet wird, wird er von der Uni suspendiert, bis der Fall aufgeklärt ist. Glaub mir, ich hätte auch gern mehr Zeit. Letztlich liegt die Entscheidung jedoch bei ihm.«

Er kam zurück, bevor wir das weiter erörtern konnten. Die Angelegenheit hatte gerade einmal zehn Minuten gedauert.

Ich fuhr hinter Jenna her zum Polizeirevier und dachte über das nach, was sie gesagt hatte. Sechs Monate waren kein langer Zeitraum, aber wenn einem nur zwei Wochen blieben, um einen Mörder zu entlarven, erschienen sie wie eine Ewigkeit. Football war für Dawson das Wichtigste. Der Sport war sein Vehikel, um sich von seinem gewalttätigen Vater zu lösen und eine gute Ausbildung zu erhalten.

Diesmal hatte Nana Jo ihre Pistole bei sich, doch sie blieb vor dem Metalldetektor stehen und hielt ihren Waffenschein hoch. Sie kündigte außerdem laut an, dass sie ein Tablet in der Handtasche hatte. Der Officer an der Besucherschleuse erkannte uns wieder und war nicht erfreut.

Akribisch durchsuchte er Nana Jos Handtasche, winkte meine Großmutter durch und händigte ihr alles wieder aus. Wir betraten das Revier unauffällig.

Jenna ließ Detective Pitt Bescheid geben, dass wir da waren, und er erwartete uns am Empfang.

Meine Schwester war herrisch, starrsinnig und nervig. Sie war außerdem fleißig, engagiert und enorm vorausschauend. Diese Eigenschaften waren für eine Anwältin nützlich. Um Dawsons Zeit in der Gefängniszelle möglichst zu verkürzen, hatte sie sich den Terminplan des Richters angesehen und mit dem Bezirksstaatsanwalt gesprochen. Dawson wurde noch vor drei Uhr verhaftet, erkennungsdienstlich behandelt und angeklagt. Der Kautionsagent hielt Wort und wartete auf uns vor dem Gericht.

Um halb vier waren wir wieder in der Buchhandlung. Dawson hatte in der Nacht nicht schlafen können und deshalb Mürbeteig geknetet. Mir hätte das keinen Spaß gemacht, aber jeder, wie es ihm gefiel.

Jenna, Nana Jo, Dawson und ich setzten uns an einen der Bistrotische im hinteren Bereich des Ladens, tranken Kaffee und aßen gedeckten Apfelkuchen mit einer Kugel Eiscreme und salziger Karamellsoße. Das war eine köstliche, aromatische und tröstliche Mischung, die mich meine Traurigkeit fast vergessen ließ. Einige Minuten lang aßen wir schweigend, und das war wunderbar.

»Der Kuchen war erstklassig.« Nana Jo leckte ihren Löffel ab. »Du könntest glatt an einem Backwettbewerb teilnehmen.«

Dawson bekam rote Ohren. Es machte ihn noch immer verlegen, wenn er gelobt wurde, obwohl er mit Freude zusah, wenn jemand sein Gebäck genoss.

»Was passiert jetzt?«, fragte ich Jenna.

»Dawson wird offiziell von der Uni suspendiert.«

»Dann hast du jetzt wohl jede Menge Zeit zu backen.« Nana Jo klopfte ihm auf die Schulter.

»Gibt es für ihn eine Möglichkeit, an seine Hausarbeiten zu kommen?«, wollte ich von Jenna wissen. »Nana Jo und ich könnten ihm beim Lernen helfen, damit er mit den anderen mithalten kann, wenn er in zwei Wochen wieder zur Uni geht.«

Meine Schwester lächelte mich an. »Das ist eine großartige Idee.«

Dawson bekam feuchte Augen. Er sah aus, als suchte er nach passenden Worten, fand aber keine. Schließlich starrte er auf seinen Teller und murmelte: »Danke.«

»Was habt ihr heute vor?«, fragte Jenna.

»Ich werde zum Campus fahren.« Ich sah auf die Uhr. »Besser, ich beeile mich.«

»Sam, ich weiß, ich brauche dir das eigentlich nicht zu sagen«, begann Jenna ernst, »doch auch dort könnten Journalisten herumlungern. Es wäre das Beste, wenn du den Kontakt mit der Presse mir überlässt.«

»Keine Sorge. Ich habe nicht die Absicht, mit Medienvertretern zu sprechen.«

Darauf blickten wir beide Nana Jo an.

»Was schaut ihr mich an?«, brummte sie gekränkt.

»Nana Jo, das ist wichtig. Ich …«

»Ich weiß. Ich weiß.« Sie deutete an, ihre Lippen zu verschließen, und verschränkte die Arme vor der Brust.

Jenna seufzte. »Ich möchte dich nicht beleidigen. Ich weiß, du würdest niemals absichtlich etwas tun oder sagen, was Dawson oder unserer Verteidigung schadet. Doch Journalisten können einem das Wort im Mund herumdrehen, und ehe du dich's versiehst, stecken wir in einem riesigen Schlamassel. Wir brauchen jedes bisschen Sympathie aus der Bevölkerung, das wir kriegen können.«

In dem Moment klingelte ihr Handy. Während sie das Gespräch annahm, bekam Nana Jo eine Kurznachricht, und eine Sekunde später klingelte Dawsons Telefon.

Jenna hörte dem Anrufer eine Weile zu, dann wechselte ihr Gesichtsausdruck in weniger als fünf Sekunden von entspannt zu panisch. »Zum Fernseher. Schnell!«

Da ich in der Buchhandlung kein Fernsehgerät hatte, hasteten wir die Treppe hinauf in die Wohnung.

Auf den letzten Stufen rief Jenna: »Schalte auf die Nachrichten.«

Ich griff zur Fernbedienung und wählte einen Lokalsender aus. Unwillkürlich schnappte ich nach Luft, als ich auf den Bildschirm sah.

Oben auf der Treppe vor dem Gericht stand A-Quadrat, Alex Alexander, Dawsons Vater, mit mindestens drei Mikrofonen vor dem Gesicht. Fettige Haare, eine schmutzige Jeans, die vielleicht mal blau gewesen war, und ein verschossenes, fleckiges T-Shirt mit dem Aufdruck: *Beam mich hoch, Scotty. Hier gibt es kein intelligentes Leben.*

»Stell den Ton lauter«, verlangte Jenna.

Nana Jo und ich wechselten einen Blick, aber ich gehorchte. Wir hatten schon einmal mit Dawsons Vater zu tun gehabt, nämlich als er in die Buchhandlung eingebrochen war. Er war in Handschellen abgeführt worden, und seitdem hatte ich ihn nicht mehr gesehen.

»Polizeibrutalität und Diskriminierung, das sehen wir hier. Mein Junge hat das Mädchen nicht umgebracht. Die Cops wollen ihm was anhängen. Die wollen nicht, dass ein einfacher Junge die Chance kriegt, was aus sich zu machen und aus diesem Loch zu verschwinden. Die wollen einen immer wieder in das Loch zurückstoßen«, geiferte A-Quadrat.

Einer der Journalisten versuchte, das Interview in eine

andere Richtung zu lenken, sodass es mehr hergab als eine allgemeine Schimpftirade. »Mr Alexander, es gibt viele Indizien, die gegen Ihren Sohn sprechen. Wie können Sie so sicher sein, dass er den Mord nicht begangen hat? Haben Sie mit ihm gesprochen?«

»Nee, hab ich nich'. Ich war ja im Knast. Bin gerade rausgekommen. Ich brauch nicht mit ihm zu reden. Ich weiß auch so, dass er keinen kaltgemacht hat, schon gar nicht die kleine Rumtreiberin. Eine miese …« – piep – »das war sie, nichts anderes.« Er grunzte und spuckte etwas Braunes auf den Boden.

Ich schauderte und war froh, dass der Sender die Schimpfwörter übertönte. Der Auftritt war eine Katastrophe, aber ich konnte nicht aufhören hinzusehen. Wie bei Berichten über ein Zugunglück verfolgte ich entsetzt das Geschehen.

»Sie hat gekriegt, was sie verdiente.«

Jenna stöhnte und fasste sich mit beiden Händen an die Wangen.

»Wollen Sie damit sagen, Melody Hardwick verdiente es, ermordet zu werden?«, fragte eine Journalistin.

»…« – piep – »richtig. Die war keine Heilige. Das kann ich Ihnen versichern. Aber es war nich' mein Junge, der sie kaltgemacht hat.«

»Wie können Sie da so sicher sein?«

A-Quadrat blickte in die Kameras. »Weil ich weiß, wer's getan hat.«

Das löste bei den Journalisten Hektik aus. Sie bombardierten ihn mit Fragen. Aber A-Quadrat grinste bloß, tippte sich vielsagend an die Schläfe und zwinkerte.

Detective Pitt hatte wohl in der Nähe gestanden, denn plötzlich zerrte er Alex Alexander von den Kameras weg.

Wir starrten noch eine ganze Weile fassungslos auf den

Bildschirm, doch Dawsons Vater erschien nicht mehr. Als klar wurde, dass die Berichterstattung darüber beendet war, schalteten wir zu anderen Nachrichtensendern um. Die brachten denselben A-Quadrat-Zirkus, sodass wir nicht mehr erfuhren, als wir schon wussten.

Jenna sprang auf und schritt im Zimmer hin und her. Ich hatte sie auch früher schon wütend erlebt, aber noch nie so. Sie war rot im Gesicht und murmelte in einem fort: »Oh mein Gott, oh mein Gott!«

Dawsons Kinnpartie wirkte so angespannt, als knirschte er mit den Zähnen, und er ballte in einem fort die Hände zu Fäusten. Innerlich kochte er vor Wut. Er war »auf hundertachtzig«, wie Nana Jo es ausgedrückt hätte.

Sie schien als Einzige ihren Spaß zu haben. Ihre Schultern bebten unter lautlosem Lachen, und ihre Augen funkelten. Nach ein paar Sekunden konnte sie nicht mehr an sich halten und lachte laut heraus.

Jenna fuhr herum und sah sie entgeistert an. »Was ist so lustig? Ich kann einen guten Witz weiß Gott gebrauchen. Der Volltrottel hat seine Frauenverachtung bewiesen, als er sagte, Melody Hardwick habe den gewaltsamen Tod verdient, und dazu hat er noch vor aller Welt bekannt gegeben, dass er den Täter kennt. Ach ja, und er ist gerade aus dem Gefängnis entlassen worden. Wie der Vater, so der Sohn, werden die Leute denken. Wir brauchen das Mitgefühl der Leute, sie müssen Dawson für unschuldig halten. Nun werden die meisten von dem Idioten so angewidert sein, dass sie Dawson schon ohne Gerichtsurteil zum Mörder stempeln.«

Nana Jo wischte sich eine Träne aus dem Augenwinkel. »Und da hast du befürchtet, Sam oder ich könnten der Presse gegenüber eine Bemerkung fallen lassen, die deine Verteidigung ruiniert. Anscheinend sind wir deine geringste Sorge. Wir hätten kaum mehr Schaden anrichten können als dieser Schwachkopf. ›Beam mich rauf, Scotty.‹ Dass ich nicht lache!«

Wir anderen sahen sie an und wechselten untereinander Blicke.

Sie lächelte. »Daran ist sowieso nichts mehr zu ändern. Geschehen ist geschehen.«

Dawson war während der Nachrichtensendung schweigsam gewesen. »Was wollen Sie jetzt tun?«, fragte er Jenna.

»Ich fahre nach Hause, gönne mir ein langes heißes Bad, ein gutes Abendessen und ein Glas Wein … vielleicht eine ganze Flasche. Dann gehe ich schlafen. Und morgen werde ich mir überlegen, was wir gegen deinen Vater unternehmen können. Auf irgendeine Art müssen wir dich von ihm abgrenzen.« Sie nahm ihren Autoschlüssel. »Wir sprechen uns morgen früh wieder«, sagte sie zu Dawson.

Er nickte.

Sie blickte Nana Jo und mich warnend an. »Bitte, macht die Situation nicht noch schlimmer, als sie schon ist.«

Wir legten die Hand aufs Herz und hoben drei Finger zum Pfadfinderschwur, während sie zur Treppe ging.

Mir knurrte der Magen, und die anderen beiden gaben auch zu, dass sie Hunger hatten. Also schauten wir in die Schränke, um herauszufinden, was wir uns zu essen zubereiten könnten.

Dawson entdeckte, dass man mit meiner Küchenmaschine nicht nur Kuchenteig kneten, sondern auch Nudeln herstellen konnte. Leon hatte zu dem Gerät einiges Zubehör gekauft, mit dem man von Eiscreme bis zu Würstchen alles herstellen konnte. Die Firma, die sie baute, hatte ihr Hauptwerk in North Harbor, daher waren wir günstig an die Produkte herangekommen. Ich hatte mir vorgenommen, eines Tages, wenn mein Leben in ruhigeren Bahnen verlief, einen Kurs zu belegen und zu lernen, wie man das Zubehör benutzte. Der Tag war bisher nicht gekommen. Nun war Leon tot.

Ich wischte eine Träne weg und hoffte, Nana Jo würde sie den Zwiebeln zuschreiben, die ich gerade hackte. Zum Glück gab es praktisch für alles Videoanleitungen im Internet. Dawson sah sich einen fünfminütigen Crashkurs an, dann nahm er Mehl, Salz und Wasser und stellte Spaghetti her. Nana Jo kochte eine würzige Marinara-Soße, und ich hackte Kräuter und rieb Käse. Das Ergebnis war köstlich.

Spaghetti, Salat und geröstetes Knoblauchbrot gaben mir neuen Antrieb, und so fuhr ich zum Universitätsgelände auf der Suche nach Antworten. Bestimmt hatte sich Melody noch jemand anderen außer Dawson zum Feind gemacht. Ich betete, dass ich denjenigen fand, bevor Dawson für ein Verbrechen bezahlte, das er nicht begangen hatte.

8

Ich hätte wirklich früher hinfahren sollen oder besser bis zum nächsten Tag gewartet, aber die Zeit war gerade nicht auf meiner Seite. Ich stellte den Wagen auf dem Besucherparkplatz ab und ging, ohne einen Plan zu haben, zur Studentenvertretung.

Die Uni verfügte über einen schönen, weitläufigen Campus mit großen gepflegten Rasenflächen und lag am Stadtrand von North Harbor mit Blick auf den Michigansee. Efeubewachsene Backsteingebäude standen verteilt auf dem Gelände und boten eine friedliche Kulisse.

Die Universität war zu Anfang des zwanzigsten Jahrhunderts mit einem Schwerpunkt auf den Agrarwissenschaften und Lehramtsstudiengängen gegründet worden. Später, als die Automobilindustrie in North Harbor und Detroit florierte, wurde ihr Angebot um Ingenieurwissenschaften erweitert, und schließlich wurden auch geisteswissenschaftliche Fächer gelehrt. Die großen Bäume, die Schatten spendeten und Schutz vor Regen boten, waren Jahrhunderte alt.

Ich genoss den Gang über den Campus, weil es so viel Schönes zu sehen gab. Da ich keine Ahnung hatte, wo die Studenten eine Gedenkstätte für Melody Hardwick errichten würden, begann ich mit der Suche im Haus der Studentenvertretung.

Im Erdgeschoss gab es eine Buchhandlung, in der man nicht nur Lehrbücher, sondern auch Instant-Käsemakkaroni kaufen konnte, und eine Cafeteria sowie eine ganze Wand mit Flugblättern, Jobanzeigen und Protestaufrufen. Fünfzehn Minuten lang schaute ich suchend über das Schwarze Brett.

Die einzige Gedenkveranstaltung war die einer studentischen Friedensgruppe, die in der nächsten Woche eine Mahnwache zum Jahrestag der sogenannten Reichskristallnacht abhielt, jener Pogrome vom 9. November 1938, bei dem Nazis Synagogen angezündet, Häuser, Schulen und Geschäfte jüdischer Bürger zerstört und an die hundert Menschen ermordet hatten. Alle Studenten wurden aufgerufen, sich friedlich an der Mahnwache auf dem Campus zu beteiligen, um der Ereignisse zu gedenken und für den Frieden zu beten.

Es rührte mich, dass Studenten in einer Kleinstadt des Mittleren Westens an ein Unrecht erinnern wollten, das vor so vielen Jahren begangen worden war, und einen Moment lang sehnte ich mich nach meiner Lehrtätigkeit zurück. Als Englischlehrerin einer Highschool hatte ich solche solidarisch denkenden jungen Leute unterrichtet und hoffte, sie vielleicht auch dazu inspiriert zu haben.

»Sam.«

Ich war in meine Gedanken vertieft gewesen und hatte weder gehört noch gesehen, dass sich mir jemand genähert hatte. Deshalb zuckte ich zusammen, als mich Dorothy Clark am Oberarm berührte. »Dorothy. Entschuldigen Sie. Ich habe Sie gar nicht bemerkt.«

Sie stand neben mir mit einem großen Blumenstrauß im Arm. »Ich weiß. Ich habe ein paar Mal Ihren Namen gerufen. Was ist an dem Schwarzen Brett derart fesselnd? Oder träumen Sie nur vor sich hin?«

»Ich suche nach der Ankündigung einer Gedenkfeier für Melody, finde aber keine.« Ich drehte mich zu ihr hin und musterte sie. »Sie sehen klasse aus. Hatten Sie ein heißes Date?« Ich lächelte sie an und schnupperte an ihren Blumen.

»Ich war verabredet, doch der Professor musste in letzter Minute absagen.« Sie runzelte die Stirn. »Ich treffe ihn jetzt morgen.« Sie schaute sich um. »Haben Sie vielleicht Lust, mich zu begleiten? Meine Enkelin tritt heute Abend in dem neuen Hechtman-Ayers Center auf. Ich habe eine Eintrittskarte übrig, es würde Sie also nichts kosten.«

Ich wehrte ab, doch Dorothy war hartnäckig.

»Sehen Sie, Sie werden von dem Schwarzen Brett nichts erfahren, was Dawson hilft, und außerdem ist es schon recht spät, um allein über den Campus zu streifen.« Sie hakte sich bei mir unter. »Sie sehen aus, als würde Ihnen ein bisschen Kultur ganz guttun. Und hinterher können wir mit Jillian einen Kaffee trinken gehen und sie wegen Melody ausfragen.«

»Aber ich bin nicht passend angezogen.«

»Sie sehen prima aus. Sie werden auch nicht die Einzige in Jeans sein. Unter den vielen Studenten werden Sie gar nicht auffallen.«

Dorothy wollte mir die Befangenheit nehmen, doch ihre Worte erinnerten mich an meine Mutter, die am Sonntag noch mein Äußeres kritisiert hatte. Ich hatte geglaubt, ihre Bemerkungen seien im Strom des Vergessens untergegangen. Nun jedoch brachte Dorothys Bemerkung meine diesbezüglichen Gefühle wieder an die Oberfläche.

Ich sah an mir hinunter: Jeans, schwarzes T-Shirt, schwarze Kapuzenjacke. Eine Menge Schwarz. Ich überlegte, was ich gestern und vorgestern getragen hatte, und dachte an meinen Kleiderschrank. Darin lagen lauter blaue

Jeans und dunkle Shirts. Ich hatte die Stimme meiner Mutter noch im Ohr: »… *versteckst dich hinter deiner Trauer.*«

Ich schüttelte den Kopf, um sie loszuwerden.

»Ist Ihnen kalt, meine Liebe?«, fragte Dorothy.

»Nein. Ich habe nur … Ach, egal. Alles in Ordnung. Ich werde mir sehr gern den Auftritt Ihrer Enkelin ansehen.«

Dorothys Sohn und ihre Schwiegertochter waren zurzeit verreist, aber Dorothy wollte, dass Jillian wenigstens eine Verwandte im Publikum hatte.

Wir gingen das kurze Stück zu dem neuen Veranstaltungshaus zu Fuß. Dorothy hatte sehr gute Plätze in einer der vorderen Reihen bekommen. Sobald wir saßen, blickte ich mich um. Sie hatte recht. Auch andere waren in Jeans gekommen. Doch ich weigerte mich, mir weiter darüber Gedanken zu machen, und schaute mir stattdessen den schönen Saal an.

Im Gegensatz zu den übrigen Bauten auf dem Campus war das Hechtman-Ayers Center for Performing Arts kein traditioneller efeubewachsener Sandsteinbau, sondern ein helles, modernes Gebäude aus Beton und Glas. Die Schule bot alles an von der Bildhauerei und Schmiedekunst bis hin zu Malerei und Tanz und hatte drei Veranstaltungssäle.

Diesen Abend wurde *Giselle* aufgeführt, ein klassisches Ballett. Laut Programmheft war Giselle eine zerbrechliche, aber schöne Bauerntochter, die sich in einen Prinzen verliebte, der sich aus Liebe zu ihr als Bauernsohn ausgab. Er war jedoch schon mit einer anderen verlobt, und als seine Maskerade aufflog, fiel Giselle tot um und wurde zu einem der Waldgeister, die mit Männern tanzten, bis diese ihrerseits tot umfielen.

Dorothys Enkelin verkörperte die Hauptrolle. Sie sah schön aus und war sehr begabt.

Am Schluss bekam sie stehende Ovationen, und die

Zuschauer waren von der Geschichte sichtlich gerührt. Ich war erst bei sehr wenigen Ballettaufführungen gewesen und hatte nur den *Nussknacker* und *Schwanensee* erlebt, aber *Giselle* begeisterte mich.

Während Dorothy hinter die Bühne ging, um ihrer Enkelin zu gratulieren, sah ich mir die Kunst im Foyer an. Es wurde für viele Zwecke genutzt. Es zeigte nicht nur die schöne Architektur des Hauses, sondern informierte auch über Veranstaltungen und diente als Ausstellungsraum für Skulpturen und Bilder. Nicht alles gefiel mir, doch ich konnte die Kreativität und den Intellekt der Künstler würdigen.

Dorothy und Jillian kamen zu mir, bevor ich mit meinem Rundgang durch die Ausstellung fertig war, aber vielleicht würde ich sie mir an einem anderen Tag weiter ansehen können. Zu dritt gingen wir zur Studentenvertretung. Dort gab es ein Café, in dem man süße Leckereien und Getränke bekam.

Offenbar hatten viele Zuschauer dieselbe Idee gehabt, denn es war brechend voll. Aber Jillian und ich ergatterten noch einen Tisch in der hinteren Ecke, während Dorothy an der Theke die Bestellung aufgab.

»Du warst fantastisch. Wie lange lernst du schon Ballett?«, fragte ich.

Jillian war groß, hatte den schlanken, muskulösen Körper einer Tänzerin, große, ausdrucksvolle Augen und trug auch die typische Frisur: einen straffen Dutt am Hinterkopf.

»Danke. Ich habe mit drei Jahren angefangen.« Sie strahlte mich an. »Tanzen ist meine Leidenschaft.«

»Tanzt du noch etwas anderes außer Ballett?«

»Jazzdance, Stepptanz, Hip-Hop, Gesellschaftstänze, alles Mögliche.«

»Wow. Also ist Tanz dein Hauptfach?«

Sie machte ein trauriges Gesicht. »Nein, nur mein Nebenfach. Im Hauptfach studiere ich Betriebswirtschaft.« Sie zuckte mit den Schultern. »Mein Vater fand, ich sollte etwas studieren, was mir ein sicheres Einkommen garantiert.«

»Das ist ein guter Rat. Allerdings empfehle ich stets, das Fach zu wählen, mit dem man glücklich ist, und bei dir ist das offenbar Tanz. Aber betriebswirtschaftliche Fähigkeiten sind immer nützlich.«

»Dem stimme ich zu. Ich habe nichts gegen das Fach. Tatsächlich überlege ich sogar, eines Tages eine Tanzschule aufzumachen. Doch Betriebswirtschaft reißt mich nicht gerade vom Hocker. Ich habe viele Interessen. Ich denke, wir haben sogar eine gemeinsam.«

Ich lächelte zwar, guckte jedoch anscheinend verwirrt.

Sie lachte. »Meine Großmutter sagt, dass Sie eine Buchhandlung haben. Das ist bestimmt cool.«

»Die habe ich, und ich freue mich jeden Tag darüber. Du magst Krimis?«

»Ich lese gern und viel. Manchmal Krimis, aber meistens Liebesromane. Grandma meinte, dass Sie herausfinden wollen, wer Melody Hardwick ermordet hat. Das klingt ziemlich cool.«

»Tja, ob das so cool ist, weiß ich nicht, doch ich bin überzeugt, dass Dawson es nicht getan hat, und die Polizei ermittelt anscheinend nicht weiter.«

»Klar. Ich verstehe. Wie kann ich helfen?«

»Hast du Melody gekannt?«

»Sie sollte eigentlich in meinem Geschichtskurs sein, aber ich habe sie da nie gesehen. Sie war ein höheres Semester, und ich bin noch im ersten Jahr, darum bewegten wir uns wohl nicht in denselben Kreisen. Doch ich weiß, wer ihre Zimmergenossin war.«

»Was heißt, sie war *eigentlich* in deinem Geschichtskurs?«

Jillian wandte den Blick ab. Sie versuchte offenbar zu entscheiden, ob sie mir etwas anvertrauen sollte oder nicht. Ich wartete still ab. Schließlich redete sie weiter. »Sie stand auf der Teilnehmerliste und hat Noten bekommen … aber ich habe sie nie gesehen.«

Ich runzelte verwundert die Stirn.

»Wir können die Noten aller Studenten online einsehen, damit wir wissen, wie wir im Vergleich zu anderen abschneiden.« Sie zuckte mit den Schultern. »Das Komische ist, dass Melody nur Bestnoten bekam, obwohl sie nie teilgenommen hat, auch nicht an Tests.«

»Und trotzdem hatte sie in eurem gemeinsamen Kurs hervorragende Noten?«

Jillian nickte.

»Seltsam. Um welchen Kurs handelt es sich?«

»Sektengeschichte. Der Professor ist nett. Er ist ein bisschen seltsam, aber Engländer und hat einen süßen Akzent. Ich glaube, er forscht zum House of David.«

»Interessant.«

Dorothy kam mit Kaffee und Tee und brachte auch drei Stücke Käsekuchen mit, die verlockend aussahen. Jillian kostete ihres nur und verzichtete auf den Rest. Sie sagte, ihr Tanzpartner würde sie sonst nicht mehr heben können. Dorothy und ich waren also gezwungen, es uns zu teilen.

Wir unterhielten uns, bis Jillian ein paar Freundinnen entdeckte und verkündete, sie müsse jetzt zurück ins Wohnheim. Bevor sie ging, verabredete sie sich mit mir für den nächsten Tag um elf Uhr in der Studentenvertretung. Zwischen zwei Kursen würde sie mich mit Melodys Zimmergenossin bekannt machen.

Ich bot Dorothy an, sie nach Hause zu bringen. Sie war

mit einem Taxi zur Uni gekommen, was sicher ein Vermögen gekostet hatte. Wir gingen zum Parkplatz, und obwohl es dunkel war, fühlte ich mich sicher. Ob das mit den gut beleuchteten Gehwegen und den vielen Notrufsäulen zu tun hatte oder mit Dorothys Schwarzem Gürtel in Aikido, wusste ich nicht so genau, tippte jedoch auf Letzteres. Ich hoffte, ihre große, kräftige Statur würde jeden Übeltäter abschrecken. Und wenn nicht, nun, ich hatte sie schon in Aktion erlebt – sie war kein leichter Gegner.

Ich fuhr zu der Seniorenwohnanlage.

»Morgen Nachmittag sollte ich einige Informationen für Sie haben«, sagte sie beim Aussteigen. »Bitte, richten Sie Josephine aus, dass ich sie anrufe.«

Ich versprach es, wartete, bis sie die Haustür hinter sich geschlossen hatte, und fuhr nach Hause. Da Dawsons Apartment über meiner Garage lag, hörte er mich stets kommen.

Sobald ich den Motor abstellte, öffnete er seine Tür, und Snickers und Oreo rannten die Treppe hinunter, um mich zu begrüßen. Die beiden verrichteten ihr Geschäft im Garten und gingen mit mir nach oben in die Wohnung. »Erschöpft« war für meinen Zustand gar kein Ausdruck. Ich fühlte mich von Kopf bis Fuß verspannt und dabei so aufgedreht wie ein Wecker. Entspannung war jetzt das Wichtigste, und darum ging ich unter die Dusche.

Während das heiße Wasser auf meine Haut prasselte, dachte ich darüber nach, warum ich mich derart ausgelaugt fühlte. An diesem einen Tag war viel passiert: Dawsons DNA-Test, seine Verhaftung und die Anklageerhebung und dazu noch der desaströse Auftritt seines Vaters vor der Presse. Was wir in den achtzehn Stunden durchgemacht hatten, reichte für ein ganzes Leben. Ich wollte Dawson nicht zusätzlich belasten und hatte meine Gefühle deshalb den ganzen Tag unter Verschluss gehalten. Wenn ich ihnen nicht bald freien Lauf ließ, würde ich platzen.

Als sich meine Verspannung unter dem heißen Wasser löste, fing ich an zu weinen. Zuerst liefen nur ein paar Tränen, aber am Ende schluchzte ich in einen Waschlappen, bis ich keine Tränen mehr hatte. Danach fühlte ich mich leer und hungrig. Ich trocknete mich ab und zog mir den Pyjama über. Als ich die Badezimmertür öffnete, sah ich Licht in der Küche und roch Kaffee und Apfelkuchen.

Nana Jo saß auf einem Barhocker, vor sich eine dampfende Tasse und einen Teller mit Apfelkuchen. »Es steht noch ein Stück im Kühlschrank.«

»Ich sollte darauf verzichten. Ich habe vorhin mit Dorothy anderthalb Stücke Käsekuchen gegessen.«

»Du standest unter Schock. Dann soll man Zucker zu sich nehmen. Steht das nicht in den britischen Krimis, die du immer liest?«

Ich lachte. »Da gibt man demjenigen gesüßten Tee und nicht Käse- oder Apfelkuchen.«

»Ach, das ist doch Jacke wie Hose.«

Ich stellte mein Stück Kuchen in die Mikrowelle.

»Nach zwanzig Sekunden ist er heiß genug, damit die Eiscreme schmilzt, aber ohne dass die Kruste aufweicht.«

Ich stellte die Uhr des Geräts entsprechend ein und holte das Vanilleeis aus dem Tiefkühlfach. Apfelkuchen und Vanilleeis waren eine Köstlichkeit, und Nana Jos Kaffee roch, als wäre er dazu genau das Richtige. Wenn ich so spät noch Kaffee trank, würde ich zwar die halbe Nacht wach liegen, doch mein Körper schrie geradezu nach Koffein. Also legte ich ein Kaffeepad in die Maschine. Danach duftete es noch einmal so herrlich nach Kaffee und warmem Apfelkuchen.

Nana Jo hatte recht. Das Vanilleeis schmolz auf der Kuchenkruste und floss über die gewürzten Apfelstückchen. Beim ersten Bissen stöhnte ich genüsslich.

»Hab's ja gesagt.«

Ein paar Minuten lang genossen wir schweigend.

»Geht es dir besser?«

Mir war sofort klar, dass sie auf meinen Zusammenbruch unter der Dusche anspielte. Entweder hatte sie Ohren wie ein Luchs, oder ich hatte lauter geschluchzt als gedacht. Ich tippte auf ihr gutes Gehör. Lehrer lernen mit der Zeit, beim Unterrichten die Ohren zu spitzen. Nana Jo würde selbst in einem großen Klassenraum mitbekommen, wenn in der letzten Reihe ein Kaugummipapier raschelte.

»Hast du mich gehört?«

Sie nickte und kratzte mit ihrem Löffel geschmolzenes Eis vom Teller, leckte ihn ab und stellte ihn in ihre Tasse.

»Es geht mir tatsächlich besser.«

Nana Jo nickte wieder. »Manchmal braucht es eine ordentliche Menge Tränen und ein gutes Stück Apfelkuchen.« Sie lächelte. »So wird man die aufgestauten Ängste los. Weint man zu viel, kriegt man Kopfschmerzen, weint man zu wenig, bleibt man weiter angespannt.«

»Ich glaube, die ganze Situation hat mich in dem Moment überwältigt. Ich weiß genau, dass Dawson Melody nicht getötet hat. Aber solange wir den wahren Täter nicht finden, könnte er ins Gefängnis kommen.« Ich starrte in meine Tasse. »Oder Schlimmeres.«

»Daran denke ich überhaupt nicht. Wir müssen konzentriert bleiben. Also, Sherlock, was hast du erfahren?«

Ich lächelte. »Nicht allzu viel, Watson.« Ich berichtete, was Jillian erzählt hatte.

»Lass uns mal zusammenfassen, was wir bisher wissen. Das bringt vielleicht deine kleinen grauen Zellen auf Trab.«

Nana Jo las genauso gern Krimis wie ich. Von daher

wusste sie, dass die »kleinen grauen Zellen« bei *Hercule Poirot* vorkamen und nicht bei *Sherlock Holmes*. Und deshalb korrigierte ich sie nicht.

»Wir wissen, dass Melody eine Trickbetrügerin war, und meiner Ansicht nach ändert sich so jemand nicht plötzlich ohne Weiteres. Einmal Trickbetrüger, immer Trickbetrüger.«

»Du meinst, sie wollte Dawson hereinlegen?«

»Jep. Meiner Ansicht nach wollte sie ihn dazu bringen, sie zu heiraten. Ich würde mein letztes Hemd darauf verwetten, dass sie bei seinem Anblick nur Dollarzeichen gesehen hat. Die Penthouse-Sache war bloß der Anfang.«

»Aber wozu diente das Penthouse?«

»Sie wollte ihn von uns weglotsen.«

Ich sah sie groß an. »Was meinst du damit?«

»Die Sekten machen das auch so. Sie trennen ihre Opfer von der Familie und den Freunden, und dann geht die Gehirnwäsche los.«

»Woher weißt du das?«

»Vor einem Monat gab es darüber einen Vortrag im Dorf über das House of David. Ruby Mae und ich haben ihn uns angehört. Das war ziemlich interessant. Ich habe mir sogar ein Buch darüber gekauft, weil die schließlich in North Harbor sitzen.«

Wir unterhielten uns noch eine Weile, bis sie meinte, sie brauche jetzt ihren Schönheitsschlaf, wenn sie am nächsten Tag fit sein und ermitteln wolle. Ich richtete ihr noch Dorothys Nachricht aus, und sie ging zu Bett.

Nach dem Kaffee war ich noch putzmunter und beschloss weiterzuschreiben, um meine Gedanken zu ordnen.

Thompkins war eine Weile damit beschäftigt, die Gäste zu empfangen und zu ihren Zimmern zu geleiten. Lord Charles und Abigail Chitterly trafen um zehn Uhr am Donnerstagmorgen als Erste ein.

Lord Charles war ein beleibter Mann mit schütterem Haar, der für seinen dreisten Appetit auf Wein, Frauen und fettes Essen bekannt war. Seine Frau war eine unscheinbare Amerikanerin, an der nur ihre Liebe zu Schmuck hervorstach. Sie trug gleichzeitig Rubine, Smaragde und Diamanten jeder Form und Größe und wirkte wie die Auslage eines Juweliergeschäfts.

Nach ihnen kam der Polnische Botschafter Józef Lipski an, ein kleiner dünner Mann mit schlechten Augen und großer Brille, der zum Stottern neigte, danach der Französische Botschafter Georges Brasseur, ein arroganter Mann mit Hakennase. Thompkins führte beide zu ihren Zimmern, Jim und Frank kümmerten sich um das Gepäck.

Der deutsche Abgesandte Graf Rudolph Heigel war groß, hatte blondes, dünnes Haar, ausdruckslose blaue Augen und wirkte mit seiner Kleidung ein wenig dandyhaft. Er war die pure Verkörperung leidenschaftlichen Ariertums, der seine Rolle als Berater von Außenminister Ribbentrop wie einen Orden zur Schau stellte.

Geoffrey Fordham-Baker, Herausgeber der London Times, *traf als Letzter ein. Er war der vierte Sohn Henry Fordham-Bakers, des Zweiten Viscount of Lampton. Klein, dick und kahl war er, kleidete sich nachlässig und hinterließ überall eine Krümelspur, sodass Cuddles ihm mit der Schnauze am Boden folgte wie ein Staubsauger. Thompkins geleitete auch diese Gäste zu ihren Zimmern und informierte jeden, wann das Essen serviert würde.*

Da es ungewiss gewesen war, wann die Gesellschaft vollzählig sein würde, gab es zu Mittag ein kaltes Büffet, damit jeder Gast zu beliebiger Zeit speisen konnte. So war es für das Küchenpersonal unkomplizierter, und Thompkins war in der Lage, die Gäste im Auge zu behalten, ohne sich permanent im Speisezimmer aufhalten zu müssen. Das zusätzliche Personal würde später ins Haus kommen, nachdem alle Gäste eingetroffen waren. Mit den bisherigen waren die Marshs nicht bekannt, taten aber ihr Bestes, damit sie sich willkommen fühlten.

Thompkins war dankbar für die zusätzlichen Helfer am Abend. Eine Stunde vor dem Dinner traf Wallis, die Herzogin von Windsor, mit ihrer Zofe Rebecca und einer reichen Amerikanerin namens Virginia Hall ein. Rebecca war eine dunkelhaarige Xanthippe, die ständig zwinkerte, lächelte und mit jedem Mann flirtete, der ihr über den Weg lief. Wie Wallis war sie groß und schlank, hatte aber im Gegensatz zu ihr eine kurvige Figur. Die Herzogin reiste mit großem Gepäck, das zwei weitere Diener und ein Zimmermädchen erforderte.

Virginia Hall war eine viel interessantere Person mit viel weniger Gepäck. Sie war intelligent, wortgewandt und hatte ein ansteckendes Lachen, üppiges dunkles Haar, hellgrüne Augen und ein Holzbein. Während Thompkins sie zu ihrem Zimmer brachte, erzählte sie freimütig, wie sie zu der Prothese gekommen war. Ein Jagdunfall in der Türkei hatte eine Amputation des linken Unterschenkels nach sich gezogen. Trotz der Behinderung strahlte sie Selbstvertrauen und Entschlossenheit aus.

Lady Elizabeth schob das Dinner auf, damit der Herzogin genügend Zeit blieb, sich frisch zu machen und sich umzuziehen. Daher war es nach neun Uhr, als sich die Gäste zum Essen setzten. Chitterly und Fordham-Baker waren halb betrunken, bevor sie den ersten Happen gegessen hatten. Letzterer machte auf Thompkins einen unauslöschlichen Eindruck, indem er ein zweites Glas Portwein verlangte, während die Enten-Consommé aufgetragen wurde. Thompkins hielt inne, fasste sich aber sogleich. Ein Blick zu Lady Elizabeth wurde mit dezentem Nicken beschieden, und er war wieder ganz steife Korrektheit.

Die Herzogin von Windsor war weder schön noch brillant, doch durch ihr Benehmen verstand sie es, den gegenteiligen Eindruck zu erwecken. Sie trug die dunklen Haare zu einem strengen Dutt frisiert, der ihr hageres Gesicht betonte. Von den guten Speisen, die Mrs Anderson zubereitet hatte, aß sie kaum ein paar Löffel, und das, nachdem Lady Elizabeth und die Köchin stundenlang ein Menü geplant hatten, das sowohl die Herren nach einem Tag an der frischen Luft zufriedenstellte als auch den Wünschen einer Dame entgegenkam, die sich übermäßig um ihre schlanke Linie sorgte. Wallis hatte eine raue Stimme und ein lautes, unerträgliches Lachen. Sie flirtete schamlos mit Victor und Graf Rudolph – oder Graf Rudy, wie sie ihn nannte – sowie mit Brasseur.

Nach dem Dinner wechselte die Gruppe zum Kaffee in den Salon. Lady Elizabeth strickte und beobachtete das Schauspiel. Lord William hatte versucht, mit Fordham-Baker ein Gespräch anzufangen, doch der Zeitungsmacher war mit einem angebissenen Keks in der Hand eingenickt. Cuddles hatte soeben die Krümel von den Aufschlägen seiner Hosenbeine geleckt und kletterte ihm nun auf den Schoß, um den Keks zu erbeuten. Doch Lord William schnappte sich den Hund und entfernte ihn aus dem Raum und von weiteren Verlockungen.

Lady Abigail hatte neben Lady Penelope Platz genommen und tat, als ignorierte sie die Avancen ihres Mannes gegenüber Daphne.

Lady Daphne wirkte ein wenig angespannt, als sie erneut seine Hand von ihrem Knie nahm, nach Lady Elizabeths Zählung zum dritten Mal.

Virginia Hall und Lord James lachten und plauderten in liebenswürdiger Weise mit dem Polnischen Botschafter.

Wallis, Graf Rudolph und Brasseur standen in einer Ecke beim Kamin zusammen. Hin und wieder war ein französisches Wort aus dem kleinen Kreis zu vernehmen, rasch gefolgt von einem Augenzwinkern oder Lachen seitens der Herzogin. Ihre Un-

terhaltung sollte offenkundig in vertraulichem Rahmen bleiben, und niemand gesellte sich zu ihnen. Victor stand in der Nähe, unternahm aber keinen Versuch, ihre geheime Konferenz zu infiltrieren.

Thompkins betrat still den Salon und eilte zu Lady Elizabeth, um ihr flüsternd etwas mitzuteilen. Sie stutzte für einen Moment und nickte dann.

Der Butler ging hinaus, um kurz darauf erneut die Tür zu öffnen und einen Gast anzukündigen. »Miss Rebecca Minot.«

Thompkins trat zur Seite, und herein rauschte eine schlanke Schönheit mit rabenschwarzen Haaren, die aussah, als wäre sie einem Hollywood-Film entstiegen.

Breit lächelnd trat die Zofe zu den Gästen. »Ah, es tut mir leid wegen der Verspätung. Der Butler ist so … wie soll ich sagen?« Sie überlegte. »Er ist überaus korrekt.« Sie nahm eine sehr aufrechte, steife Haltung an, um ihre Beschreibung zu illustrieren, und lachte. »Er musste die Erlaubnis einholen, mich reinzulassen. Ah … aber jetzt bin ich hier.«

Rebecca schlenderte zur Herzogin.

»Ja, Rebecca, jetzt sind Sie hier. Mehr ist nicht wichtig. Ohne Ihre Hilfe kann ich unmöglich all die stattlichen Herren unterhalten.« Die Herzogin schaute zu Lady Elizabeth. »Sie haben doch nichts dagegen, dass ich Rebecca eingeladen habe, sich zu uns zu gesellen, nicht wahr? Sie ist für mich mehr eine Gesellschafterin als eine Zofe.«

Lady Elizabeth lächelte. »Natürlich habe ich nichts dagegen.«

»Ich wusste, Sie würden Verständnis haben. Sie sind überhaupt nicht so überkorrekt und hochnäsig wie Ihre Cousine Cookie.« Sie reckte den Kopf und schob mit einem Finger ihre Nase in die Höhe und machte ein arrogantes Gesicht.

Rebecca und Wallis lachten.

Lord William schaute erzürnt und schien etwas erwidern zu

wollen, zog jedoch lediglich seine Pfeife aus der Tasche und stopfte sie, wobei die Hälfte des Tabaks auf den Teppich fiel.

Lady Elizabeth konnte ihre Verwirrung nicht verbergen. »Cookie?«

Wallis lachte wieder. »So nenne ich sie. Elizabeth sieht aus wie eine schottische Köchin.«

Lady Elizabeth holte einige Male tief Luft, um sich zu beruhigen. »Nein. Das kann ich nicht bestätigen. Ich habe Ihre Königliche Hoheit stets nur elegant, anmutig und kultiviert erlebt.«

»Ich könnte mir denken, dass wir Briten auf Außenstehende einen seltsamen Eindruck machen, aber tausend Jahre Tradition gibt man nur ungern auf.« Daphne lächelte. »Sie fanden Ihre Königliche Hoheit wirklich überkorrekt und hochnäsig? Das ist sonderbar. Ich hatte nie diesen Eindruck. Andererseits hat sie sich im vergangenen Jahr durchaus verändert. Ich bin mir sicher, während sie sich an ihre neue Stellung gewöhnt, wird sie sich anpassen.«

Victor verschluckte sich an seinem Getränk, sodass Penelope zu ihm ging und ihm auf den Rücken klopfte. »Es ist überstanden, danke, Liebes.«

Ein kurzes Aufblitzen in ihren Augen und Blähen der Nasenflügel deuteten als Einziges darauf hin, dass Wallis die Zurechtweisung erkannt hatte. Sie fasste sich schnell und gab ein dunkles Lachen von sich, um sich gleich darauf mit Rebecca dem französisch-deutschen Kreis anzuschließen.

James sah Daphne stolz und bewundernd an, bevor er sich weiter mit Virginia Hall und dem Polnischen Botschafter unterhielt.

»Es ist sterbenslangweilig hier. Wie wär's mit Musik und Tanz?« Rebecca wackelte mit den Hüften, was ihr die Aufmerksamkeit von Lord Charles und anderen Männern einbrachte.

Victor schaltete das Radio ein und drehte den Regler, bis aus dem Lautsprecher Seagers's Good Mixers *zu hören war, wo gerade die Oscar Rabin Band spielte. Rebecca zog Lord Charles in die Mitte des Salons und zeigte ihm die Schritte des Lambeth Walk.*

Wallis wandte sich dem deutschen Grafen zu. »Tanzen Sie mit mir, Rudy?«

Heigel bekam rote Flecken im Gesicht, riss die Augen auf und nahm eine steife Haltung an. »Damit werde ich mich nicht besudeln.«

Die Herzogin schaute verwirrt. »Aber Sie tanzen so gut. Rudolph ist früher im Film aufgetreten«, erklärte sie den anderen. »Er war Schauspieler, bevor er zur Wehrmacht ging.« Sie sah ihn wieder an. »Was haben Sie denn?«

»Oscar Rabin ist ein Jude«, sagte er verächtlich.

Lord William wurde zornrot und zischte: »Ungeheuerliche Manieren. Rüpelhaft. Hat wohl keine Erziehung genossen.«

Lady Elizabeth gelang es, ihren Unmut durch einen vernichtenden Blick zu vermitteln, der Graf Rudolph bis unter die Haarwurzeln erröten ließ. Seine Ohren leuchteten wie Signalfeuer. Für einen Moment wirkte er zerknirscht, dann wandte er sich Wallis zu.

Lipski beobachtete das Geschehen vom Kamin aus. Als er die Bemerkung des Grafen hörte, wurde er ebenfalls rot. Er schnaufte zornig und ballte die Hände zu Fäusten. In seinen Augen lag eine mörderische Wut. Er ging auf ihn zu, wurde jedoch von Virginia Hall abgefangen.

»Kommen Sie, tanzen Sie mit mir und Cuthbert.«

Lipski hielt inne und sah sie verwirrt an. »Cuthbert?«

»So nenne ich meinen standhaften Gefährten.« Sie klopfte an ihr Holzbein. »Er ist kein herausragender Tänzer, aber ich denke, ein paar langsame Drehungen werden wir hinbekommen, wenn Sie nichts dagegen haben.«

Lipski schoss dem Grafen einen finsteren Blick zu und schenkte Virginia seine Aufmerksamkeit. »Es wird mir ein Vergnügen sein.« Er verbeugte sich, und die beiden wiegten sich zur Musik.

Daphne wirkte erleichtert, als Lord Charles sich der Zofe zuwandte und sie allein ließ. Einige Minuten lang saß sie entspannt da, ohne dass sie sich vor übergriffigen Händen schützen musste.

Lady Elizabeth ging zu ihr hinüber. Augenblicke später setzte sich auch Penelope neben sie und neigte sich zu ihr. »Gut gemacht«, flüsterte sie.

Daphne lächelte. »Danke, aber ich bezweifle, dass sie die Rüge überhaupt verstanden hat.«

»Ganz sicher, glaub mir«, sagte Lady Elizabeth schmunzelnd. »Wie ich hörte, hat es sie und David zur Weißglut gebracht, dass ihr der Titel Königliche Hoheit verwehrt wurde. Sie hat die Anspielung verstanden.« Sie hob ihr Glas. »Wirklich gut gemacht.«

Daphne sah sich um. »Das alles kommt mir vor wie eine bizarre Farce.«

»Was meinst du, Liebes?«, fragte ihre Tante.

»Die Welt steht kurz vor einem Krieg. Wir haben Vertreter all jener Nationen zu Gast, die gegenwärtig im Streit liegen.« Sie deutete mit dem Kopf auf Graf Rudolph. »Vor zwanzig Jahren führten die hier vertretenen Nationen gegeneinander Krieg. Jetzt sitzen wir hier zusammen, tanzen, trinken und sind lustig.«

Penelope blickte ihre Schwester überrascht an. »Ich wusste gar nicht, dass du an der Außenpolitik Anteil nimmst.«

Daphne lächelte. »Du bist überrascht, weil ich mehr im Kopf habe als Kleider und Frisuren?«

»Nun, ehrlich gesagt, ja.«

»Ich gebe zu, ich war recht egozentrisch und oberflächlich, aber das hat sich geändert.« Sie schaute durch den Salon zu James. »Es steht viel auf dem Spiel, nicht nur für England, sondern für die ganze Welt. Ich hoffe nur, James weiß, was er tut.«

Lady Elizabeth blickte ihrer Nichte in die Augen. »Ich auch, Liebes. Ich auch.«

9

Nachdem ich spät am Abend noch Kaffee getrunken und zudem bis in die frühen Morgenstunden hinein geschrieben hatte, war ich am Donnerstagmorgen übermüdet und mürrisch. Nicht einmal der gebratene Speck konnte die Bestie besänftigen. Ich saß an der Frühstückstheke und trank drei Tassen Kaffee, bevor ich ein Wort sagte. Das war das Sicherste. Auf diese Weise würde niemand gekränkt werden.

Dawson hatte nicht gebacken, und dass mich das ärgerte, war ungerecht. Schließlich musste er nicht jeden Tag backen. Für die Kunden waren genügend Leckereien vorhanden, für die wir nicht einmal Geld verlangten. Ich hatte mir bei der Gesundheitsbehörde keine Erlaubnis eingeholt, Essen zu verkaufen, und um Essen kostenlos anzubieten und eine Trinkgelddose danebenzustellen, brauchte man keine Genehmigung.

»Geht es dir jetzt besser?«, fragte Nana Jo, als ich meine dritte Tasse geleert hatte und in mein Bacon-Sandwich biss.

»Hm-hm«, brummte ich.

»Gut. Jenna hat angerufen. Sie wird jeden Moment hier sein.«

Wie aufs Stichwort klingelte es an der Tür. Snickers und Oreo waren hin- und hergerissen, ob sie lieber nach unten rennen und den Neuankömmling anbellen oder darauf warten wollten, dass gebratener Speck auf den Boden fiel.

»Ich gehe.« Dawson nahm zwei Leckerli aus der Dose und lief die Treppe hinunter.

Die Pudel folgten den Hundekuchen.

Dawson ließ Jenna herein und ging mit den Pudeln nach draußen.

Meine Schwester kam zu uns in die Küche, in der einen Hand einen Becher mit Tee aus einem der überteuerten Coffeeshops, die in der Stadt wie Pilze aus dem Boden schossen, und in der anderen eine weiße Schachtel. Sie hüpfte auf den Hocker neben mir und stibitzte sich ein Stück gebratenen Speck von meinem Teller.

»Vor zehn Minuten hätte dich das einen Finger gekostet«, murmelte ich.

»Was ist mit ihr los?«, fragte sie Nana Jo.

Die zuckte mit den Schultern. »Ist mit dem falschen Fuß aufgestanden.«

»Ich wünschte, ihr würdet nicht über mich reden, als wäre ich gar nicht da.« Vielleicht reichten drei Tassen Kaffee doch nicht aus. Ich goss mir noch eine ein und tat, als bemerkte ich die Blicke nicht, die Nana Jo und Jenna wechselten.

Dawson und die Pudel kamen die Treppe herauf.

»Also, ich habe einige Zeit darüber nachgedacht, wie wir nach der gestrigen Katastrophe vorgehen sollten.« Jenna lächelte mich an und schob mir die weiße Schachtel zu.

Ich kannte meine Schwester. Wenn sie mir Leckereien mitbrachte, bereitete sie sich darauf vor, mir etwas Unangenehmes zu sagen.

Ein paar Sekunden lang starrte ich auf die Schachtel, dann blickte ich Jenna an und zog eine Braue hoch.

»Willst du sie nicht aufmachen?«

»Das könnte ein Trojanisches Pferd sein.«

»Ich schenk dir doch keinen Nippes.« Jenna war nicht für zündenden Humor bekannt, aber schließlich verstand sie den Witz und stöhnte. »Mach sie einfach auf.«

Ich klappte den Deckel hoch und blickte auf sechs Erdbeertörtchen von meiner Lieblingsbäckerei. Die glasierten Erdbeeren schimmerten unter der Küchenlampe, und ich hätte schwören können, sie flüsterten meinen Namen.

Nana Jo griff in die Schachtel und kostete. »Hmmm. Das muss ein Riesengefallen sein, wenn du den Schlag mit Zehn-Dollar-Törtchen abfedern musst.«

Die Törtchen kosteten nicht zehn Dollar das Stück, aber sie waren teuer. Ich wollte stark sein und warten, bis ich gehört hatte, was Jenna plante, doch nachdem sie und Dawson auch zugegriffen hatten, lagen nur noch drei einsame Törtchen in der Schachtel.

Meine Impulskontrolle versagte. Ich nahm mir eines, biss von dem blättrigen Teigrand ab und schloss genüsslich die Augen, als die buttrige Süße meine Zunge überzog. Dass ich stöhnte, wurde mir erst bewusst, als ich Gelächter hörte. Ich öffnete die Augen und sah, dass mich alle drei albern grinsend beobachteten.

»Klappe.« Ich leckte mir Erdbeersoße von den Fingern.

»Anscheinend genau das Richtige«, meinte Nana Jo.

»Ich kenne meine Schwester.« Jenna wischte sich die Finger an einer Serviette ab.

»Na schön.« Ich putzte mir den Mund ab, trank einen großen Schluck Kaffee und ließ ihn im Mund herumfließen, damit jeder köstliche Krümel den Weg in meinen Magen fand. »Was willst du?«

»Ich will die Medien zu unserem Vorteil nutzen. Ich möchte, dass Dawson in der Buchhandlung ein Interview gibt. Die Leute sollen sehen, dass er ganz anders ist als sein Vater. Er ist kein Mörder. Er ist nur ein freundlicher, ehrlicher Junge, der Football spielt, Kuchen backt, fleißig lernt und arbeitet und sein Studium ernst nimmt.«

»Ich dachte, wir sollen nicht mit den Medien reden.« Ich gab mir Mühe, nicht weinerlich zu klingen, und hielt meine Brauen permanent davon ab, sich zusammenzuziehen.

»Ja, schon, aber das war, bevor Dawsons Vater in die Nachrichten gekommen ist und in einem Satz die Polizei, das Mordopfer und die Frauen beleidigt hat.« Sie sah Dawson an. »Nichts für ungut.«

»Schon in Ordnung«, murmelte er.

»Mein Plan sieht so aus: Einer von Tonys Verbindungsfreunden ist Produzent beim Sender WJMU. Er hat einem Exklusivinterview zugestimmt. Ich bekomme alle Fragen im Voraus zu sehen und werde bei dem Interview anwesend sein. Das heißt, ich kann den Stecker ziehen, wenn der Interviewer vom Skript abweicht, und glaubt mir, das werde ich tun.«

Dawson wirkte verunsichert. »Ich weiß nicht …«

»Du kannst unmöglich schüchtern sein. Du bist nach Footballspielen schon interviewt worden. Das ist praktisch das Gleiche.«

»Nach einem Spiel brauche ich nur über Football zu reden. Das kann ich problemlos in jeder Situation. Was soll ich bei dem Interview sagen?«

»Du erzählst, wie du bei deiner Mutter aufgewachsen bist und wie sich dein gewalttätiger, alkoholsüchtiger Vater verhalten hat.«

Dawson schüttelte den Kopf. »Darüber will ich nicht reden.«

Jenna senkte den Blick. »Davon wird sowieso einiges an

die Öffentlichkeit dringen. Ich habe mit einem Freund bei der *River Bend Times* gesprochen. Es sind schon Details aus deiner Jugendamt-Akte durchgesickert.«

Nana Jo und ich waren empört.

»Sind solche Akten nicht vertraulich?«, fragte ich.

Jenna zuckte mit den Schultern. »Dawsons Akte ja, doch die seines Vaters nicht.«

»Also, das ist das Allerletzte«, schimpfte Nana Jo.

»Das wird deine Chance sein, der Öffentlichkeit zu zeigen, was für ein Mensch du bist. In letzter Zeit hat es so viele Negativschlagzeilen über Profisportler gegeben, die mit üblem Verhalten davongekommen sind, da werden die Leute nicht wohlwollend sein.«

»Jenna hat recht.« Nana Jo drehte sich zu Dawson. »Du kannst ihnen zeigen, dass du nur ein junger Mann aus armen Verhältnissen bist, der versucht, sich am eigenen Kropf aus dem Sumpf zu ziehen.«

Fast hätte ich mich an meinem Kaffee verschluckt. »Ich denke, es heißt ›am eigenen Schopf‹.«

»Wie auch immer.« Sie rollte die Augen. »Erzähl ihnen, dass du Kuchen backst, um dich zu entspannen. Hey, lass sie deine Plätzchen kosten.«

Dawson stöhnte. »Das wird mir ewig nachhängen. Wenn die Jungs hören, dass ich gern backe, werden sie mich ständig damit aufziehen.«

Nana Jo klopfte ihm auf die Schulter. »Honey, ich sage das nicht gern, aber die Jungs deiner Mannschaft sind im Moment deine geringste Sorge.«

Jenna und Nana Jo hatten recht, doch ich sträubte mich noch. Wenn ich dem Plan zustimmte, würde sich Dawson vielleicht der Lächerlichkeit preisgeben, und niemand konnte garantieren, dass die Zuhörer ihm glauben würden. »Mir kommt das riskant vor.«

Meine Schwester war sonst nie zu riskanten Aktionen bereit. Anscheinend war an der Sache noch mehr dran.

»Was verschweigst du uns?«

Jenna seufzte. »Also gut. Ich habe mit einer Freundin im Büro des Bezirksstaatsanwalts gesprochen. Sie sagt, er will sich mit konsequenter Verbrechensbekämpfung hervortun und wird Dawson hart angehen, um zu zeigen, wie unerbittlich er ist.«

Nana Jo murmelte irgendetwas über Ratten.

»Aber was ist mit meinem Dad? Er meinte, er wüsste, wer der Mörder ist.«

Jenna überlegte kurz. »Offen gestanden, nimmt ihn keiner ernst.«

Ich wechselte einen Blick mit Nana Jo.

Jenna holte tief Luft. »Deinem Vater könnte eine neue Haftstrafe bevorstehen. Er hat versucht, Geld zu erpressen.«

»Von wem?«, fragte ich.

»Von jedem … von den Medien, der Polizei, dem Bezirksstaatsanwalt, such's dir aus. Er sagte, er kennt den Mörder, will den Namen aber nur nennen, wenn er eine Viertelmillion Dollar bekommt.«

Nana Jo stieß einen Pfiff aus.

Dawson starrte Jenna mit offenem Mund an und ließ den Kopf auf die Hände sinken.

»Meine Quelle auf dem Polizeirevier glaubt nicht, dass Alexander tatsächlich etwas weiß, doch man wird dem nachgehen, falls er den Namen preisgibt.«

Wir erörterten noch eine Weile die Interview-Idee. Schließlich blickte Jenna Dawson an. »Also, was sagst du dazu?«

Dawson sah Nana Jo und mich an. »Meinen Sie, ich sollte das tun?«

Nana Jo nickte. »Meiner Ansicht nach ist das deine

Chance, dich ins rechte Licht zu rücken. Und wenn du willst, werde ich auch dabei sein und dich moralisch unterstützen.«

Alle schauten zu mir. Ich starrte in meine leere Tasse und holte tief Luft. »Ich finde auch, du solltest es machen. Aber letzten Endes entscheidest du. Du musst auf dein Bauchgefühl hören. Was sagt dir das?«

Dawson ließ sich mit der Antwort Zeit. »Eigentlich will ich das nicht …«

Ich setzte zum Reden an, doch er hob die Hand, damit ich schwieg. »Aber ich sollte das Interview geben. Mrs Thomas hat recht. Auf diese Weise kann ich meine Seite der Geschichte darstellen.«

Jenna atmete auf. »Großartig. Ich hatte gehofft, dass du zustimmst, vor allem, da ich denen schon gesagt habe, sie können um zwölf Uhr kommen.«

Dawson sah aus, als wollte er sich zu etwas durchringen. Schließlich wandte er sich an Jenna. »Ich lasse mich interviewen. Aber würden Sie mir einen Gefallen tun?«

»Sicher, wenn ich kann.«

Dawson holte tief Luft. »Könnten Sie bitte meinem Dad helfen? Er ist zwar ein Riesenblödmann und hat üble Dinge getan, doch er ist trotz allem mein Dad.«

Jenna zögerte. »Dawson, ich weiß nicht, ob ich ihm wirklich helfen kann. Er …«

»Aber er braucht dringend jemanden …«

»Moment. Es ist nicht so, dass ich nicht helfen *will*. Ich kann es wahrscheinlich nicht. Ich muss einen Interessenkonflikt vermeiden. Ich bin deine Anwältin und habe die Pflicht, dich bestmöglich zu verteidigen.«

Dawson ließ den Kopf hängen. »Ich verstehe. Ich dachte nur, Sie könnten vielleicht mal mit ihm reden.«

Jenna sah ihn nachdenklich an. »Also gut. Ich rede mit

ihm. Aber ich kann nichts versprechen. Ich muss vorher mit seiner Pflichtverteidigerin sprechen. Wenn sie zustimmt, rede ich mit ihm. Okay?«

»Großartig. Ja. Das ist gut.« Er hob den Kopf und lächelte. »Danke.«

Wir unterhielten uns noch ein wenig und kamen überein, dass wir nicht alle bei dem Interview anwesend sein müssten. Da ich schon mit Jillian auf dem Campus verabredet war, würde ich die Sache Nana Jo und Jenna überlassen.

Meine Schwester verabschiedete sich kurz darauf.

Ich erledigte einigen Papierkram für die Buchhandlung, bis die Zwillinge kamen und sich anboten, mir den Rest abzunehmen. Sie würden mir fehlen, wenn sie nach den Herbstferien an die Uni zurückkehrten. Sie waren mir eine enorme Hilfe.

Wie verabredet traf ich mich mit Jillian in der Studentenvertretung. Sie trug einen Minirock und Pullover, Leggings und Ballerinas. Am vergangenen Abend hatte sie die Haare zu einem strengen Dutt frisiert gehabt, heute trug sie sie offen. Sie waren dicht und wellig.

»Du hast schöne Haare.«

»Danke. Es ist schwierig, sie zu bändigen, sodass sie beim Tanzen halten.« Sie lachte.

Jillian ging mit mir zu Melodys Zimmer im Wohnheim. Die Tür war nur angelehnt. Wir klopften an und wurden hereingebeten.

Das Raum war nicht groß, etwa wie mein Schlafzimmer. Kleine Schlafzimmer sind okay, wenn nur eine Person darin schläft und es keine andere Funktion erfüllen muss. Doch in diesem schliefen und lernten zwei Personen. Es war mit jeweils zwei Betten, Schreibtischen, Kommoden und Schränken möbliert. Auf der einen Seite des Zimmers gab es Poster, Familienfotos und eine bunte Patchworkdecke. Es sah gemütlich aus. Auf der anderen Seite erblickte ich kahle Wände und auf dem Bett eine unscheinbare blaue Tagesdecke, das einzige Anzeichen, dass da jemand wohnte.

»Mrs Washington, das ist Emma Lee.« Jillian machte uns miteinander bekannt. »Emma Lee, das ist Mrs Washington.«

»Bitte, nennen Sie mich Sam.« Ich streckte ihr die Hand entgegen.

Emma Lee war zierlich, höchstens eins fünfundfünfzig groß und allenfalls fünfzig Kilo schwer, mit Schuhen und Rucksack. Sie hatte lange schwarze Haare, die sie zum Pferdeschwanz gebunden hatte, und asiatische Züge. Sie schaute mich zuerst unsicher an, aber gute Erziehung zeigt sich früher oder später immer, und so trat sie den Schritt auf mich zu und schüttelte mir die Hand.

Jillian ging zu Emmas Bett und setzte sich.

Emma zog ihren Schreibtischstuhl für mich hervor, ließ sich auf dem Stuhl ihrer Mitbewohnerin nieder und wartete.

»Ich dachte, Sie könnten mir vielleicht etwas über Ihre Zimmergenossin erzählen.«

Emma schwieg. Sie wechselte mit Jillian einen Blick. Die nickte ihr zu, als wollte sie sagen: Die ist okay.

»In Ordnung. Ich bezweifle aber, dass ich viel erzählen kann.« Emma sprach mit einem starken Südstaatenakzent.

»Als ihre Zimmergenossin müssten Sie Melody doch recht gut gekannt haben.«

Emma schüttelte den Kopf. »Ich habe sie bisher kaum gesehen.«

Ich blickte zu der kahlen Raumhälfte.

»Melody nutzt das Zimmer ganz selten.« Emma ging zu

dem Schrank und öffnete ihn kurz. »Sie hat hier ein paar Klamotten, mehr nicht.«

»Aber wo schläft sie stattdessen?«

Emma zuckte mit den Schultern. »Da bin ich überfragt.«

»Wissen Sie, ob sie Familie hat?«

Sie schüttelte den Kopf. »Ich habe keine Ahnung. Als wir uns zum ersten Mal begegnet sind, habe ich die üblichen Fragen gestellt, zum Beispiel, woher sie stammt. Ich habe versucht, sie kennenzulernen. Aber sie hat schneller dichtgemacht, als ich gucken konnte.«

»Wie lange teilen Sie beide sich das Zimmer schon?«

»Erst seit Anfang des Semesters.«

»Können Sie mir irgendetwas über sie erzählen?« Ich stand auf und ging zu Melodys Schrank. »Darf ich auch mal reinschauen?«

»Nur zu, aber da werden Sie nicht viel finden. Als mir klar wurde, dass sie nicht vorhat, hier zu wohnen, habe ich selbst schon einen Blick hineingeworfen.« Emma stand wieder auf und kam zu mir.

Da hingen drei Pullover und eine warme Fliegerjacke aus Leder, darunter stand ein Paar Tennisschuhe. In der Kommode lagen zwei Slips, ein BH, ein Nachthemd und ein kleiner Kulturbeutel.

»Das ist alles?« Ich schloss die letzte Schublade.

»Ja, Ma'am.«

Ich schaute mich um und verglich die beiden Zimmerhälften. »Aber wo sind ihre Schulsachen?« Ich ging an den Schreibtisch und zog die Schublade auf. Nicht einmal ein Bleistift.

»Da bin ich überfragt.« Emma zuckte mit den Schultern.

»Hat die Polizei etwas mitgenommen?«

»Von der Polizei war niemand hier. Jedenfalls nicht, während ich im Zimmer war.« Sie wunderte sich sichtlich. »Das ist seltsam, nicht wahr?«

»Ja. Ich hätte erwartet, dass jemand herkommt.«

Emma schien plötzlich etwas einzufallen, und sie keuchte auf. »Du lieber Himmel, glauben Sie, man hat ihre Familie benachrichtigt?«

»Wenn nicht die Polizei, dann sicher die Universitätsleitung«, sagte ich mit mehr Überzeugung, als ich empfand.

Anscheinend genügte sie aber, um Emma zu beruhigen, denn sie atmete erleichtert auf. »Gott sei Dank.«

»Haben Sie mit Melody einige Kurse zusammen besucht?«

Emma schüttelte den Kopf. »Nein, Ma'am.«

»Was studierte sie im Hauptfach?«

»Das weiß ich nicht.«

Das fand ich verwirrend. »Aber sie studierte im letzten Semester, das heißt, sie hätte in ein paar Monaten ihren Abschluss gemacht. Da wird sie doch mal ihr Fach erwähnt haben.«

»Ich weiß nur, dass sie von der Ostküste hergezogen ist. Melody war nicht gesprächig.«

»Zumindest nicht bei Frauen«, murmelte Jillian.

»Was heißt das?« Ich sah zwischen den beiden hin und her.

Emma antwortete. »Nach allem, was ich mitbekommen habe, hoffte sie auf den Mrs-Abschluss.«

»Wie bitte?«

Emma lächelte. »Sie wissen schon: Sie wollte eine Mrs werden.« Sie zeigte auf ihren Ringfinger.

»Sie meinen, sie war nur hier, um sich einen Mann zu angeln?«

Beide nickten.

Ich drehte mich zu Jillian. »Aber seid ihr nicht im selben Kurs?«

»Eigentlich ja. Doch das ist das Sonderbare. Ich habe sie bisher erst ein Mal von Weitem gesehen.« Jillian holte ihren Laptop aus der Büchertasche, tippte etwas ein und navigierte. Als sie fertig war, drehte sie das Gerät zu mir herum. »Das ist der Link zu unserem Kurs. Wir benutzen Canvas.«

»Ich kenne das Programm. Ich war früher Lehrerin.«

Jillian lächelte. »Gut. Hier kann jeder, der sich für den Kurs eingetragen hat, den Lehrplan, die Hausaufgaben und die Prüfungen einsehen, so ziemlich alles.«

Ich blickte auf die vertraute Seite.

Jillian klickte sich zu den Zensuren durch. »Ich kann meine Noten sehen, weil ich eingeloggt bin. Doch wenn ich hier draufklicke«, sie wählte einen Link in der Navigationsleiste aus, »kann ich alle Zensuren der Kursteilnehmer sehen. Dadurch weiß ich, wie ich im Vergleich zu den anderen abschneide.«

Ich betrachtete die Liste. »Aber da sind keine Namen aufgeführt, nur die Immatrikulationsnummern. Woher weißt du, welche Melodys Noten sind?«

»Die Namen werden zum Schutz der Privatsphäre weggelassen«, erklärte Emma.

»Das stimmt. Doch man kann leicht herausfinden, zu wem welche Zensuren gehören.« Jillian schaute verlegen. »Im Ausschlussverfahren. Sehen Sie. Das bin ich.« Sie zeigte auf eine Zeile. »Es sind nur fünfzehn Leute in dem Kurs, und wir übrigen sprechen miteinander.«

»Sie nennen einander Ihre Noten?«, fragte ich.

»Manchmal. Aber auch wenn nicht, kommt man dahinter. Letzten Monat hat sich Martin über eine schlechte Note beschwert. Er sagte, er hätte bis dahin einen super

Schnitt gehabt. Diese Zeile muss also er sein.« Sie zeigte darauf. »Eva musste wegen eines Notfalls in der Familie nach Hause fahren. Die fehlenden Zensuren für die letzten beiden Aufgaben sind also ihre.«

»Regina hatte allen erzählt, dass sie im letzten Test die volle Punktzahl erreicht hat«, fügte Emma hinzu. »Und dass sie damit die schlechten Ergebnisse der vorigen ausgleichen konnte.«

»Aufgrund solcher Bemerkungen kann ich alle zuordnen, sodass nur noch eine Zeile übrig bleibt«, Jillian deutete darauf, »und die muss zu Melody gehören. Niemand sonst hat bisher nur Bestnoten erzielt.«

Ich betrachtete die Zeile und schaute Jillian an. »Das ist fantastisch. Du würdest eine gute Privatdetektivin abgeben.«

Sie grinste. »Muss in den Genen liegen.«

»Ich wette, wenn wir Melodys Immatrikulationsnummer erfahren, würde sich das bestätigen«, bemerkte ich. »Allerdings weiß ich nicht, was uns das sagen würde.«

»Sie hat Bestnoten in einem Kurs, den sie nie besucht hat«, antwortete Jillian.

»Finde ich verdächtig«, murmelte Emma.

»Ich auch.«

Ich bot den beiden an, sie zum Dank für ihre Hilfe zum Essen einzuladen. Donnerstags hatte Emma nur vormittags Kurse, aber Jillian musste zu einer Übung und hatte vor zwei Uhr keine Zeit. Wir verabredeten uns für Viertel nach zwei in der Studentenvertretung.

Die MISU hatte keinen großen Campus, trotzdem konnte man sich dort verlaufen, und deshalb fragte ich lieber nach dem Weg in die Verwaltung. Ich hegte wenig Hoffnung, dass man mir dort Auskunft über eine Studentin geben würde. Aufgrund eines Gesetzes, das 1974 erlassen worden war, durften an niemanden Informationen herausgegeben werden, ohne dass die Erlaubnis des betreffenden Studenten vorlag. Ohne diese wurden nicht einmal den Eltern die Noten genannt. Deshalb war ich nicht überrascht, als ich unverrichteter Dinge wieder gehen musste.

Beim Verlassen des Verwaltungsgebäudes begegnete ich Peter Castleton, dem Sportdirektor der MISU. Er hatte es sehr unterstützt, als Nana Jo und ich Dawson während des Sommers Nachhilfe gegeben hatten.

»Wie geht es Dawson?« Castleton war ein hochgewachsener Mann mit Glatze und dem schlanken, durchtrainierten Körperbau eines Läufers.

»Den Umständen entsprechend. Er macht sich Sorgen und vermisst den Football.«

Castleton nickte. »Das kann ich mir vorstellen. Aber die Richtlinien sind eindeutig: Sportler, denen ein Verbrechen vorgeworfen wird, müssen von allen Lehr- und Sportveranstaltungen suspendiert werden, bis die Angelegenheit geklärt ist.«

»Ich weiß.«

Castleton blickte mir in die Augen. »Sie verstehen, ich bin hier in einer schwierigen Lage. Ich mag Dawson sehr. Er ist ein guter Junge, dem eine glänzende Zukunft bevorsteht, wenn …«

»Wenn er nicht verurteilt wird?«

Er nickte. »Das tut mir wirklich leid. Wir warnen die Jungs immer wieder.«

»Wovor?«

Das Thema schien ihm peinlich zu sein. »Vor Honigfallen.«

»Was ist eine Honigfalle?«

Er rieb sich verlegen den Nacken. »Manche jungen

Leute fangen das Studium nur an, um einen Ehepartner zu ergattern, vorzugsweise einen reichen oder einen, der das Potenzial hat, reich zu werden – einen Goldesel eben.«

»Sie meinen, Melody Hardwick war nur deshalb an Dawson interessiert?«

Er machte eine wegwerfende Geste. »Ich weiß nicht, was für ein Mensch sie war, und möchte auch nicht schlecht über eine Tote sprechen, doch unter den Spielern gab es Gerede.«

»Dürfte ich mit denen sprechen?«

Er blickte mich forschend an.

»Wir versuchen herauszufinden, wer sie ermordet haben könnte. Die Polizei hat sich auf Dawson als Täter versteift und ermittelt nicht, ob jemand anderer als Mörder infrage kommt. Vielleicht hat einer der Spieler etwas gesehen oder gehört, das uns weiterhilft.«

Castleton dachte darüber nach. »Die Spieler werden heute Abend im Medienraum des Sportzentrums einen Film ansehen.« Er nannte ihr die Uhrzeit, zog einen Briefumschlag aus der hinteren Hosentasche und schrieb etwas auf. »Zeigen Sie das und Ihren Führerschein dem Pförtner, dann lässt er Sie rein.« Er gab mir praktisch einen Passierschein.

»Vielen Dank.«

Bis zu dem Treffen mit Emma und Jillian hatte ich noch eine halbe Stunde Zeit, und deshalb ging ich zum Fachbereich Geschichte. Nachdem ich herumgefragt hatte, fand ich das Büro von Professor Harley Quin. Er war der Leiter des Kurses, den Jillian und Melody angeblich gemeinsam besucht hatten. Die Tür stand offen.

Von drinnen war ein Jazzstück zu hören, das mich innehalten ließ. Vorsichtig spähte ich in den Raum. Am Schreibtisch saß ein blauäugiger Mann, der ansonsten aussah wie der junge Sean Connery, und bewegte die Finger über imaginäre Klaviertasten.

Er bemerkte mich, blickte lächelnd auf und drehte die Musik leiser.

»Entschuldigen Sie, ich wollte nicht stören.«

»Auf frischer Tat ertappt.« Er sah nicht nur aus wie Sean Connery, er hatte auch einen britischen Akzent.

»Das ist eines meiner Lieblingsstücke.«

Sein skeptischer Blick verriet, dass er mir nicht glaubte. »Wirklich?«

»Ich liebe David Benoit.«

Das überraschte ihn, und er wirkte sogar ein bisschen beeindruckt. »Ah … und wie heißt das Stück?«

»Linus Andrea Lucy.«

Er schnalzte mit der Zunge. »Brillant. Neun von zehn Leuten hätten geantwortet: ›*Peanuts*.‹ Sie sind wirklich ein Fan. Kommen Sie rein. Willkommen in meinem Kämmerchen.« Er machte eine ausholende Geste und fegte dabei einen Haufen Papiere vom Schreibtisch auf den Boden. Er trug eine braune Tweed-Hose und ein weißes Hemd mit Fliege. Er sah aus wie Sean Connery in *Indiana Jones und der letzte Kreuzzug*.

Ich ging hinein. Das Büro war höchstens einen Meter sechzig breit. Wenn ich die Arme zur Seite streckte, könnte ich beide Wände berühren. Auf jeder waagerechten Fläche stapelten sich Bücher und Papiere. Er deutete auf den Stuhl gegenüber, und ich nahm Platz.

»Also, was kann ich für Sie tun? Sie sind keine meiner Studentinnen. An Ihr Gesicht würde ich mich auf jeden Fall erinnern.«

Ich grinste über das Kompliment. »Tja, ich habe gehofft, Sie könnten mir helfen. Es geht um eine Ihrer Studentinnen.«

Er sah mich verwundert an und setzte sich aufrecht hin. »Ich werde es versuchen.«

Es fiel mir schwer, ihm in die Augen zu sehen, ohne ihn wie ein Schulmädchen anzuhimmeln. Ich musste mich zusammenreißen und atmete einmal tief ein und langsam aus. »Können Sie mir etwas über Melody Hardwick sagen?«

Er stutzte. »Melody Hardwick … Melody Hardwick, ich fürchte, nein … Oder meinen Sie zufällig die Studentin, die von dem Footballspieler erwürgt wurde?«

Nichts hätte mich schneller von meiner Schwärmerei kurieren können. Ich kniff die Augen zusammen, mein Blutdruck stieg. »Dawson Alexander ist ein charakterlich untadeliger junger Mann. Er hat niemanden umgebracht.« Wenn ich wütend war, sprach ich immer sehr deutlich, und im Augenblick war ich wütend. »Und in diesem Land gelten Menschen bis zum Beweis ihrer Schuld als unschuldig.« Ich erhob mich und wandte mich zum Gehen.

»Augenblick. Warten Sie. Es tut mir leid.« Er sprang auf und erwischte mich am Arm. »Es tut mir leid. Ich wollte Ihnen nicht zu nahe treten. Können Sie mir verzeihen?«

Zu hören, wie jemand ganz beiläufig Dawson einen »Mörder« nannte, brachte mich auf hundertachtzig.

»Bitte. Wollen Sie sich nicht setzen?«, bat er.

Ich atmete tief durch und kehrte zu dem Stuhl vor dem Schreibtisch zurück.

»Ich bedaure die Bemerkung. Ich möchte weder Sie noch Mr Alexander beleidigen. Ich habe nur wiederholt, was ich gehört hatte. Aber was kann ich für Sie tun?«

»Melody Hardwick war Ihre Studentin. Ich hatte gehofft, Sie könnten mir etwas über sie erzählen.«

Er schüttelte den Kopf. »Würde ich gern, doch ich arbeite hier erst seit einem Semester und kenne meine Studenten noch kaum. Ich habe ihr Gesicht in der Zeitung gesehen, aber ganz ehrlich, ich konnte mich nicht an sie erinnern. Sind Sie sicher, dass sie in meinem Kurs war?«

»Ja. Geschichte der Sekten.«

Er dachte kurz nach und schüttelte den Kopf. »Bestimmt haben Sie recht, doch ich erinnere mich nicht an sie. Offenbar hat sie auf mich keinen Eindruck gemacht.«

Ganz im Gegensatz zu Ihnen, schien er mit seinem Lächeln zu sagen. Das machte mich nervös. Es war lange her, seit jemand mit mir geflirtet hatte. Ich war aus der Übung und rutschte so unruhig auf meinem Stuhl hin und her, dass meine Handtasche herunterfiel.

»Ich kenne eine andere Kursteilnehmerin, und sie hat mir erzählt, dass Melody noch nie erschienen ist, aber lauter Bestnoten hat.«

»Also, das ist seltsam. Lassen Sie mich mal sehen.« Er wandte sich seinem Bildschirm zu und tippte auf der Tastatur herum. »Jetzt weiß ich es. Es war der Name, der mir nichts sagte. Ich habe hier eine Elizabeth Mae Simpson.«

»Ja, das ist sie. Sie hat ein Alias benutzt.«

»Auch das ist seltsam.« Er schaute auf seinen Bildschirm. »Miss Simpson hat den höchsten Notendurchschnitt. Sie sagen, sie hat den Kurs gar nicht besucht? Das muss ich mir näher ansehen. Es kann sich nur um einen Irrtum handeln.« Er lächelte. »Das wäre mir am Semesterende noch aufgefallen.«

Das klang einleuchtend.

»Kann ich sonst noch etwas für Sie tun?«

»Eigentlich ja, doch es geht um etwas Persönliches.« Ich merkte, dass mein Gesicht heiß wurde.

»Das hört sich vielversprechend an.« Er lehnte sich wieder zurück und blickte mich erwartungsvoll an.

»Ich schreibe einen Roman.«

»Wunderbar.«

»Danke. Es ist ein Krimi, der in England spielt. Ich habe mich gefragt, ob Sie mich bei der einen oder anderen Recherche beraten würden«, stammelte ich.

»Aber mit Vergnügen. Ich werde Ihre Fragen sehr gern beantworten, wenn ich kann. Vielleicht können wir bei einem Abendessen darüber sprechen? Sagen wir, morgen Abend?«

»Mrs Washington?«

Ich drehte mich um und war froh, Jillian in der Tür stehen zu sehen. »Ja. Morgen Abend passt.«

»Lassen Sie mir doch Ihre Nummer da, und ich rufe Sie wegen der Uhrzeit an.«

»Okay.« Hastig schrieb ich meine Handynummer auf das nächstbeste Blatt Papier und stürmte aus dem Büro. Im letzten Moment fielen mir meine Manieren ein. »Vielen Dank.«

»Nein, ich danke Ihnen.«

Draußen musste Jillian einen Sprint hinlegen, um mich einzuholen. »Hey, es tut mir leid, Mrs Washington. Es war nicht meine Absicht zu stören. Ich musste ein Buch zurückgeben. Ich wollte nicht …«

Ich blieb stehen. »Ist schon gut. Du hast nicht gestört. Wir sprachen nur gerade darüber, dass er mir bei Recherchen zu meinem … Buch helfen wird, an dem ich derzeit arbeite.«

»Granny erwähnte neulich, dass Sie einen Roman schreiben. Das ist toll.«

Dorothy Clark konnte nichts für sich behalten. Ich würde achtgeben müssen, was ich in ihrem Beisein erzählte, aber Jillian konnte nichts dafür. »Komm. Lassen wir Emma nicht warten.«

10

Emma Lee wartete auf uns in der Studentenvertretung. Zu dritt gingen wir in die Innenstadt. Sie fragten, ob sie sich meine Buchhandlung ansehen dürften, und ich war neugierig, wie Dawsons Interview gelaufen war, also steuerten wir mein Zuhause an.

Das Interview war gerade zu Ende gegangen. Auf dem Seitenparkplatz luden die Leute vom Sender ihr Equipment in einen Lieferwagen.

Dawson sah müde aus, wirkte aber zufrieden. Nana Jo stand nicht mit gezückter Pistole da, und es lagen auch keine Leichen herum. Also musste wohl alles reibungslos verlaufen sein. Aber ich fürchtete mich ein bisschen davor, mir sein Interview anzusehen.

Im Laden hielten sich nur wenige Kunden auf, und meine Neffen kümmerten sich um sie. Die Zwillinge beeilten sich, auch meinen jungen Begleiterinnen Hilfe anzubieten. Typisch Jungs.

Ich ging zu Dawson hinüber. »Na, wie war's?«

Er zuckte mit den Schultern. »Ganz okay, denke ich.« Er rieb sich den Nacken. »Ich hasse es, etwas von mir zu erzählen, aber Mrs Rutherford versicherte mir, dass es gut war.«

Ich klopfte ihm auf die Schulter. »Dann stimmt das

sicher.« Ich musterte ihn. »Du siehst müde aus. Hast du schon etwas gegessen?«

»Nein.«

»Dann komm doch mit uns.« Ich sah die Studentinnen an. »Das ist Emma, Melodys Zimmergenossin, und das ist Dorothys Enkelin Jillian. Sie haben mir mit Informationen geholfen, und deshalb habe ich ihnen ein Mittagessen versprochen.« Ich sah auf die Uhr. »Es ist fast Zeit fürs Abendessen.«

»Wohin geht ihr?«

»Ich dachte, wir probieren das neue Restaurant aus, das ein paar Häuser weiter eröffnet hat. Neulich wollte ich dort essen, kam aber nicht dazu.« Das war am Montag gewesen, als ich auf dem Bildschirm über der Bar gesehen hatte, wie Dawson wegen des Mordes an Melody in einen Streifenwagen verfrachtet wurde. Definitiv ein Tag, den ich gern vergessen würde.

Nana Jo kam zu uns. »Er hat seine Sache gut gemacht. Ganz prima.«

An ihrer rauen Stimme hörte ich, dass sie mit den Tränen kämpfte.

»Ich habe Dawson gerade zum Essen eingeladen.«

»Gut. Ich habe solchen Hunger, ich könnte ein Pferd verdrücken. Lass mich nur schnell meine Tasche holen.«

Nana Jo eilte die Treppe hinauf, und bis sie zurückkam, hatte ich Jenna, Jillian, Dawson, Zaq und Emma schon vorausgeschickt, damit sie uns einen Tisch sicherten. Christopher hatte sich bereit erklärt, im Laden zu bleiben, wenn wir ihm dafür einen Burger und Pommes frites mitbrächten.

»Ich habe die Mädels angerufen, als ich oben war. Sie kommen auch hin. Wir wollten heute sowieso ein Buchklubtreffen abhalten.«

Der Buchklub der »Schnüfflersenioren« hatte sich während des Sommers entwickelt, und Nana Jo und ihre Freundinnen trafen sich jeden ersten Donnerstag im Monat in der Buchhandlung, um über Krimis zu plaudern.

»Vielleicht sollte ich den anderen Bescheid geben, dass wir einen größeren Tisch brauchen.« Ich griff zum Handy.

»Nicht nötig. Ich habe schon eine Nachricht an Jenna geschickt.« Nana Jo machte ein Gesicht, als wollte sie noch etwas hinzufügen, darum wartete ich.

»Der Junge hatte wirklich eine schwere Kindheit.« Sie schüttelte den Kopf und schluckte schwer. »Das wusste ich vorher schon, aber nicht im Detail.«

»Er spricht nicht gern über seinen Vater oder seine Kindheit. Weißt du noch, wie er sich in der Kundentoilette versteckt hatte und wir ihn dort fanden?«

Nana Jo nickte. »Sein Vater war sternhagelvoll und hatte ihn verprügelt. Er hat sich zu uns geflüchtet.«

Ich strich ihr über den Rücken und versuchte selbst, die Tränen zurückzuhalten. »Ich bin heilfroh, dass er hierhergekommen ist.«

»Manchmal frage ich mich, was passiert wäre, wenn er nicht im Country Club gejobbt hätte.«

Ich lachte. »Und wenn er mich nicht von der Trauerfeier für Parker nach Hause gebracht hätte, weil ich vier Gläser Sekt auf leeren Magen getrunken und jemandem auf die Schuhe gekotzt hatte.«

Nana Jo lachte. »Clayton Parker war ein fieser Typ, aber wenn er nicht gewesen wäre, hätten wir Dawson jetzt vielleicht nicht bei uns. Also war er doch zu etwas nütze.«

Clayton Parkers Tod war kein Grund zum Jubeln, doch ich verstand, was sie sagen wollte.

Als ihre Freundinnen ankamen, gingen wir zum Restaurant. Dort hatte man im hinteren Bereich für uns zwei

Tische zusammengeschoben. Dawson saß am Kopfende mit Jillian und Emma neben sich. Zaq wählte den Stuhl neben Emma und Jenna den neben Jillian. Ich setzte mich zu meiner Schwester, Dorothy gegenüber. Nana Jo nahm am anderen Tischende Platz und Irma und Ruby Mae rechts und links neben ihr.

Als die Kellnerin kam und wir die Getränke bestellten, warf Nana Jo einen Blick auf die Uhr und entschied sich für einen Wild Turkey pur. Sie zog ihr Tablet aus der Tasche und setzte sich die Brille auf, wartete aber, bis die Getränke auf dem Tisch standen. »Wir müssen allmählich Gas geben, deshalb schlage ich vor, wir fangen mit der Sitzung an.« Sie schaute in die Runde.

Niemand widersprach.

»Wer möchte anfangen?«

Irma hustete und hob die Hand. »Ich habe mit meinem Enkel Ernie gesprochen, dem Immobilienmakler.« Sie hustete. »Er sagt, Virgil Russell ist ein zwielichtiger Typ, der abbruchreife Häuser vermietet. Offenbar hat er einen Zuschuss vom Staat bekommen, als er das Hochhaus am See gebaut hat. Er hatte angegeben, es an einkommensschwache Minderheiten und Rentner vermieten zu wollen, sodass ihm ein sehr günstiger Zinssatz gewährt wurde. Doch dann hat er die Wohnungen so klein wie möglich gebaut. Ernie meint, dass Russell selten an einkommensschwache Leute vermietet und nur, wenn sie ihn unter der Hand bezahlen.«

»Was heißt das in dem Fall?«, fragte ich.

»Wenn sie einen Wohnberechtigungsschein haben, zahlen sie eine verringerte Miete, und der Vermieter bekommt die Differenz vom HUD gezahlt. Der Vermieter ist verpflichtet, Reparaturen zu leisten, doch Ernie sagt, dass Russell die ständig hinauszögert.«

»Was ist HUD?«, wollte Jillian wissen.

»Das ist das Stadtentwicklungsamt«, erklärte Ruby Mae.

»Warum lassen sich die Mieter das gefallen?«, wollte Dorothy wissen.

Ruby Mae blickte von ihrem Strickzeug auf. »Weil sie keinen Ärger machen wollen.« Sie sah die anderen an. »Ich habe auch einiges über den Gauner erfahren, doch ich warte, bis ich dran bin. Ich will dich nicht unterbrechen.« Sie nickte Irma zu. »Sprich weiter, Honey.«

Irma tat es. »Ernie sagt, Russell ist ein schmieriger Typ, dem man nicht mal so weit trauen darf, wie er spucken kann.« Zur Illustration gab sie vor, neben sich auf den Boden zu spucken.

»Irma!«, riefen alle.

Die hustete und trank einen großen Schluck von dem Whiskey, den die Kellnerin ihr gebracht hatte. »Entschuldigung.«

Nana Jo wandte sich Ruby Mae zu. »Vielleicht möchtest du weitermachen.«

Ruby Mae hörte kurz auf zu stricken, um einen Schluck Kaffee zu trinken. »Was ich erfahren habe, bestätigt Irmas Informationen. Russell ist ein Immobilienhai. Robert Earl, der Sohn meiner Nichte, arbeitet in der Innenstadt im County-City-Gebäude. Die haben versucht, viele der heruntergekommenen Mietshäuser in North Harbor zu sanieren. Die schlimmsten gehören meist nicht ortsansässigen Eigentümern, doch Virgil Russell besitzt über hundert Mietshäuser, die praktisch abbruchreif sind.«

»›Kakerlakenfallen‹ nennt Ernie sie.« Irma bekam einen Hustenanfall.

Dorothy klopfte ihr auf den Rücken. »Du musst dein Immunsystem auf Vordermann bringen. Du bist ein Wrack.« Sie holte aus ihrer Handtasche ein Röhrchen

Tabletten. »Das ist ein Vitamincocktail. Die sind wunderbar.« Dorothy gab Irma zwei Stück.

Irma warf einen Blick darauf, warf sie in den Mund und fing an zu kauen.

Dorothy sah sie bestürzt an. »Was machst du denn?«, rief sie. »Die kaut man nicht, die löst man in Wasser auf.«

Irma hustete, und aus ihrem Mund drang Schaum. Sie griff nach einem Glas Wasser und trank, aber nach jedem Schluck trat mehr Schaum hervor.

Von den Nachbartischen starrten die Gäste herüber.

Der Restaurantchef kam zu ihnen. »Brauchen Sie Hilfe? Ich beherrsche den Heimlich-Griff.«

Irma schüttelte den Kopf, sah ihn aber schon auf sich zukommen. Hastig packte sie sich in den Mund und nahm ihre Zähne heraus, griff nach ihrer Serviette und wischte sich damit durch den Mund.

»Igitt. Dorothy, was hast du ihr …«

»Irma!«

Irma kippte ihren Whiskey hinunter, griff sich Nana Jos Glas und trank einen großen Schluck, den sie im Mund herumspülte und schließlich schluckte.

Wir alle starrten sie noch zwei Sekunden lang an, dann brachen wir in Gelächter aus.

Der Restaurantchef machte ein Gesicht, als wüsste er nicht so recht, was er von uns halten sollte, lachte jedoch schließlich mit.

Als wir uns endlich zusammennahmen, wischte sich Jenna die Augen. »Du meine Güte.«

Die Jüngeren unter uns kicherten weiter.

Irma lächelte und wickelte ihre Zähne in die Serviette ein, worauf wir von Neuem loslachten.

Nana Jo verlangte Aufklärung. »Irma, was hat dich dazu getrieben, die Zähne herauszunehmen?«

»Als ich die Tablettenkrümel überall in den Zahnzwischenräumen hatte, wollte ich sie mit der Zunge herauspulen. Ich schätze, dadurch fingen sie an zu schäumen. Dann habe ich Wasser getrunken, und es schäumte noch mehr. Weil ich die Krümel nicht rausbekam, habe ich die Zähne rausgenommen.« Sie grinste zahnlos, und wir brachen erneut in Lachen aus.

»Ruby Mae«, meinte Nana Jo. »Ich glaube, du kannst jetzt gefahrlos fortfahren.«

»Also, ich sagte gerade, dass Russell ein Immobilienhai ist.«

Emma hob zaghaft die Hand. »Entschuldigen Sie. Ich finde das furchtbar. Warum wehren sich die Mieter nicht?«

»Die Warteliste für Wohnungen mit Wohnberechtigungsschein ist lang«, erklärte Ruby Mae, »besonders für Wohnungen mit mehr als zwei Schlafzimmern. Als ich noch in Chicago lebte, nachdem mein Mann uns verlassen hatte, stand ich fünf Jahre lang auf solch einer Liste. Als ich endlich an die oberste Stelle gerückt war, warf mein Reinigungsservice so viel Gewinn ab, dass ich über die Berechtigungsgrenze kam, und dafür bin ich weiß Gott dankbar. Manche dieser Häuser waren grauenhaft. Da hätte ich lieber auf der Straße geschlafen.«

Ruby Mae schüttelte den Kopf. »In meiner Kirchengemeinde kenne ich eine Dame, die in einem von Russells Abbruchhäusern wohnte. Ich habe noch nie so viel Dreck auf einmal gesehen wie in dem Haus. Sie hat sich über ihn beschwert, und daraufhin hat er ihr das Leben zur Hölle gemacht. Er verweigerte Reparaturen. Ihre Toilette war fast ein halbes Jahr nicht benutzbar, und er rührte keinen Finger. Er ließ den Müll nicht mehr abfahren. Es war übel.«

Emma war aufgebracht. »Aber das ist entsetzlich. Warum ist sie nicht ausgezogen?«

»Wohin denn, Schatz? Sie hatte drei kleine Kinder und keine Verwandten. Sie hatte nicht das Geld, um selbst einen Klempner zu bezahlen.« Ruby Mae beugte sich nach vorn. »Doch das ist noch nicht das Schlimmste. Dieser widerliche Drecksack hatte die Frechheit, ihr zu sagen, sie könne auf andere Art bezahlen.« Ruby Mae zog vielsagend eine Braue hoch.

Jeder verstand die Andeutung außer Emma, die sie verwirrt ansah.

Irma tätschelte ihr die Hand. »Sie spricht von Sex, Liebes.«

Emma wurde tiefrot, und innerhalb von zehn Sekunden wechselte ihr Gesichtsausdruck von Unverständnis über Bestürzung zu Ekel. »Widerlich.« Sie schüttelte sich. »Das ist einfach … widerlich.«

»Das ist illegal, nicht wahr? Wie konnte er damit durchkommen?« Jillian blickte zu Jenna.

»Das ist zwar illegal, leider zeigen das viele Leute nicht an, weil sie Angst vor Repressalien haben, die ebenfalls illegal sind.«

»Kontrolliert denn niemand diese Häuser, prüft, ob sie bewohnbar sind?«, fragte Jillian.

»Doch. Manchmal spielt das den Vermietern erst recht in die Hände. Der Staat zahlt nur einen bestimmten Betrag für die Miete, egal, wie hoch die ortsüblichen Mieten gerade sind. Der Vorteil für den Vermieter ist, dass ihm niedrige Kreditzinsen bewilligt werden, wenn er eine bestimmte Anzahl an Wohnungen an einkommensschwache Leute vermietet. Wenn er Wohnberechtigungsscheine akzeptiert, bekommt er den garantierten Zuschuss vom Staat. Anschließend spart er sich die Reparaturen. Der Mieter meldet den Vermieter. Dem wird ein Ultimatum gestellt: ›Entweder Sie lassen die Reparaturen machen, oder Sie werden von der Liste anerkannter Unterkünfte gestrichen.‹«

Jenna hielt inne und sah in die Gesichter. Dann fuhr sie fort: »Er kommt der Aufforderung nicht nach und darf nicht mehr auf Wohnberechtigungsschein vermieten. Das Amt quartiert die Mieter um. Der Vermieter kann nun die Reparaturen durchführen und die Mieten erhöhen.«

»Und er profitiert weiter von den niedrigen Kreditzinsen.« Nana Jo blickte finster drein.

Jenna nickte.

»Russell ist wirklich ein mieser Typ, aber …« Ich überlegte, wie ich es ausdrücken sollte.

»Aber das macht ihn noch nicht zu einem Mörder?«, half Nana Jo mir aus.

Ich nickte.

»Es sei denn, Melody wusste etwas über ihn und drohte, ihn anzuzeigen?«, fragte Jillian hoffnungsvoll.

Ich schüttelte den Kopf. »Nein. Wahrscheinlicher ist, dass sie Bescheid wusste und ihm bei der Masche half.« Ich sah zaghaft zu Dawson, doch er schien sich an meiner These nicht zu stören.

»Was wurde aus Ihrer Freundin?«, wollte Emma von Ruby Mae wissen.

»Sobald das in unserer Kirchengemeinde bekannt wurde, haben wir ihre Sachen zusammengepackt und sie bei einem Gemeindemitglied einquartiert. Von da an lief es gut für sie, und inzwischen hat sie eine hübsche kleine möblierte Wohnung.« Sie lächelte. »Das ist alles, was ich herausgefunden habe.«

Wir wandten uns Dorothy zu.

»Mein Date wusste ein bisschen über diese Melody, aber der Typ war heiß, sodass ich nicht so viel mit ihm reden konnte, wie ich vorhatte.« Sie zwinkerte. »Ich werde wohl noch mal mit ihm ausgehen müssen, um mehr zu erfahren.«

»Du bringst wahre Opfer«, bemerkte Nana Jo sarkastisch.

»Immer wieder gern.« Dorothy grinste, dann wurde sie ernst. »Anscheinend war Melody in New Jersey in einem Förderprogramm für notleidende Jugendliche oder Risikokinder.« Sie wühlte in ihrer Handtasche und förderte ein Blatt Papier zutage. »›Higher Ed Restart‹ heißt das, soviel ich weiß. Manche dieser Jugendlichen sind sehr intelligent, geraten aber ständig in Schwierigkeiten. Durch das Förderprogramm können sie aufs College gehen. Man hofft, dass sie durch eine anspruchsvolle Ausbildung ihre Energie auf etwas Nützliches richten, ihren Verstand eher für Gutes als für Schlechtes nutzen.«

»Ich habe mal etwas darüber gelesen«, sagte ich. »Als ich noch Lehrerin war, wurde eine Zeit lang propagiert, dass es billiger ist, Jugendliche für vier Jahre in Harvard studieren zu lassen, als sie für den gleichen Zeitraum ins Gefängnis zu stecken. Und so können sie einen guten Beruf erlernen und landen hoffentlich nicht wieder in ihrem schlechten Milieu. Aber ich wusste nicht, dass die hiesige Uni solche Jugendlichen aufnimmt.«

»Das ist gefährlich, oder?«, fragte Emma zaghaft.

»Laut Harvey sind die Auswahlkriterien sehr streng«, antwortete Dorothy. »Sie nehmen keine Gewalttäter, also keine Vergewaltiger, Mörder, Brandstifter und Pädophile.« Sie überflog ihre Notizen. »Die MISU hat nur zwei aufgenommen. Beide älter als die übrigen Studenten: Melody und ein junger Mann, der auch Trickbetrüger war.«

»Mir scheint, man sollte das den Leuten sagen, damit sie gewarnt sind«, meinte Jillian.

»Man will den jungen Menschen aber die besten Erfolgschancen geben. Man hofft, dass sie sich einfügen und anpassen. Harvey sagt, das Programm hat Erfolg. Sie vermitteln ihre Studenten auf der ganzen Welt.«

Nana Jo tippte die Informationen in ihr Tablet.

Wir bestellten unser Essen. Als der Wirt gegangen war, erzählte ich, was ich auf dem Campus erfahren hatte. Emma und Jillian fügten noch einiges hinzu. Ich berichtete von meinem Gespräch mit dem Sportdirektor und erzählte, dass ich vorhatte, mit Dawsons Mannschaftskameraden zu sprechen.

Nach mir war Nana Jo an der Reihe.

»Freddies Sohn Mark hat herausgefunden, dass unser Freund Russell eine Haftstrafe abgesessen hat, wegen Betrugs, Unterschlagung und ...« – sie legte eine dramatische Pause ein – »Totschlags.«

Alle richteten sich auf und bombardierten sie mit Fragen.

»Immer mit der Ruhe. Russell wurde verurteilt, weil er seinen Partner getötet hatte, einen Mann namens ...«, sie scrollte in ihrem Tablet weiter herunter, »Max Simpson.«

Ich schnappte nach Luft. »Simpson, das ist auch Melodys Nachname.«

»Jep. Und Max Simpson hatte eine Tochter.«

»Elizabeth Mae Simpson«, schlossen wir im Chor.

Nana Jo nickte.

Dawson wirkte geschockt. »Aber das ist ...« Er schüttelte den Kopf. »Das ist völlig daneben. Er hat sie überall begrapscht.«

Ich verstand das auch nicht. »Wenn er ihren Vater umgebracht hat, wie konnte sie dann eine Beziehung mit ihm haben?«

Wir diskutierten das, bis das Essen serviert wurde, und schoben das Thema »Mord« erst einmal beiseite. Irma war es nicht gelungen, ihre Zähne wieder einzusetzen, sodass sie sich das Essen einpacken ließ und nur etwas trank. Sie war ziemlich beschwipst und verließ uns, um mit zwei Männern an der Bar zu flirten.

Jenna staunte über das turbulente Geschehen am Tisch und fragte mich flüsternd: »Sind die immer so?«

Dorothy gesellte sich bald zu Irma an die Bar, und beide tranken um die Wette. Emma und Jillian amüsierten sich darüber.

Ich warf einen Blick zur Bar. »Das ist noch gar nichts. Ihr solltet sie sehen, wenn sie wirklich abfeiern.«

Jenna machte große Augen. »Im Ernst?«

Ich nickte. »Sie können ganz schön anstrengend sein, aber wie sie ihre Kontakte nutzen, um Infos zu beschaffen, ist fantastisch.«

Jenna nickte. »Ich war beeindruckt. Sie haben in kurzer Zeit eine Menge herausgefunden. Heute ist Donnerstag. Der Mord liegt erst vier Tage zurück.«

Ich stutzte. Waren wirklich nur vier Tage vergangen? Mir kam es viel länger vor. »Nun ja, Nana Jo hat uns eine Deadline gesetzt.«

Jenna runzelte die Stirn. »Eine Deadline?«

Ich verkniff mir ein Grinsen. »Sie meint, wir müssen den Mörder bis zu dem Footballspiel nächsten Samstag gefunden haben.«

11

Dorothy und Irma waren zu betrunken, als dass sie allein hätten nach Hause gehen können. Zaq bot sich an, Emma und Jillian zum Campus zu bringen. Vermutlich hatte er seine eigenen Gründe für den Taxiservice. Er und Emma hatten sich den ganzen Nachmittag blendend verstanden. Ich sah dem geschenkten Gaul nicht ins Maul, zumal ich dadurch die Zeit gewann, die alten Damen heimzufahren. Beim Abschied schlossen mich Jillian und Emma in die Arme.

»Vielen Dank für das Essen und dass Sie uns in Ihre Ermittlung einbeziehen«, sagte Jillian.

Ich erwiderte die Umarmung. »Ich danke euch. Ihr habt mir sehr geholfen.«

Jillian sah aus, als nähme sie gerade ihren ganzen Mut zusammen.

Emma stieß sie in die Rippen. »Frag sie.«

»Was soll sie mich fragen?«

»Wir haben überlegt, ob es okay wäre, wenn … na ja, wir haben gehofft, vielleicht …«

Emma sprang ein. »Wir hoffen, dass Sie uns erlauben, weiter nachzuforschen.«

Das überraschte mich. »Oh, ich weiß nicht so recht.«

»Bitte«, drängten sie.

»Wir möchten wirklich helfen, den Mörder zu finden«, sagte Emma. »Auch wenn ich Melody nicht leiden konnte, war sie immerhin meine Zimmergenossin.«

»Und wir glauben beide nicht, dass Dawson der Täter ist«, fügte Jillian hinzu.

Mir war aufgefallen, dass Dawson und Jillian sich während des Essens immer wieder angesehen hatten. Bahnte sich da etwas an? Trotzdem musste ich mir einen nüchternen Blick bewahren und durfte mich nicht von schönen Gefühlen leiten lassen. »Ihr Lieben, ich schätze eure Hilfsbereitschaft wirklich sehr.«

»Wieso höre ich da ein Aber kommen?«, fragte Emma.

»Ermitteln mag nach Spiel und Spaß klingen, doch in Wirklichkeit ist das gefährlich. Der Mörder könnte sich auf dem Campus herumtreiben. Wenn er mitbekommt, dass ihr Fragen stellt, und er fürchtet, dass ihr ihm auf die Spur kommt, dann seid ihr ernsthaft in Gefahr.« Ich schauderte, weil ich an den Moment zurückdachte, als mich Parkers Mörder mit einer Pistole bedroht hatte. »Das ist zu riskant. Ich darf euch der Gefahr nicht aussetzen.«

»Aber wir werden sehr vorsichtig sein. Es muss etwas geben, was wir beitragen können«, sagte Jillian.

Ich überlegte. »Also gut. Ihr könnt Folgendes tun.« Ich blickte sie streng an, damit sie den Ernst der Situation begriffen. »Du, Emma, könntest als Melodys Zimmergenossin bei der Verwaltung nachfragen, ob jemand ihre Sachen abholen kommt. Erkundige dich, ob sie Verwandte hatte. Biete an, die Sachen zusammenzupacken.«

Emma nickte eifrig. »Geht klar.«

»Und du, Jillian, könntest eine Trauerfeier organisieren.«

Jillian runzelte die Stirn. »Eine Trauerfeier?«

»Ja. Oder eine Mahnwache. Sprich mit der Verwaltung und häng Infozettel auf.«

»Ich sehe nicht, wie das helfen könnte.«

»Wir werden daran teilnehmen und die anderen Teilnehmer beobachten. Vielleicht bringt das nichts, doch einen Versuch ist es wert.«

Jillians Gesicht hellte sich auf. »Verstehe. Sie hoffen, dass der Mörder aufkreuzt.«

»So ungefähr. Vor allem hoffe ich, mit jemandem sprechen zu können, der sie gut kannte.« Ich sah die beiden fragend an. »Seid ihr dazu bereit?«

Sie nickten eifrig.

»Gut. Aber bitte seid vorsichtig. Ich will nicht, dass der Mörder misstrauisch wird.«

Sie versprachen es mir feierlich und stiegen zu Zaq ins Auto. Ich war trotzdem nervös und fragte mich, ob ich richtig handelte. Doch ich fürchtete auch, sie könnten etwas viel Gefährlicheres unternehmen, wenn ich ihnen gar keine Aufgabe gäbe. So dagegen würden sie auf mich hören und wären geschützt. Ich schüttelte meine Zweifel ab und begann damit, die Damen einzusammeln. Bei Irma musste ich Überzeugungsarbeit leisten, doch schließlich lenkte sie ein.

Als wir zur Tür gingen, kam der Wirt zu uns. »Ich hoffe, Sie waren mit allem zufrieden.«

»Ja, danke. Das Essen war ausgezeichnet«, antwortete ich.

»Das freut mich. Hoffentlich kommen Sie bald wieder mal herein.« Obwohl Nana Jo und Jenna bei mir standen, blickte er nur mich an.

Mir wurde plötzlich warm. »Ganz bestimmt. Es sind ja nur ein paar Schritte bis zu Ihnen.«

Aus irgendeinem Grund fiel es mir schwer, ihn direkt anzuschauen, und ich sah praktisch überallhin außer in seine Augen.

»Hi. Ich heiße Josephine Thomas.« Nana Jo gab ihm die Hand.

»Frank Patterson.«

»Frank, wir freuen uns, Sie kennenzulernen. Das ist meine Enkelin Jenna Rutherford und das meine Enkelin Samantha Washington.«

Ich schüttelte ihm die Hand, obwohl wir uns bereits kannten.

»Sam gehört die Krimibuchhandlung ein paar Häuser weiter. Sie sollten gelegentlich mal vorbeikommen und sie sich ansehen.« Nana Jo wollte mich mit ihm verkuppeln, das war klar erkennbar, und die Hitze stieg mir ins Gesicht.

»Nana Jo! Nicht jeder liest gern Krimis«, sagte ich.

Sie lächelte. »Mögen Sie Krimis, Mr Patterson?«

Er lächelte ebenfalls. »Tatsächlich, ja. Ich hatte nur in letzter Zeit wenig Zeit zum Lesen, weil ich das Restaurant eröffnet habe. Ich hoffe, das ändert sich bald.«

»Liest Ihre Frau auch gern Krimis?«, fragte Jenna schüchtern lächelnd.

Subtilität war in meiner Familie unbekannt. Ich kniff meine Schwester unauffällig in die Hand und flehte, der Boden möge sich auftun und mich verschlucken.

Frank Patterson lachte. »Ich bin nicht verheiratet.«

»Wirklich? Ein gut aussehender Mann wie Sie? Wie konnten Sie so lange entkommen?«, scherzte Nana Jo.

Frank schmunzelte. »Ich war wohl immer zu beschäftigt, um eine Familie zu gründen.«

»Unsere Sam ist auch Single. Was für ein Zufall!«

»Witwe. Ich bin Witwe. Und sicher möchte Mr Patterson das gar nicht so genau wissen. Ach du je, guckt mal, wie spät es schon ist.« Ich nahm meine Großmutter und meine Schwester beim Arm und schob sie zur Tür hinaus. »Danke für alles. Man sieht sich.«

Draußen auf der Straße funkelte ich sie böse an. »Was habt ihr euch dabei gedacht?«

»Wer? Wir?« Sie grinsten mich an.

»Ja, ihr.«

»Wir sorgen nur für gute Nachbarschaft«, sagte Nana Jo.

Ich schnaubte und setzte mich energisch in Bewegung. Ich drehte mich auch nicht um, als hinter mir Gelächter ertönte.

In der Buchhandlung suchten sich die Damen noch ein, zwei Bände aus der Pollifax-Reihe aus, mit der sie im Sommer angefangen hatten. Ich freute mich, dass sie ihnen gefiel, und nahm mir vor, sie ebenfalls weiterzulesen. Irma hatte gern mehr Sex in einem Roman und las nebenher die Eve-Dallas-Reihe von J. D. Robb. Ich zog Kuschelkrimis vor, in denen meist keine Sex- und Gewaltszenen und keine unflätigen Ausdrücke vorkamen. Da sich hinter dem Pseudonym J. D. Robb Nora Roberts verbarg, kam in den Bänden sicher genug Sex vor, um Irma zufriedenzustellen. Bisher war sie mit meiner Empfehlung glücklich gewesen.

Nachdem sie sich mit Lesestoff eingedeckt hatten, fuhr ich die Damen zur Seniorensiedlung und anschließend zur MISU, um mit Dawsons Mannschaftskameraden zu sprechen.

Die MISU war eine große Universität, und man würde erwarten, dass auch die Sportanlagen weitläufig wären. Doch dem war nicht so. Das Sport- und Versammlungszentrum war jedoch ein großes Gebäude, in dem nicht nur Sportveranstaltungen der Universität stattfanden, sondern es wurde auch von der Stadt für Konzerte und andere Events benutzt. Ich erinnerte mich, dass ich als Kind dort eine Zirkusaufführung erlebt hatte. Der große Saal hatte fünftausend Sitzplätze. Es passten nicht so viele Leute hinein wie ins JAMU-Stadion, das zehntausend Leuten Platz bot, war aber größer als die Carnegie Hall.

Hinter diesem Gebäude lag ein kleineres, zu dem mich der Pförtner schickte, nachdem ich ihm meinen »Passierschein« und den Führerschein gezeigt hatte. Ich parkte den Wagen und folgte dann den Hinweisschildern zum Medienraum.

Der war wie ein kleines Kino mit einer riesigen Leinwand und einem Projektor ausgestattet und hatte hundert Sitzplätze. Fast alle waren besetzt. Ich war neben der Leinwand hereingekommen und hatte das Gefühl, dass alle Augen auf mich gerichtet waren. Bis auf die Notbeleuchtung war es dunkel, sodass ich erst nach ein paar Augenblicken etwas erkennen konnte. Aber dann eilte ich die Stufen hinauf, um in den hinteren Reihen noch einen freien Sitzplatz zu finden. Offenbar sollte die Filmvorführung jeden Moment beginnen. Ich wollte gerade Platz nehmen, als mich jemand rief.

»Mrs Washington?« Die Stimme dröhnte von der Decke herab.

Ich erstarrte und schaute mich um, konnte aber nicht ausmachen, woher die Stimme kam. Plötzlich ging das Licht an. Hinten über den Sitzreihen gab es eine verglaste Kabine wie in jedem Kino. Peter Castleton winkte mir durch die Scheibe zu und bedeutete mir, unten zu bleiben.

Er und Coach Phillips verließen den Glaskasten und kamen die Treppe herunter. Castleton machte mich mit dem Coach bekannt.

Wir nickten einander zu und gaben uns die Hand.

Coach Phillips war ein großer, kräftiger Mann. Ich wusste aus den Nachrichten, dass er mit siebenunddreißig Jahren einer der jüngsten Cheftrainer im Football war und aufgrund der Erfolge seiner Mannschaft viel Aufmerksamkeit bekam, zumal das seine erste Saison an der MISU war. Er trug stets eine Baseballkappe und schob den Schirm hoch, als er mir vorgestellt wurde. Ich nahm an, dass die Kappe seine Stirnglatze kaschieren sollte.

Die Spieler beobachteten uns still. Castleton stellte sich vor ihnen auf. »Jungs, das ist Mrs Washington. Sie ist mit Dawson befreundet und versucht, ihn von dem Mordverdacht zu befreien. Sie würde euch gern ein paar Fragen stellen. Coach Phillips und ich wären euch für jede Hilfe dankbar. Der Film startet dann etwas später.«

Phillips und Castleton gingen zusammen mit einigen älteren Herren hinaus, die vermutlich zum Trainerteam gehörten. Ich stand vor einem Raum voll kräftiger Männer und fühlte mich im ersten Moment unbehaglich. Doch ich machte mir bewusst, dass ich jahrelang mit Schülern gesprochen hatte, die viel weniger interessiert gewesen waren.

Ehe ich zum Sprechen Luft holte, hob ein Spieler die Hand. Er hatte eine Statur wie ein Panzer. Ich schätzte ihn auf zweihundert Kilo.

»Ja?«

»Wie geht's Dawson?«

»Tja, wie geht es ihm? Ich würde sagen, so einigermaßen.«

Er schlug sich zweimal mit der Faust an die Brust und wiederholte die Geste. »Sagen Sie ihm, er soll stark bleiben. Ich glaub nicht, dass er die Kleine ermordet hat.«

»Freut mich zu hören. Ich glaube es auch nicht. Deshalb bin ich hier. Ich habe gehofft, dass mir einer von Ihnen etwas sagen kann, was mir hilft, Dawsons Unschuld zu beweisen.«

Die Spieler schauten einander an, aber alle schwiegen. Schließlich hob mein Panzer-Freund erneut die Hand. »Wie woll'n Sie das machen?«

»Nun, erst einmal brauche ich Informationen über Melody oder über jemanden, der einen Grund gehabt haben könnte, sie zu töten.«

Daraufhin meldete sich ein Spieler, der kleiner war als ein Panzer, aber größer als ein Kleinwagen. »Dawson hätte die Finger von ihr lassen sollen. Die war nur darauf aus, sich einen reichen Typen zu angeln.«

»Hat sie jeder hier für so ein Mädchen gehalten?«

Die Spieler murmelten untereinander. Die meisten nickten.

Der Kleinwagen sagte: »Sie hätte bei B-Ball bleiben sollen.«

Einige lachten.

»Was heißt das?«, fragte ich.

»Sie hat beim Basketball-Team angefangen, musste aber eine Ohrfeige einstecken. Schätze, danach war ihr Basketball wohl zu gefährlich.«

Alle lachten.

»Moment. Heißt das, sie war vorher mit einem Basketballspieler zusammen?«

»Genau.«

»Mann, das hätte ich fast vergessen«, rief ein Spieler in der ersten Reihe und lachte. »Sie wurde ordentlich vertrimmt.«

Ich stöhnte innerlich, riss mich jedoch augenblicklich zusammen, um nicht missbilligend zu wirken. Wenn ich wollte, dass sie offen und ehrlich zu mir waren, musste ich die entsprechende Atmosphäre schaffen. »Was ist passiert?«

Mehrere fingen gleichzeitig an zu erzählen, darum hob ich die Hand. »Bitte einer nach dem anderen.«

»Also, das muss nach dem Basketballturnier im Winter gewesen sein«, sagte Panzer. »Die Männer haben gewonnen, und dann kamen die Miezen, um sie zu beschnuppern. Plötzlich war Melody mit Trammel zusammen, Tray Braxton, dem Star-Forward.«

Ich holte mein Notizbuch hervor und schrieb hastig mit.

»Dann hörte ich, dass Trammel und Melody bei einer Party gewesen waren, wo seine Freundin aufkreuzte und Melody k. o. schlug.«

»Seine Freundin? Ich dachte, Melody wäre seine Freundin gewesen«, wandte ich ein.

Panzer lachte. »Das dachte sie auch. Leider hatte Trammel vergessen, ihr von der Mutter seines Kindes zu erzählen.«

Seine Kameraden lachten.

»Die ist also dort hingekommen und hat Melody geschlagen?«

Er schnaubte. »Sie hat Melody geschlagen, sie hat Trammel geschlagen, sie hat jeden geschlagen, der sie davon abbringen wollte.«

Panzer war ein guter Erzähler, der seine Geschichte mit ausdrucksvoller Mimik und Körpersprache unterstrich, und jetzt platzte er selbst mit Lachen heraus. Als er wieder sprechen konnte, meinte er: »Mann, ich hab noch nie so einen Wumms bei einer Frau gesehen. Sie hat ihn verprügelt wie Muhammad Ali Joe Frazier beim Thrilla in Manila.«

Innerlich zuckte ich zusammen angesichts der Gewalttätigkeit. »Weiß jemand den Namen der Schlägerin?«

Alle schüttelten den Kopf. »Nee«, antwortete Panzer. »Das müssen Sie Trammel fragen.«

»Wo finde ich diesen Trammel Braxton?«

»Zuletzt wohnte er in dem schicken Apartmenthaus am See, aber seit seine Freundin mit dem Baby hergezogen ist, hat die Uni sie zusammen außerhalb des Campus untergebracht.«

Ein junger Mann, der die ganze Zeit über recht still gewesen war, meldete sich zu Wort. »Ich kann Ihnen sagen, wo er wohnt.« Er war eins achtzig groß und wog bestimmt hundertfünfzig Pfund, aber verglichen mit den anderen war er ein Zwerg.

Ich stellte noch ein paar Fragen, doch keiner konnte einen Hinweis darauf geben, wer als Täter infrage käme. Ich schrieb meinen Namen und meine E-Mail-Adresse an das Whiteboard neben der Tür. Fast jeder Spieler bat mich, Dawson auszurichten, er solle die Ohren steif halten oder stark bleiben, oder gab mir eine ähnliche Aufmunterung für Dawson mit. Einige schlugen sich nur an die Brust wie mein Panzer-Freund.

Der »Zwerg« gab mir noch Trammels Adresse.

Als ich zu Hause ankam, war es dunkel, und ich fühlte mich ausgelaugt. Trotzdem wollte ich noch ein paar Seiten schreiben und nebenbei die frisch gesammelten Informationen im Kopf einordnen.

Thompkins verstand es meisterlich, Räume lautlos zu betreten und zu verlassen. Als er auf diese Weise in das Dienstbotenzimmer trat, konnte er Millie und Flossie einige Augenblicke lang unbemerkt beobachten. Flossie konnte ihre Empfindungen kaum zügeln, als sie Millie erzählte, was sie gesehen hatte.

Thompkins hörte schon seit Jahren Gerüchte über Lord Charles. Soweit er wusste, gab sich der Mann Ausschweifungen hin. Er aß und trank exzessiv und stellte den Frauen rücksichtslos nach. Dass er an diesem Morgen dabei beobachtet worden war, wie er das Zimmer der Herzogin von Windsor verließ, war eine Steigerung, die Thompkins nicht für möglich gehalten hätte.

»Oh Gott, wirklich?« Millie schaute zutiefst bestürzt und verblüfft, Flossie hätte es sich kaum schöner erhoffen können.

»Aber das war noch nicht alles.« Flossie sah sich kurz um und vergewisserte sich, dass Mrs McDuffie nicht in der Nähe war. »Er hatte seine Hosen an, aber sein Hemd war aufgeknöpft, und er war barfuß und hielt die Schuhe in der Hand. Er schlich sich weg wie ein Dieb in der Nacht.«

Millie starrte sie mit offenem Mund an. »Meine Güte, der arme Edward! Ich frage mich, ob er es weiß.«

»In dem Zimmer war …«

Thompkins hatte genug gehört. Er trat weiter in den Raum hinein und hüstelte.

Beide Mädchen waren derart ins Gespräch vertieft, dass sie ihn noch immer nicht bemerkten.

»Ob er was weiß?«

Bei seiner Frage fuhren sie erschrocken zusammen.

»Nichts, Sir«, antwortete Flossie.

»Unsinn. Wenn etwas vor sich geht, müssen Sie mich sofort informieren.«

Thompkins wusste seit Langem um die Wirkung eines strengen Blicks und setzte ihn ein. Flossie wiederholte, was sie soeben gesagt hatte.

Er zog die Brauen zusammen. »Sie werden das vor niemandem erwähnen. Was in diesem Haus passiert, bleibt in diesem Haus. Haben Sie mich verstanden?«

»Ja, Sir«, antworteten die Dienstmädchen.

»Nun, zurück an die Arbeit.«

Sie wandten sich ihren Pflichten zu.

Thompkins machte sich auf die Suche nach Mrs McDuffie. Das dauerte nicht lange. Als er an dem kleinen Raum vorbeiging, den er als Büro nutzte, hörte er ihre unverkennbare Stimme.

»Verflixt noch eins, diese neureiche Amerikanerin hat Nerven.«

Thompkins seufzte, klopfte an und ging hinein. »Eure Ladyschaft. Ich bitte um Verzeihung.« Er wandte sich zum Gehen.

»Nicht doch, Thompkins, ich bin froh, dass Sie hier sind. Bitte kommen Sie herein.«

Der Butler gehorchte und schloss die Tür hinter sich.

»Ich besprach gerade mit Mrs McDuffie die Änderungen, um die die Herzogin gebeten hat.«

»Änderungen, Mylady?«

»Vielleicht sollte ich das Schreiben zuerst lesen.« Lady Elizabeth griff seufzend zu dem Briefbogen. »Meine liebste Elizabeth«*, las sie vor.*

Mrs McDuffie schnaubte.

»Sie sind ein prima Kerl, danke, dass Sie Ihr Haus für meine kleine Gesellschaft geöffnet haben. Wie Sie an der Gästeliste sehen, steht viel auf dem Spiel. Daher weiß ich, Sie werden es mir nicht übel nehmen, wenn ich ein paar kleine Änderungen vornehme.« *Lady Elizabeth überflog den weiteren Text und gab den Brief ihrer Haushälterin. »Vielleicht lesen Sie besser selbst.«*

Mrs McDuffie tat es. »Alle sollen die Zimmer tauschen.« Sie las weiter. »Was für eine Frechheit! Sie will das französische Flittchen in das Blaue Zimmer umquartieren, das auf den hinteren Garten hinausgeht.« Mrs McDuffie knallte den Brief auf den Tisch. »Also, dazu bin ich nicht bereit. Für diese französische Dirne werde ich Seine Gnaden nicht aus seinem Zimmer ausquartieren.«

Thompkins räusperte sich. »Darf ich?« Er nahm den Brief und überflog die Seiten. Dann legte er ihn behutsam auf den Tisch, zog sein Taschentuch hervor und wischte sich die Hände ab. Mit einem Räuspern wandte er sich Lady Elizabeth zu. »Wenn

Eure Ladyschaft das erledigt wissen wollen, dann werden wir Ihren Wünschen selbstverständlich nachkommen, aber …«

»Ja, Thompkins?«

»Nun, das Zimmer des Herzogs ist nicht nur ein wenig größer als die anderen, es liegt auch unmittelbar neben der Treppe. Es ist eine große Erleichterung für das Personal, das Gepäck Seiner Gnaden nicht den langen Flur entlangbefördern zu müssen.« Thompkins' Mundwinkel zuckten. »Ich bin nicht mehr der Jüngste.«

Lady Elizabeth lächelte. »Danke, Thompkins. Ich weiß Ihren Versuch zu schätzen.« Lady Elizabeth seufzte. »Ich werde erlauben, dass die Zofe neben der Herzogin wohnt, wenn sie das unbedingt will. Glauben Sie, die fremden Dienstboten werden Unfrieden stiften?«

Mrs McDuffie schnaubte. »Keiner wird das aufgeblasene Stück vermissen. Wie die sich aufführt! Man könnte glatt meinen, sie wäre selbst die verflixte Herzogin.« Mrs McDuffie hob das Kinn und rümpfte die Nase.

Lady Elizabeth lächelte über ihre Haushälterin. Aber sie wurde ernst, als sie noch einmal in den Brief schaute. »Nun gut, doch ich bin auch der Ansicht, dass James sein Zimmer nicht opfern sollte. Er gehört praktisch zur Familie. Die anderen kümmern mich im Grunde nicht.«

»Aber es ist höchst unüblich, Damen unmittelbar neben Herren unterzubringen, besonders wenn es eine Verbindungstür gibt«, gab Thompkins zu bedenken.

»Ich glaube, es ist antiquiert, sie in getrennten Flügeln schlafen zu lassen«, sagte Lady Elizabeth. »Ein Zeichen, dass sich die Zeiten ändern. Wir werden darauf vertrauen müssen, dass sich alle benehmen und … nichts Ungehöriges passiert.«

Thompkins räusperte sich leise und berichtete Lady Elizabeth von dem Gespräch zwischen den beiden Hausmädchen.

Mrs McDuffie starrte ihn mit offenem Mund an. »Donnerwetter.«

Lady Elizabeth blickte zwischen dem Butler und der Haushälterin hin und her. »Halten Sie das für wahr?«

Mrs McDuffie holte tief Luft und setzte zu einer Erwiderung an, doch Lady Elizabeth hob die Hand, um ihren Zorn zu bremsen. »Sicherlich sind die Mädchen ehrlich und vertrauenswürdig. Ich meine aber … es könnte nur so scheinen … Also, damit hätte ich niemals gerechnet.«

Mrs McDuffie nickte. »Ich verstehe. Sie meinen, Lord Chitterly ist kein Mann, für den eine Frau ihre Ehe riskieren würde?«

»So in etwa«, stimmte Lady Elizabeth zu.

Die Haushälterin nickte. »Dem kann ich nur beipflichten. Die würde sich für einen kugelrunden Lord Chitterly keinen König durch die Lappen gehen lassen.«

Lady Elizabeth verkniff sich ein Lächeln. »Ich teile Ihre Einschätzung.« Noch einmal las sie den Brief. »Ich werde James nicht umquartieren. Ich werde mir eine Ausrede einfallen lassen, aber ich sehe keinen Grund, warum wir die übrigen Wünsche nicht erfüllen sollten. Allerdings möchte ich mit James reden, bevor wir irgendetwas in die Wege leiten.« Sie wandte sich zum Gehen. »Also warten Sie bitte, bis ich mit ihm gesprochen habe.«

Lady Elizabeth fand James in der Bibliothek.

Er las den Brief und zog die Brauen zusammen. »Nun, ich sehe nicht, was es schaden könnte, und ich werde nur zu gern umziehen, wenn das …«

Sie hob die Hand. »Bitte, fühlen Sie sich nicht verpflichtet. Tatsächlich hat es meine Haushälterin rundheraus abgelehnt, Sie aus dem größeren Zimmer auszuquartieren zugunsten … ›des französischen Flittchens‹.«

James lachte. »Ich wette, die Bezeichnung hat ihr eine Reaktion von Thompkins eingebracht.«

»Beinahe«, räumte Lady Elizabeth ein. »Aber er hat sich beherrscht. Um des häuslichen Friedens willen muss ich darauf bestehen, dass Sie Ihr Zimmer behalten.«

»Sie sollen wissen, dass ich Ihnen überaus dankbar bin, weil Sie sich bereit erklärt haben, die Gesellschaft hier zu empfangen.« James zögerte einen Moment lang. »Ich denke, Sie sehen, wie wichtig das ist, nicht nur für Großbritannien.«

»Das sehe ich durchaus, aber … nun, ich muss zugeben, ich bin doch leicht verwirrt. Ich kann nicht glauben, dass der König und das Parlament dieses … Treffen gutheißen.«

James überlegte. »Wenn Sie damit fragen wollen, ob das Treffen auf Bitten des Königs zustande gekommen ist, lautet die Antwort Nein.«

»Warum dann?«

»Wir sind ein freies Land. Wir können niemandem verbieten, private Gesellschaften zu geben. Das Land erholt sich noch vom letzten Krieg, und niemand will einen weiteren erleben. Wenn man einen Krieg auf friedliche Weise verhindern kann, umso besser.«

»Doch Sie glauben nicht daran?«

James dachte darüber nach und schüttelte den Kopf. »Nein, ich nicht. Aber es gibt Leute wie Mary Astor und den Cliveden-Kreis, die über den Erhalt des Friedens verhandeln.«

»Frieden, zu welchem Preis?«

»Ganz recht. Großbritannien darf nicht tatenlos zusehen, wenn Hitler Europa verwüstet.« James zündete sich eine Zigarette an. »Außerdem sickert allmählich durch, was Hitler tatsächlich vorhat.«

Lady Elizabeth wartete darauf, dass James fortfuhr, doch er schien mit den Gedanken weit weg zu sein. Schließlich schauderte er. »Aber ich hoffe, Sie verstehen die Bedeutung dieses Treffens. Wir mussten herausfinden, was vorgegangen ist. Darum …«

»Darum mussten diese Leute hierherkommen.«

»In mein Haus wären sie nicht gekommen. Ich stehe dem Thron zu nahe, fürchte ich. Als wir hörten, dass die Herzogin das Treffen plant, mussten wir einen Ort finden, zu dem wir Zugang haben, ohne dadurch den Anschein zu erwecken, wir würden es billigen. Wir hatten gehört, dass Lady Cunard für den Anlass nach einem Landsitz suchte, doch zum Glück wurde sie nicht rechtzeitig fündig.«

»Ich verstehe. Wir haben ein großes Haus, und wir sind Cousin und Cousine, also verwandt, aber nicht nah verwandt.«

James nickte. »Ganz recht.«

»Außerdem ist William an Politik nicht sonderlich interessiert, sodass die Herzogin, sollte es zu einer Vereinbarung kommen, die Lorbeeren für sich reklamieren kann.«

Lady Elizabeth faltete das Schreiben der Herzogin zusammen. »Ich gebe jetzt besser der Haushälterin Bescheid, damit sie beginnen können. Es sollte alles erledigt sein, bis alle vom Fasanenschießen zurückkommen.« Sie ging zur Tür und griff zum Knauf, drehte sich jedoch noch mal um. »James, bitte seien Sie vorsichtig. Ich habe ein ungutes Gefühl bei der Sache.«

Die Jagdgesellschaft brach schließlich auf. Sie waren zu zwölft. Geoffrey Fordham-Baker zog es vor, mit einer Flasche Scotch in der Bibliothek zu bleiben. Lady Elizabeth und Lady Penelope verzichteten ebenfalls auf das Vergnügen. Thompkins servierte den Tee in der Bibliothek. Fordham-Baker schnarchte in einem Sessel in der Ecke, während die Damen ihren Tee tranken.

»Es überrascht mich, dass Daphne am Fasanenschießen teilnimmt«, bemerkte Penelope leise.

Ihre Tante trank einen Schluck Tee. »Nun, sie ist eine ziemlich gute Schützin.«

»Ich weiß. Sie konnte immer besser schießen als ich, aber sie

schien nie Freude daran zu haben. Die Kälte, der Morast und anderes standen dem entgegen.«

Lady Elizabeth lächelte. »Ich weiß, was du meinst. Allerdings hat sie sich ein neues Reitkostüm gekauft, und James hat sie noch nie schießen sehen.«

Penelope lächelte. »Wohl wahr. Du weißt, sie ist eigentlich nicht so eitel und unernst, wie sie scheint.«

»Nein, sie mag eitel sein, doch sie hat Verstand, und ich denke, sie hat einen Grund gefunden, ihn zu benutzen.«

»Was meinst du?«

Lady Elizabeth setzte die Tasse ab und nahm das Strickzeug hervor. »Ich glaube, sie ist zum ersten Mal ernsthaft verliebt und hat erkannt, dass ein Herzog eine Frau braucht, die ihm bei seiner Karriere Ehre macht. James gehört nicht zu den reichen Müßiggängern. Er ist eine wichtige Persönlichkeit mit politischen Ambitionen, und ich denke, sie weiß inzwischen, dass seine Frau mehr tun muss, als Gesellschaften zu geben und schön auszusehen.«

Penelope blickte ihre Tante an. »Ich glaube, du hast recht. Ich hoffe wirklich, dass sie zueinanderfinden.«

Lady Elizabeth hielt beim Stricken inne. »Hoffen wir, dass dieses Wochenende keine unglücklichen Folgen haben wird.«

»Ich hatte ein ganz ungutes Gefühl bei dieser ganzen Sache. Victor ist auch besorgt. Er meint …«

Lady Penelope kam nicht mehr dazu, Victors Befürchtungen zu nennen, denn in dem Moment trat Thompkins ein.

»Ich bitte um Verzeihung, Eure Ladyschaft, aber es hat einen tragischen Unfall gegeben.«

»Welcher Art?«, fragte Lady Elizabeth alarmiert.

»Einen Jagdunfall.«

Penelope erbleichte. »Victor?«

»Nein, Mylady. Ich glaube, es ist die Herzogin von Windsor.«

12

Ich blieb lange auf und schrieb, aber mein Verstand lief nicht auf allen vier Zylindern, nicht einmal nach zwei Tassen Kaffee. Zumindest war das meine Ausrede. Wäre ich ausgeschlafen gewesen, als meine Schwester anrief und fragte, was ich heute vorhätte, hätte ich nicht gleich geantwortet, sondern erst einmal nachgefragt, warum sie das wissen wollte. Mit den Jahren hatte ich gelernt, bei ihr auf der Hut zu sein. Als die Zwillinge noch klein gewesen waren, war auf solch eine Frage immer die Bitte gefolgt, auf ihre Kinder aufzupassen, während sie ins Kino, ins Konzert oder zum Shoppen ging. Sie hatte mich das fast nie gefragt, um mich mal zu einer ihrer Freizeitaktivitäten einzuladen.

Da die Zwillinge nun erwachsen waren, bat sie mich natürlich bei anderen Pflichten, für sie einzuspringen, und meistens hatten sie mit unserer Mutter zu tun: *Ich muss mich auf einen wirklich wichtigen Prozesstermin vorbereiten und habe überlegt, ob du wohl mit Mom zur Führerscheinstelle/zum Zahnarzt/zur Fußpflege und so weiter gehen kannst.* Doch aufgrund meiner Übermüdung saß ich jetzt auf dem Polizeirevier. Jenna hatte in die Verhandlungen einen großen Turtle Caramel Nut Latte und einen Donut von einem Konditorei-Café eingebracht, um mich zu überreden.

Ich trank meinen kostspieligen Kaffee in demselben Raum, in dem ich vor fünf Tagen mit Nana Jo gesessen hatte. »Ich verstehe nicht ganz, wozu du mich hier brauchst.«

»Ich habe diesen A-Quadrat noch nie gesehen. Er ist ein Bekannter von dir.«

Ich verschluckte mich fast. »Ein Bekannter? Er ist in mein Haus eingebrochen und hat sich mit Dawson gestritten. Den würde ich wohl kaum als ›Bekannten‹ bezeichnen.«

»Das ist jedenfalls mehr Kontakt, als ich mit ihm hatte.« Sie trank von ihrem Tee. »Außerdem finde ich ihn schmierig.«

Ich drehte den Kopf zu ihr. »Wir sind auf einem Polizeirevier. Er wird sich wohl kaum an dir vergreifen.«

»Das befürchte ich auch gar nicht. Ich kann gut auf mich aufpassen. Ich will nur nicht mit ihm allein sein.«

»Wenn du einen Bodyguard brauchst, hättest du Nana Jo fragen sollen. Sie ist es, die eine verdeckte Waffe tragen darf.«

Wir grinsten beide.

Ein Polizist brachte A-Quadrat in den Besprechungsraum. »Soll ich dabeibleiben?«

Jenna schüttelte den Kopf. »Nein, Sie können gehen.«

Er nickte. »Sie wissen ja, wie's läuft. Rufen Sie, wenn Sie uns brauchen.«

Alex Alexander, genannt »A-Quadrat«, sah genauso aus wie bei seinem Auftritt vor dem Gerichtsgebäude. Er war schmutzig, seine Kleidung und Haare fettig, und er roch nach Schnaps, Schweiß und Erbrochenem, was den Raum auf einmal sehr eng erscheinen ließ.

»Also, was kann ich für Sie tun?« Er legte die Füße auf den Tisch, lehnte sich mit dem Stuhl zurück und verschränkte die Hände hinter dem Kopf. Dadurch wehte zu uns herüber, was zuvor in seinen Achselhöhlen eingeschlossen gewesen war, und ich kämpfte gegen Brechreiz an.

»Als Erstes können Sie die Arme herunternehmen. Sie stinken«, sagte Jenna.

A-Quadrat lachte, und ich glaubte, er würde die Aufforderung ignorieren. Ich bedachte ihn mit meinem strengsten Lehrerinnenblick, der gemeinhin Wunder wirkte. Jenna war keine Lehrerin, hatte aber einen grimmigen Anwaltsblick drauf, bei dem Kriminelle den Kopf einzogen. Zumindest zog ich dabei immer den Kopf ein. Beide Blicke zusammen schienen zu wirken, denn A-Quadrat senkte die Arme, setzte sich gerade hin und nahm die Füße vom Tisch.

»Danke«, sagte Jenna.

»Wer sind Sie?«

»Ich bin Jenna Rutherford. Ich bin die Anwältin Ihres Sohnes. Er hat mich gebeten, mit Ihnen zu sprechen.«

»Ja? Über was?«

»Nun, er macht sich Sorgen um Sie. Er hat Sie in den Nachrichten gesehen und …«

»Das hat er gesehen?« Er lachte. »Das war 'ne tolle Nummer, was? Ich bin ein Filmstar. Er war ja neulich auch im Fernsehen. War nicht allzu schmeichelhaft für seinen alten Herrn, aber …« Er zuckte mit den Schultern. »Jeder will mal für fünfzehn Minuten berühmt sein.«

»Mr Alexander, ich …«

»Sagen Sie ruhig A-Quadrat, das tut jeder. Alex Alexander. Klar? A-Quadrat.«

Jenna seufzte frustriert. »In Ordnung. A-Quadrat, Ihr Sohn ist besorgt, weil Sie angedeutet haben, Sie würden Melodys Mörder kennen.«

»Jep.«

»Sie müssen ihn der Polizei nennen. Sie treiben da ein gefährliches Spiel«, erklärte sie.

Er lächelte. »Ich werde der Polizei gern alles erzählen.« Er neigte sich vor. »Aber dabei muss auch was für mich herausspringen.«

»Mr … äh, A-Quadrat. Wenn Sie wissen, wer Melody Hardwick getötet hat, müssen Sie das angeben. Sie machen sich strafbar, wenn Sie Informationen zu einem Schwerverbrechen zurückhalten.«

Er schüttelte sich. »Hu, ich zittere förmlich. Was wollen die machen? Mich einsperren?«

»Die Polizei wird Sie nicht dafür bezahlen, dass Sie den Mörder nennen, sondern wird Sie in einer Zelle schmoren lassen.«

»Das bin ich gewohnt« Er streckte sich. »Drei warme Mahlzeiten am Tag und eine Pritsche.«

Jenna verfügte über eine ausdrucksstarke Mimik, und die sagte gerade: Wie blöd kann man eigentlich sein?

Ich versuchte, zu ihm durchzudringen. »Sie müssen begreifen, dass Sie sich selbst gefährden. Da draußen läuft ein Mörder herum, der glaubt, Sie werden ihn ans Messer liefern. Sie sind in Lebensgefahr.«

»Ich kann gut auf mich aufpassen. Mach ich schon mein Leben lang.«

»Die Polizei hält Dawson für den Mörder. Wenn Sie nicht aussagen, was Sie wissen, könnte er für den Mord verurteilt werden.« Ich glaubte nicht, dass er väterliche Gefühle hegte, vor allem weil ich erlebt hatte, wie er Dawson verprügelt hatte. Aber Geld war ihm wichtig. »Und wenn er dafür verurteilt wird, ist es aus mit seiner Football-Karriere.«

Er schüttelte den Kopf. »Das wird nicht passieren. Ich lass nicht zu, dass mein Junge für was gehängt wird, was er nicht getan hat. Deshalb bin ich vor die Kameras getreten.

Außerdem hat er Sie.« Er zeigte auf Jenna. »Es ist Ihr Job, ihn rauszuhauen.«

Jenna starrte ihn an, als würde sie am liebsten über den Tisch springen und A-Quadrat erwürgen. Stattdessen erwiderte sie: »Selbst der beste Anwalt ist keine Garantie für einen Freispruch.«

»Er geht nicht in den Knast.« Er tippte sich an die Brust. »Ich hab einen Plan, mit dem wir für den Rest unseres Lebens eine dicke Brieftasche haben.«

Jenna kniff die Augen zusammen. »Hoffentlich schwebt Ihnen eine legale Vorgehensweise vor.«

Er lachte. »Keine Ahnung, wovon Sie reden, aber wir haben jetzt genug gequatscht.« Er stand auf.

»Wollen Sie nicht wissen, wie es Ihrem Sohn geht?«, fragte ich.

A-Quadrat wandte sich mir zu und grinste. »Ihm kann's nur gut gehen, wenn ihr beide für ihn sorgt. Und wenn es anders wäre, hättet ihr's schon gesagt.«

Jenna klingelte nach einem Polizisten, und prompt kam einer herein und nahm A-Quadrat mit.

Wir saßen einen paar Augenblicke da und sahen uns an, dann prusteten wir vor Lachen.

»Das muss man selbst erlebt haben, sonst glaubt man's nicht«, meinte Jenna.

»Der Mann ist eine Realsatire.«

»Deshalb wollte ich dich dabeihaben. Als Anwältin habe ich schon mit allerhand zwielichtigen Typen zu tun gehabt. Aber dieser Kerl schießt den Vogel ab. Und jetzt lass uns gehen.«

Wir verließen das Polizeirevier und gingen in ein nahes Café. Jenna brauchte einen Tee. Wir setzten uns an einen kleinen Tisch am Fenster und nahmen den Gesprächsfaden wieder auf.

»Ich habe darüber nachgedacht, warum A-Quadrat mich so sehr beschäftigt«, bemerkte Jenna. »Ich glaube, seinetwegen habe ich noch mehr Angst um Dawson.«

»Ich weiß, was du meinst. Es ist anders, wenn man die Leute persönlich kennt.«

Sie nickte. »Normalerweise kann ich zu meinen Mandanten Distanz wahren, aber diesmal nicht. Dawson gehört praktisch zur Familie. Mensch, er ist wie ein Sohn.«

Ich erlaubte mir einen emotionalen Moment mit feuchten Augen, und dann summte mein Handy. Eine Nachricht von Jillian. Sie hatte für morgen eine Trauerfeier organisiert.

Ich erzählte Jenna von der Idee und bekam eine weitere SMS. Diesmal von Emma. Sie hatte eine E-Mail von einer Frau namens Cassidy Logan bekommen, die behauptete, Melodys Halbschwester zu sein.

Ich las Jenna die Nachricht vor.

»Halbschwester? Nana Jo hat keine erwähnt.«

»Ich weiß. Ich meine, Emma sollte sich auf keinen Fall allein mit ihr treffen. Ich werde ihr schreiben, sie soll ihr noch nicht antworten.« Kurz darauf bekam ich von ihr ein Okay.

»Das ist seltsam. Ich …«

Mein Handy summte schon wieder.

»Du bist enorm beliebt«, stellte Jenna fest.

Ich blickte aufs Display, und mein Herz setzte einen Schlag aus. »Das habe ich total vergessen.«

»Was?«

Ich hielt inne und holte tief Luft, bevor ich antwortete. »Ich bin mit jemandem verabredet.«

Ich bin mir nicht sicher, was mich verriet. Vielleicht, dass ich rot wurde oder dass ich mich weigerte, ihr in die Augen zu sehen.

»Wer ist es?«, fragte Jenna grinsend.

»Nur ein Professor, den ich gestern in der Uni aufgesucht habe.« Ich versuchte schleunigst, ihren Verdacht zu zerstreuen. »Einer von Melodys Professoren. Ich habe ihn auf sie angesprochen. Er ist Brite. Deshalb dachte ich, er könnte mir ein paar Auskünfte geben, die ich für mein Buch verwenden kann. Es ist immer gut, wenn die Details stimmen«, plapperte ich.

»Hmm, ein britischer Professor.« Jenna grinste und trank ihren Tee.

»Ich kenne ihn gar nicht. Es geht nur um Recherche, mehr nicht.«

»Mich dünkt, die Dame gelobt zu viel.« Jenna zitierte Shakespeare und genoss die Situation.

Ich streckte ihr die Zunge raus.

Sie lachte, doch dann neigte sie sich nach vorn und sah mich an. »Wohin lädt er dich ein für diese … äh, Recherche.«

Ich schaute auf mein Handy. »Keine Ahnung.«

»Ich hoffe, du tust was an deinen Haaren.«

»Was hast du gegen meine Haare?«

»Willst du die Antwort unverblümt oder geschönt?«

Ich riss die Augen auf. »Geschönt.«

»Tja, sie sind stumpf und schlaff. Du hast Spliss, und der Schnitt ist langweilig. Deine Brauen müssen gezupft werden. Die meisten Menschen haben zwei. Deine sind so dick und buschig wie bei Oscar aus der Mülltonne. Und dein Make-up ist aus dem vorigen Jahrhundert.«

»Wenn das die geschönte Version ist, will ich die andere gar nicht hören.«

»Die Wahrheit wird euch befreien.«

»Johannes-Evangelium. Aber es heißt: ›Die Wahrheit wird euch frei machen.‹«

»Meinetwegen.«

Ihre Kommentare hatten mich gekränkt, doch meine Schwester war immer ehrlich, brutal ehrlich. Ich wollte zurückschlagen und etwas Gemeines über ihr Aussehen sagen, aber das konnte ich nicht. Ihre Frisur und ihr Makeup waren stets tadellos. Sie schminkte sich dezent und sah immer gepflegt und erstklassig aus. Da ich mich nicht rächen konnte, schmollte ich. »Das ist kein Date.«

»Das spielt keine Rolle. Du sollst dich nicht aufhübschen, um einen Mann zu beeindrucken. Du solltest das für dich selbst tun. Früher warst du besser gekleidet und hast dich gepflegt, doch seit Leon tot ist, lässt du dich gehen.«

»Du hast mit Mom gesprochen.«

»Das heißt nicht, dass es nicht wahr ist.« Sie lächelte mich liebevoll an. »Schau, du hast bald Geburtstag, und ich wollte dir sowieso vorschlagen, mit mir einen Tag im Spa zu verbringen. Wie wär's, wenn wir das vorziehen und uns heute verwöhnen lassen? Ich lade dich ein.«

»Oje. Ich muss wirklich schlimm aussehen, wenn du mich für einen ganzen Tag ins Spa schickst.«

»Ich mache von meinem Aussageverweigerungsrecht Gebrauch.«

Jenna nahm ihr Handy und tätigte ein paar Anrufe. Sie besorgte uns beiden Termine für Maniküre und Pediküre, für mich einen beim Friseur und bei der Kosmetikerin, und für sich selbst buchte sie eine Massage.

Das *North Harbor Spa* war ein schöner, entspannender Schönheitssalon über dem *North Harbor Inn*. North Harbor hatte nur fünfzehntausend Einwohner. Seine Lage am Michigansee und die neue Golfanlage hatten die Stadt für Urlauber attraktiv gemacht, trotz ihres wirtschaftlichen

Niedergangs. Boutique-Hotels sprenkelten den Küstenstreifen. Das *North Harbor Spa* war in einem neueren Gebäude untergebracht, und ich betrat es zum ersten Mal.

Bei den seltenen Gelegenheiten, wenn ich mein Geld bei einer Maniküre verprasste, ging ich zu einem kleinen Nagelstudio. Die Mitarbeiterinnen waren nur angelernt, aber die Preise waren niedrig. Die Ergebnisse waren nicht optimal, doch für fünf Dollar erwartete ich nicht viel. Laut Jenna lohnte es sich, mehr Geld auszugeben, wenn man dafür verwöhnt wurde.

In allen Räumen war leise Musik zu hören, auf den Bildschirmen liefen Seifenopern oder die *Jerry-Springer-Show*, und die Pediküresessel standen nicht an der Wand aufgereiht wie die Verdächtigen bei einer polizeilichen Gegenüberstellung.

Jenna hatte natürlich übertrieben, ich hatte keine Monobraue, doch es war wirklich lange her, seit ich mir die Brauen gezupft hatte. Es war dringend nötig.

Jenna stellte mich ihrer Friseurin vor und erteilte ihr eine Generalvollmacht.

Marika lachte, als sie meinen erschrockenen Blick sah. »Keine Angst. Sie werden toll aussehen. Ich mache bei Ihnen nichts, was ich nicht auch bei mir machen würde.«

Das erschreckte mich noch mehr, denn ihre Haare waren blau gefärbt und zu einem asymmetrischen Bob geschnitten, bei dem eine Kopfhälfte rasiert war. Ich beschloss, ihr zu vertrauen. Immerhin hatte Jenna eine schöne Frisur. Marika verpasste mir eine Stützwelle, eine Kolorierung und eine Kurpackung, schnitt die Spitzen und frisierte mich. Die Farbe deckte das Grau ab, und dazu färbte sie mir hellbraune Strähnchen.

Während der Haar- und Brauenbehandlung wirkten meine Augen riesig. Ich erkannte mich selbst kaum wieder und lächelte mich im Spiegel an. Meine Haare hatten wieder Sprungkraft und glänzten und fühlten sich so weich an, dass ich sie immer wieder betastete.

Als die Kosmetikerin zu mir kam, freute ich mich tatsächlich. Sie fragte mich nach meinen Schminkgewohnheiten und machte sich an die Arbeit. Sie erklärte jeden Handgriff, und als sie fertig war, sah ich zehn Jahre jünger aus. Neutrale Foundation und Lipgloss zu einem grauen Lidschatten, der meine braunen Augen öffnete.

Ich sah wie ich selbst aus, nur besser. Das Wunderbare war, ich fühlte mich schön. Auch Jenna war mit dem Ergebnis zufrieden.

»Du siehst toll aus.«

Ich stand kurz davor, in Tränen auszubrechen, und umarmte meine Schwester hastig. »Danke«, flüsterte ich.

Sie lächelte mich an. »Alles Gute zum Geburtstag! Jetzt kannst du zu deinem Non-Date-Recherche-Dinner gehen.«

Ich hatte ein schlechtes Gewissen, weil ich mich einen halben Tag lang hatte verwöhnen lassen, aber ich betrachtete mich in jeder spiegelnden Fläche, und unterwegs zur MISU lächelte ich in einem fort.

Emma und ich waren in der Cafeteria der Studentenvertretung verabredet. Ich fand sie an einem Fenstertisch.

»Wow. Sie sehen fantastisch aus. Ich hätte Sie fast nicht erkannt.«

Lachend setzte ich mich zu ihr. »Na, vielen Dank«, antwortete ich ironisch.

»Es tut mir leid. Ich wollte damit nicht sagen, dass Sie …«

Ich hob die Hand. »Kein Grund, sich zu entschuldigen. Erzähl mir lieber alles über diese Halbschwester, Cassidy Logan.«

»Ich fürchte, das ist nicht viel.« Emma holte ihr Handy hervor. »Ich habe im Sekretariat gefragt, was mit Melodys Sachen passieren soll, genau wie Sie vorgeschlagen haben. Da habe ich die Telefonnummer bekommen. Ich habe ihr geschrieben, und Cassidy hat mir geantwortet.« Sie rief die Nachricht auf und gab sie mir zu lesen.

»Das hört sich nicht an, als hätten sich die beiden nahegestanden.« Ich scrollte hoch und las sie noch einmal, wobei ich versuchte, in die knappen Worte nichts hineinzuinterpretieren.

»Scheint mir auch so. Wenn meine Schwester ermordet worden wäre, würde ich am Rad drehen. Da würde ich bestimmt nicht um eine Liste ihrer Sachen bitten, damit ich entscheiden kann, ob es sich lohnt, sie abzuholen.«

»Nun, sie ist bloß ihre Halbschwester.« Das Argument fand ich selbst nicht überzeugend.

Emma zuckte mit den Schultern. »Na und?«

»Sie hat geschrieben, dass sie sich nicht nahestanden.«

»Was soll ich als Nächstes tun?«, fragte sie.

Ich überlegte. »Sie wohnt in Chicago. Das ist nur anderthalb Stunden entfernt. Schreib ihr, du hättest eine Freundin, die ihr die Sachen bringt, wenn sie dir ihre Adresse gibt.«

Emma tippte die Nachricht und schickte sie ab. Wir brauchten nicht lange zu warten.

»Sie hat mir die Adresse mitgeteilt.« Emma leitete sie an mich weiter.

Wir gingen in ihr Zimmer im Wohnheim und packten Melodys Habseligkeiten zusammen. Sie passten in einen alten Rucksack von Emma, den sie nicht mehr brauchte. Das hatte eine Endgültigkeit, die mich traurig machte. Aber dabei kam mir die Frage, wo Melody ihre übrigen Sachen aufbewahrt hatte, denn bei jeder Begegnung mit ihr hatte sie ein anderes Outfit getragen und war stark geschminkt gewesen.

Ich legte den Rucksack in meinen Wagen. Da es vom Campus aus nicht weit war zu den Universitätsunterkünften, beschloss ich, Trammel Braxton einen Besuch abzustatten.

Die Bautätigkeiten der MISU hörten niemals auf. Immer gab es ein Gebäude zu errichten, zu renovieren oder umzubauen. Ich staunte nicht schlecht: Die neuen Unterkünfte sahen aus wie Ostküstenreihenhäuser mit Sandsteinfassade und Veranda, kein Vergleich zu der alten Wohnanlage, die hier gestanden hatte.

Ich fand die Adresse, parkte und überlegte mir einen plausiblen Vorwand für meinen Besuch. Als ich mir etwas Gutes zurechtgelegt hatte, stieg ich aus. Ich war derart auf meine Geschichte konzentriert, dass ich meine Umgebung nicht wahrnahm. Kaum stand ich auf dem Bürgersteig, kam ein Kind auf einem Dreirad angesaust, gefolgt von einem Golden Retriever und einer hochschwangeren Frau.

Um nicht über das Kind zu stürzen, fing ich mich am Lenker des Dreirads ab und hielt es auf, bis die Mutter es eingeholt hatte.

Die schnaufte von ihrem beschwerlichen Spurt. »Bitte entschuldigen Sie. Ich hoffe, Sie haben sich nicht wehgetan. Er ist mir einfach entwischt, und in meinem Zustand bin ich nicht mehr so flink.« Sie sah sehr jung aus, als wäre sie erst achtzehn, und hatte braune Augen und dunkelbraune Haare.

»Mir ist nichts passiert.« Ich lächelte sie an. »Ihr Söhnchen ist hinreißend.«

Der Junge war sehr niedlich. Er hatte dunkle Haut, rabenschwarze Locken und Pausbäckchen.

»Danke.« Sie lächelte und wandte sich dem Kleinen zu. »Jetzt ist es Zeit für ein Schläfchen.«

Er stieß ein lautes Protestgeheul aus und wäre wohl davongesaust, wenn ich ihn mir nicht geschnappt und vom Dreirad gehoben hätte.

»Du möchtest deiner Mama zuliebe bestimmt ein braver Junge sein«, sagte ich mit beruhigender Stimme, und so wäre es vielleicht gekommen, wenn die Mutter nicht versucht hätte, ihn mir abzunehmen.

Sofort trat er um sich und zappelte.

Ich keuchte erschrocken auf und fürchtete, er könnte seiner Mutter gegen den Bauch treten, doch die schien an dieses Verhalten gewöhnt zu sein, denn sie drehte sich gerade noch rechtzeitig weg. Sie packte ihn an der Taille und zog, doch auch er schien geahnt zu haben, was sie tun würde, denn er schlang die Ärmchen um meinen Hals und weigerte sich loszulassen, sosehr seine Mutter auch zog.

Ich zuckte zusammen, als er mit einer Faust in meine Haare griff. »Vielleicht wäre es besser, wenn ich ihn für Sie trage?«, schlug ich vor. »Sie scheinen die Hände voll zu haben, und ich denke, zwei Frauen sind in dieser Situation besser als eine.«

Die junge Mutter sah mich prüfend an. Anscheinend kam sie zu dem Schluss, dass ich keine verrückte Kindesentführerin war, denn sie nickte höflich lächelnd.

»Wenn es Ihnen wirklich nichts ausmacht?« Geübt bückte sie sich mit der großen Wickeltasche über der Schulter nach der Leine des Hundes und nahm auch das Dreirad in die Hand.

»Überhaupt nicht. Gehen Sie nur voran.« Ich machte ihr Platz und unterdrückte meine Verblüffung, als sie direkt auf das schmiedeeiserne Tor vor mir zuging und die Stufen hochstieg. Dies war das Haus der Braxtons, mein angesteuertes Ziel.

Sie schloss die Haustür auf und trat zur Seite, um mich hereinzulassen. Das Wohnzimmer war spärlich möbliert mit einem billigen Sofa vor dem Fenster, zwei Klappstühlen und einem riesigen Fernsehbildschirm an der Wand, von dem Kabel und Controller herabhingen wie die Arme eines Oktopus.

Sie setzte das Dreirad ab, ließ den Hund von der Leine und versuchte erneut, mir den Jungen abzunehmen. Doch er war noch nicht bereit loszulassen und kreischte, dass die Nachbarn glauben mochten, nebenan würde jemand umgebracht.

Vor Peinlichkeit wurde sie rot. Dabei kam eine Entschlossenheit in ihren Blick und in die Mundpartie, die für den kleinen Kerl nichts Gutes verhieß, wenn er sich weiterhin weigerte.

»Vielleicht lassen Sie mich ihn hinlegen. Ich könnte ihm etwas vorlesen.« Ich zog den Kopf möglichst weit zurück, um ihm in die Augen zu sehen. »Soll ich dir eine Geschichte vorlesen?«

»Ja«, schniefte er.

Seine Mutter nickte und führte mich die Treppe hoch und in ein kleines Kinderzimmer.

Die Decke war bemalt mit Superman, der durch die Wolken sauste. Es gab ein Kinderbett, eine Wickelkommode, einen Schaukelstuhl und einen großen Teppich. Der Boden war mit Spielzeug übersät. An der Wand hing ein Bücherbord, auf dem mehrere Bilderbücher standen, die ich schon meinen Neffen vorgelesen hatte, als sie noch klein gewesen waren. Ich drehte mich zur Seite, damit mein neuer kleiner Freund sie sehen konnte. »Welches soll ich dir vorlesen?«

Er schaute auf und zeigte auf eines, das schon einiges mitgemacht hatte, wenn man nach den abgestoßenen Ecken und Buntstiftstrichen gehen konnte.

»*Pandabärs Malkasten.* Das habe ich meinen Neffen vorgelesen, als sie noch so klein waren wie du.« Ich zog es heraus und setzte mich in den Schaukelstuhl. Mein kleiner Gefährte drehte sich auf meinem Schoß herum, damit er in das Buch sehen konnte. Er steckte sich den Daumen in den Mund und lehnte sich an mich.

Falls seine Mutter Vorbehalte gegen mich gehabt hatte, so wurden sie zerstreut, als sie mich schaukeln und vorlesen sah. Ihr Sohn war eingeschlafen, bevor ich die letzte Seite umblätterte. Behutsam stand ich auf und trug ihn zum Bettchen, legte ihn hinein und deckte ihn zu.

»Er schläft tief und fest«, flüsterte ich.

Sie sah ihren Sohn an und lächelte. »Er wird schlafen wie ein Murmeltier«, sagte sie in normaler Lautstärke. »Ich danke Ihnen.«

»War mir ein Vergnügen.«

Wir gingen hinaus und die Treppe hinunter.

»Er ist sonst immer brav, doch neuerdings bekommt er Wutanfälle.« Sie strich sich über den Bauch. »Besonders jetzt, da er weiß, dass ich viel langsamer geworden bin.« Sie sah mich an. »Danke für Ihre Hilfe. Ich weiß nicht mal Ihren Namen.«

»Ich heiße Samantha Washington, aber bitte nennen Sie mich Sam.«

Sie lächelte. »Danke, Sam. Ich bin Mariana Braxton.« Mariana ging zur Haustür, um mich zu verabschieden. »Ich hoffe, ich habe Sie nicht von etwas Wichtigem abgehalten.«

»Tatsächlich bin ich hergekommen, um mit Ihnen und Ihrem Mann zu sprechen.«

Sie stutzte und musterte mich. »Kennen wir uns?«

»Nein. Ich hatte gehofft, Sie könnten mir helfen.«

Sie schaute skeptisch und verschränkte die Arme. »Tja, Trammel ist nicht zu Hause. Vielleicht kommen Sie lieber noch mal her, wenn er da ist.« Ihr Ton und ihre Haltung zeigten mir, dass sie auf Distanz ging, und wenn ich nicht rasch handelte, stünde ich in zwei Sekunden auf der Straße.

»Mrs Braxton, dürfte ich mich für einen Moment setzen? Ich möchte Sie nur etwas fragen, und dann gehe ich. Versprochen.«

Vielleicht lag es an meinem ernsten Blick oder daran, dass ich gerade ihren Sohn in den Schlaf gewiegt hatte, jedenfalls nickte sie und deutete zum Sofa. Ich setzte mich, und sie zog sich einen Klappstuhl heran.

»Möchten Sie nicht lieber …«

Sie winkte ab. »Ich kann viel leichter von dem Stuhl aufstehen als von dem niedrigen Sofa.« Sie legte den Arm um ihren Bauch. »Also, was wollen Sie mich fragen?«

Ich lehnte mich zurück. »Ich bin mit Dawson Alexander befreundet.«

Ihr ausdrucksloser Blick verriet, dass ihr der Name nichts sagte.

»Er ist der Footballspieler, der des Mordes an Melody Hardwick verdächtigt wird.«

Als der zweite Name fiel, rollte sie die Augen. »Was wollen Sie von mir, einen Orden?«

»Er hat es nicht getan. Dawson hat sie nicht getötet. Ich hatte gehofft, Sie könnten mir jemanden nennen, der einen starken Hass auf sie hatte.«

»Außer mir, meinen Sie?« Sie stand auf. »Wenn Sie glauben, ich hätte diese Goldgräberin umgebracht, dann irren Sie sich gewaltig.«

»Bitte, Mrs Braxton. Ich verdächtige Sie überhaupt

nicht.« Ich deutete auf ihren Schwangerschaftsbauch. »Es ist ziemlich klar, dass Sie in Ihrem Zustand nicht dazu in der Lage wären.«

Das beruhigte sie, sodass sie sich wieder hinsetzte. Ich war nicht so naiv zu glauben, dass eine Schwangere keinen Mord begehen konnte, doch Melody war körperlich fit gewesen und hätte sich heftig gewehrt.

»Ich wüsste nicht, wie ich da helfen soll.«

»Erzählen Sie mir einfach, was Sie über Melody Hardwick wissen. Ich will verstehen, was für ein Mensch sie war, und bisher scheint es kaum Leute zu geben, die sie kannten. Niemand stand ihr wirklich nahe. Deshalb habe ich auf Sie gehofft …« Ich senkte den Blick. »Oder dass Ihr Mann mir etwas sagen könnte, das mir hilft, Dawson zu entlasten. Ich will nicht, dass er unschuldig ins Gefängnis kommt.«

Sie lehnte sich an. »Ich habe sie nur ein Mal gesehen. Anscheinend wissen Sie davon, sonst wären Sie nicht hier.«

Ich nickte. »Ich würde aber gern Ihre Seite der Geschichte hören, wenn Sie bereit sind, mir davon zu erzählen.«

Sie holte tief Luft. »Trammel und ich waren in der Highschool ein Paar. Da wurde ich mit unserem Sohn schwanger. Tray war ein berühmter Basketballspieler, der Beste in Michigan. Er bekam Angebote aus dem ganzen Land, aber er ging an die MISU, weil das in der Nähe war. Ich war in der Schule zwei Klassen unter ihm, und meine Eltern wollten, dass ich die Highschool abschließe. Er kam fast jedes Wochenende nach Hause, wenn er nicht spielen musste, besonders nachdem ich das Baby bekommen hatte. Er liebte den kleinen Tray von Anfang an.«

Sie lächelte. »Wir wollten heiraten, sobald er seinen Abschluss hatte. Aber in seinem zweiten Jahr hörte er auf anzurufen und kam auch nicht mehr oft nach Hause. Ich wurde misstrauisch. Er behauptete, alles wäre in Ordnung, er wäre bloß müde oder müsste lernen. Aber er stand noch nie darauf, die Nase in Bücher zu stecken. Er wollte immer nur Basketball spielen. Darum bin ich hergefahren, um mir die Sache anzusehen.«

Mariana hielt kurz inne. »Zuerst wollte mir sein Mitbewohner nicht verraten, wo er war, tat es dann aber doch. Ich sah die beiden zusammen, und sie klebte an ihm wie eine Klette.« Ihre Miene wurde hart. »Ich bin ausgerastet. Ich wollte sie zu Brei schlagen. Wie kam sie bloß auf die Idee, sie könnte mir meinen Mann wegnehmen?«

Sie brauchte ein paar Augenblicke, um sich zu beruhigen. »Ich habe Jahre in den Mann investiert. Da kann er mich und unseren Sohn nicht einfach für eine nichtsnutzige Goldgräberin sitzen lassen. Oh nein.« Sie atmete heftig, und ihre Augen funkelten wütend. »Also, ja, ich hätte sie totgeschlagen. Es brauchte Trammel und zwei andere Männer, um mich von ihr wegzuziehen.«

»Was passierte dann?«

»Ich sagte zu Trammel, wenn du mich und unseren Sohn wegen der verlässt, dann bist du der Nächste. Ich war total wütend.«

»Das kann ich verstehen.«

»Trammel hat sich entschuldigt. Es tat ihm wirklich leid, und ich machte ihm klar, wenn er mich nicht verlieren wollte, sollte er sich besser zusammenreißen und sich wie ein Erwachsener benehmen.« Sie lächelte.

»Danach sind Sie hierher gezogen?«

»Er versicherte mir, dass er keine andere als mich will, und zwei Wochen danach haben wir geheiratet. Ich dachte, es ist besser, wenn ich bei ihm auf dem Campus wohne, nur für den Fall, dass noch eine daherkommt und ihn sich krallen will.«

»Und Sie haben Melody seitdem nicht wiedergesehen?«

Sie schüttelte den Kopf. »War wahrscheinlich auch gut so.«

Ich zögerte, sie das zu fragen, fand die Information aber unerlässlich. »Wissen Sie, ob Trammel sie noch mal gesehen hat?«

»Das glaube ich nicht. Ich hatte ihm gesagt, wenn ich höre, dass er sie auch nur noch ein Mal ansieht, schlage ich sie beide zu Brei.« Sie kicherte.

»Fällt Ihnen jemand ein, der ein Motiv gehabt haben könnte, Melody zu töten?«

Sie überlegte. »Höchstens, wenn sie sich wieder an den Mann einer anderen herangemacht hat.«

Ich dankte ihr und verabschiedete mich. Es ging auf den Abend zu, und ich musste mich noch umziehen für mein Recherche-Date.

Als ich in der Buchhandlung ankam, wollten Chris und Zaq gerade abschließen.

Nana Jo hörte auf zu fegen und starrte mich an. »Sam. Du siehst fantastisch aus. Deine Frisur gefällt mir.«

Chris und Zaq bekräftigten das, und die Komplimente gaben mir enormen Auftrieb.

Nur ein Kunde war noch im Laden. Als er sich umdrehte, erkannte ich, dass es Frank Patterson war, der Besitzer des Restaurants, in dem wir alle gegessen hatten.

»Sam, du erinnerst dich doch an Frank?« Nana Jo führte ihn lächelnd zu mir. »Sieht Sam nicht schön aus?«

Ich versuchte, meine Großmutter mit Blicken zu töten, aber den Trick beherrschte ich noch nicht so gut. Ich funkelte sie also böse an und setzte für ihn ein Lächeln auf.

Er hatte mehrere Bücher ausgesucht und musste jonglieren, um mir die Hand zu schütteln. »Ja. Sie sieht hübsch aus.«

»Sind Sie tatsächlich Krimiliebhaber, Mr Patterson?«

»Bitte, nennen Sie mich Frank. Tja, ich weiß nicht, ob ich Krimis genauso gern lese wie Thriller. Das ist nicht das Gleiche, oder?«

»Ein Thriller ist ein Krimi, aber nicht jeder Krimi ist ein Thriller.«

»Ich lese am liebsten Spionageromane. Ich mag Ian Fleming und John le Carré.«

Ich deutete auf den Bücherstapel, den er im Arm trug. »Ich sehe, Nana Jo hat Sie mit neuen Autoren bekannt gemacht.« Ich überflog die Buchrücken. »Haben Sie Marc Cameron schon mal gelesen? Ich denke, der könnte Ihnen gefallen.«

Wir plauderten noch ein wenig über Thriller, und er bezahlte seine Bücher. Frank Patterson war ein netter Mann. Wenn ich daran interessiert gewesen wäre, mich mit jemandem einzulassen, hätte ich ihn in Betracht gezogen. Aber mir stand der Sinn nicht nach Dates, und deshalb war die Überlegung rein akademisch.

Als er sich verabschiedet hatte, eilte ich nach oben und ging rasch meinen Kleiderschrank durch, um etwas Angemessenes für mein Non-Date zu finden. Das Restaurant, das Professor Quin ausgesucht hatte, war nicht superschick, doch schicker als meine Klamotten. Jeans und ein schönes Oberteil oder ein Kleid wären angemessen. Aber ein Kleid könnte den Eindruck erwecken, als sähe ich in dem Treffen mehr als eine geschäftliche Verabredung. Ich wollte nicht zu eifrig erscheinen, allerdings auch nicht nachlässig aussehen.

Zusammen mit meiner neuen Frisur und dem Makeup wirkten meine Kleidungsstücke alle schäbig. Doch ich besaß eine hübsche Jeans, die Jenna mir vor zwei Jahren zum Geburtstag geschenkt hatte. Die saß super, und ich hatte sie selten getragen. Man sah ihr an, dass sie teuer gewesen war. Deshalb hatte ich sie für besondere Gelegenheiten aufgespart. Also zum Beispiel für einen Abend wie diesen.

Ich besaß auch ein Paar Peeptoes mit Keilabsatz, die ich liebte, weil sie bequem waren, und sie hatten den Vorteil, dass meine lackierten Fußnägel zur Geltung kamen und die Jeans nicht über den Boden schleifen würde. Untenherum war ich also fertig, fehlte noch das Oberteil. Leider waren meine Shirts allesamt verwaschen oder gerade in der Wäsche.

Eben wollte ich aufgeben und doch ein Kleid anziehen, als mein Blick auf die pinkfarbene Hochglanztüte fiel, die ich hinter den Schuhen verstaut hatte. Darin lag der Kaschmirpulli, den ich wegen der Kritik meiner Mutter gekauft hatte. Ich zog ihn über und betrachtete mich im Spiegel. Zu der dunklen Jeans und den hohen Peeptoes sah er fantastisch aus. Er war weich und fühlte sich auf der Haut wie Seide an. Er schmiegte sich an meine Kurven, ohne eng zu sitzen, und endete an der richtigen Stelle oberhalb der Hüften.

Ich ging in die Küche. Nana Jo und Dawson saßen am Tisch über Mathematikaufgaben. Als ehemalige Mathelehrerin half sie ihm gelegentlich.

Sie stieß einen anerkennenden Pfiff aus. »Wow, du siehst klasse aus! Ich glaube, den Pullover habe ich an dir noch nie gesehen. Ist er neu?«

»Ja. Mom hat mich letzten Sonntag überredet, ihn zu kaufen.« War unsere kleine Shoppingtour wirklich erst eine Woche her? Seitdem war enorm viel passiert.

»Tja, da hat sie ein gutes Werk vollbracht. Er steht dir ausgezeichnet. Ist das Kaschmir?« Sie strich über einen Ärmel. »Jep. Man sieht es.«

»Sie sehen toll aus, Mrs W«, sagte Dawson.

Die Komplimente machten mir Mut. Lächelnd verließ ich das Haus und fuhr zu meinem Non-Date-Recherche-Dinner.

Der *Lake Michigan Grill* befand sich in South Harbor am Seeufer und anderthalb Kilometer von meinem Haus entfernt. Wir hatten vereinbart, uns im Restaurant zu treffen, und der Professor wartete bereits an der Bar.

»Sie sehen schön aus«, sagte er. »Ihre Frisur gefällt mir.«

»Danke. Meine Schwester fand, ich sollte mich neu stylen.«

»Nun, ich mag beide Versionen.« Er lächelte mich an.

Wir folgten der Dame, die uns zu unserem Tisch führte.

Als die Kellnerin kam, bestellte der Professor sich ein Glas Wein. Ich war eigentlich keine Weintrinkerin, aber das Restaurant bot lokale Weine an, die ein Stück weiter an der Straße gekeltert wurden. Das Klima und der Boden am Südufer des Michigansees waren für den Weinbau ideal. Einer der Weine wurde sogar im Weißen Haus getrunken. Ich bestellte mir einen halbtrockenen.

»Professor Quin, ich bin Ihnen wirklich dankbar, dass Sie sich die Zeit für mich nehmen.«

»Bitte, nennen Sie mich Harley.«

Ich war froh über das gedimmte Licht, denn mir wurde plötzlich warm im Gesicht. Mit Mitte dreißig sollte eine Frau nicht mehr so leicht erröten, fand ich. »Danke, Harley. Bitte nennen Sie mich Sam.« Ich nahm ein kleines Notizbuch aus der Handtasche. »Ich habe mir schon überlegt, was ich Sie fragen möchte.«

»Sehr gut. Vielleicht erzählen Sie mir jedoch erst mal etwas über Ihren Roman.«

Das tat ich. Er stellte viele Fragen, sodass ich die meiste Zeit redete. Die Kellnerin kam und nahm unsere Bestellung auf, und Harley wollte noch mehr über meinen Text wissen. Normalerweise sprach ich nicht darüber. Das Schreiben war für mich etwas sehr Persönliches, doch Harley stellte die richtigen Fragen. Er wusste viel über Kriminalliteratur und war ein Agatha-Christie-Fan. Das war ein Thema, über das ich mich stundenlang unterhalten konnte, und schließlich fiel mir auf, dass ich genau das getan hatte. Ich schaute durch das Restaurant und sah, dass wir die letzten Gäste waren und das Personal ungeduldig darauf wartete, dass wir gingen.

»Wie spät ist es?«

Er blickte auf die Uhr. »Halb zwölf.«

»Eigentlich machen die bereits um elf Uhr zu. Ich habe überhaupt nicht bemerkt, wie schnell die Zeit vergangen ist.«

Er griff nach der Rechnung, doch ich war schneller. »Das geht auf mich. Schließlich helfen Sie mir bei meiner Recherche. Das ist das Mindeste, was ich tun kann.«

Er lächelte. »Jederzeit gern.«

Sowie ich meine Kreditkarte herauszog, erschien unsere Kellnerin am Tisch. Wahrscheinlich durfte sie erst Feierabend machen, wenn wir gegangen waren, und sehnte sich danach, uns von hinten zu sehen. Sie kam schnell mit meiner Karte zurück, und ich gab ihr ein großzügiges Trinkgeld, um sie zu entschädigen.

Draußen brachte Harley mich zum Auto.

»Es war schön, mit Ihnen zu plaudern. Aber ich bin mir nicht sicher, ob ich so viel für Sie tun konnte. Vielleicht sollten wir uns noch einmal treffen«, meinte er mit einem vielsagenden Lächeln.

Ich lachte. »Ja, vielleicht.«

Er nahm meine Hand, verbeugte sich und gab mir einen Kuss auf die Knöchel.

Mit weichen Knien stieg ich ins Auto. Ich war froh, dass er nicht versucht hatte, mich auf den Mund zu küssen. Ich hatte den Abend genossen, aber ich war noch nicht so weit, nach Leon einen anderen Mann zu küssen. Während der Heimfahrt dachte ich jedoch, ich könnte in naher Zukunft vielleicht doch schon dazu bereit sein.

Zu Hause angekommen, war ich ziemlich aufgekratzt. Ein paar Seiten zu schreiben könnte mir helfen, zur Ruhe zu kommen, bevor ich mich hinlegte.

Lady Elizabeth und Penelope starrten den Butler fassungslos an.

James eilte an ihm vorbei in die Bibliothek und schloss die Tür. »Rasch, es bleibt wenig Zeit. Ich habe bereits die Polizei verständigt. Ist inzwischen jemand hierhergekommen?«

Die Damen schüttelten den Kopf.

James wandte sich an Thompkins. »Sorgen Sie dafür, dass niemand das Haus verlässt.«

Der Butler nickte und ging.

»Oh, James. Was sollen wir jetzt tun? Jemand muss es David sagen. Er wird am Boden zerstört sein. Wird sie durchkommen?«

James schaute verwundert. »David?«

»Ja, ihr Mann, der Herzog von Windsor«, erklärte Lady Elizabeth mit leichtem Stirnrunzeln. »Ich dachte, Sie wüssten, dass die Familie ihn nicht Edward, sondern David nennt.«

»Natürlich, doch es handelt sich nicht um Wallis, sondern um ihre Zofe Rebecca.«

Lady Elizabeth und Penelope wechselten einen Blick. »Thompkins sagte gerade, die Herzogin habe einen Jagdunfall erlitten.« Sie seufzte. »Ich weiß, ich sollte nicht erleichtert sein, aber ich muss zugeben, ich bin es. Ich war nicht erpicht darauf, dem König erklären zu müssen, dass seine Schwägerin auf meinem Land angeschossen wurde.«

Penelope runzelte die Stirn. »Ich frage mich nur, wie Thompkins diesem Irrtum verfallen konnte.«

»Das lässt sich leicht erklären. Die Zofe trug Kleidung der Herzogin. Offenbar besaß sie selbst keine Reitkleidung, sodass die Herzogin ihr aushalf. Sie sahen beinahe gleich aus. Erst als wir nah bei ihnen waren, erkannten wir den Irrtum.«

Lady Elizabeth keuchte auf. »Wird die Zofe durchkommen?«

James schaute grimmig. »Ich fürchte, nein. Sie ist tot.«

Die örtlichen Constables trafen ein, sicherten den Tatort und warteten auf Scotland Yard. Die Jagdgesellschaft kehrte in Grüppchen zurück. Daphne und Lord und Lady Chitterly kamen gemeinsam. Lord Charles schien besonders erschüttert zu sein und bat als Erstes um einen starken Drink. Seine Frau war bemerkenswert gefasst und setzte sich still in die Bibliothek.

Daphne wirkte blass, aber sie ging sofort zu dem Sofa, wo Penelope und Lady Elizabeth saßen. Sie beugte sich zu ihrer Tante hinunter und flüsterte: »Die Herzogin ist ohnmächtig geworden. Graf Rudolph hat sie hierher getragen.«

Lady Elizabeth stand sofort auf und verließ den Raum.

Victor, Virginia Hall und Józef Lipski kehrten als Nächste zurück. Sie stellten sich ans Fenster und tuschelten miteinander.

Lord William trat als Letzter ein, da er noch geblieben war, um mit dem Jagdaufseher und der Polizei zu sprechen.

Die Versammelten in der Bibliothek schauten düster. Lady Penelope sah zu Victor hinüber. Der fing ihren Blick auf und lächelte.

Daphne nahm den Platz ihrer Tante auf dem Sofa ein.

Penelope griff nach ihrer Hand. »Geht es dir gut?«

»Einigermaßen. Ich habe sie zwar nicht gekannt, aber es ist schrecklich, dass bei uns schon wieder so etwas passiert.«

Penelope nickte. Schaudernd dachte sie daran zurück, als sie vor einem halben Jahr zufällig auf den toten Charles Parker gestoßen war. Parker war hinterrücks erstochen worden. »War es grausig?«

»Nein. Es war … anders als damals. Sie wurde in den Rücken geschossen.«

Die Schwestern schwiegen ein paar Augenblicke, bis Penelope die Frage stellte, die jedem durch den Kopf ging. »Es war ein Versehen, nicht wahr?«

Daphne zögerte. »Ich weiß es nicht. Ich frage mich …«

»Was?«

»Wenn es ein Versehen war, worin bestand es?«

Penelope runzelte die Stirn. »Ich verstehe nicht.«

»War es ein Versehen, dass sie getroffen wurde, oder wurde versehentlich die falsche Frau getroffen?«

»Ach so. James erzählte, dass sie Kleidung von Wallis trug. Aber das war doch sicher ein normaler Jagdunfall. Die kommen oft vor. Das kann ein schlecht gezielter Schuss gewesen sein.«

Daphne blickte ihre Schwester an. »Es stimmt. Jagdunfälle gibt es häufig. Aber wenn das einer war, warum meldet sich der Schütze nicht? Niemand würde ihm einen Vorwurf machen.«

»Du meinst, man weiß nicht, wer sie erschossen hat?«

Daphne nickte.

»Die Lader oder die Treiber müssen doch gesehen haben, wer …«

Daphne schüttelte den Kopf. »Keiner hat etwas beobachtet.«

Penelope schaute entgeistert. »Das ist unmöglich. Ihr wart paarweise zusammen, nicht wahr? Also war auch jemand bei ihr.«

»Sie war mit Wallis, Graf Rudolph und Brasseur zusammen. Die sagen, dass sie fror und nass war und zum Haus laufen wollte.«

»Wo wurde sie gefunden?«

»Im Moor.«

Penelope riss die Augen auf. »Aber das liegt in der entgegengesetzten Richtung. Kein Wunder, dass sie getroffen wurde, wenn sie den Weg durch das Moor genommen hat. Das lag ja in Schussrichtung. Also, das war Selbstmord.«

Daphne nickte. »Es heißt, sie sei zuerst auf das Haus zugelaufen. Niemand weiß, warum sie die Richtung gewechselt oder warum sie sich in die Schusslinien begeben hat. Es ist entsetzlich.«

James betrat die Bibliothek und hielt inne, um über die Anwesenden zu schauen, und beim ersten Blickkontakt mit Daphne schritt er auf sie zu. »Wo ist deine Tante?«

Penelope erhob sich, um die beiden allein zu lassen, doch er bedeutete ihr, sitzen zu bleiben.

»Sie kümmert sich um die Herzogin.«

Er blickte sich hastig um. »Schau, ich muss schleunigst nach London.«

»Aber was ist mit der Polizei?«, fragte Daphne.

»Wenn ich abwarte, bis die mit mir gesprochen haben, vergehen Stunden. Ich muss sofort aufbrechen. Ich weiß nur nicht …«

Daphne sah ihm ein paar Sekunden lang in die Augen. »Wenn du die hintere Treppe hinuntergehst, kannst du durch den Dienstboteneingang hinaus.«

»Lauf hintenherum zu unserem Haus«, riet Penelope. »Victors Wagen steht in der Garage. Die Schlüssel legt er immer auf die Sonnenblende. Ich weiß, er wird nichts dagegen haben.«

James drückte ihr dankbar die Hand und gab Daphne einen flüchtigen Kuss auf die Stirn, dann eilte er hinaus.

Augenblicke später kam Lord William mit einem Constable herein.

Der Constable stellte sich in die Tür. »Wir danken Ihnen für Ihre Geduld. Ich muss Sie jedoch bitten, noch ein wenig auszu-

harren. In Kürze wird jemand vom Yard eintreffen und Ihre Aussagen aufnehmen. Vielen Dank.«

Ein Gemurmel setzte ein, da die Gäste sich leise weiter unterhielten.

Lord William begab sich zu seinen Nichten. »Verdammter bürokratischer Firlefanz! Der Bursche wollte mir nicht sagen, was in meinem eigenen Haus los ist.«

Die Schwestern lächelten ihren Onkel an.

Daphne erhob sich. »Möchtest du gern ein Glas Portwein? Ich denke, du hast es verdient.«

Lord William lächelte liebevoll. »Ich könnte ein Gläschen vertragen. Danke, Liebes.«

Er schaute sich um. Sein Lieblingssessel war von Fordham-Baker besetzt. Der döste neben einer fast leeren Flasche seines besten Scotchs.

Daphne kam zurück und gab ihm das Glas Portwein.

»Danke.« Er trank ihn mit zügigen Schlucken.

Thompkins kam mit einem Teewagen herein. Er blickte kurz durch den Raum und schob ihn zu Daphne und Penelope. »Ihre Ladyschaft dachte, dass alle Tee und Sandwiches begrüßen würden.«

Die beiden jungen Frauen schenkten Tee ein und boten Sandwiches an. Lord Charles machte ein Gesicht, als könnte er schon den Gedanken an Essen nicht ertragen, aber er nahm ein Glas Portwein anstelle des Tees. Lady Abigail äußerte jedoch, sie sei hungrig, und aß Sandwiches für zwei.

Die übrigen Gäste baten nur um eine Tasse Tee.

Die Atmosphäre war angespannt, und Penelope wollte soeben nachsehen gehen, ob ihre Tante bei der Herzogin Hilfe benötigte, als die Tür geöffnet wurde. Herein kam der Constable, und bei ihm war ein großer, schlaksiger Mann mit lockigen Haaren.

»Guten Tag. Ich bin Detective Inspector Covington von Scotland Yard.« Er schaute kurz durch den Raum, eilte zu Lord Wil-

liam und schüttelte ihm herzlich lächelnd die Hand. »Lord William, ich kam, sowie ich von der Sache hörte.«

»Schön, Sie wiederzusehen, trotzdem, nun ja, natürlich nicht bei einem weiteren Mord, aber … ach, zum Kuckuck, Mann. Das ist ein unglücklicher Zeitpunkt.«

Detective Inspector Covington nickte. »Das kann man wohl sagen. Wo befindet sich die Herzogin jetzt?«

»Oben in ihrem Zimmer. Ist ohnmächtig geworden, als sie von dem Unglück hörte.«

»Können Sie mich zu ihr bringen?« Er folgte Lord William nach oben.

Lady Elizabeth verließ gerade das Zimmer und sah die beiden kommen. »Detective Inspector Covington, wie schön, Sie wiederzusehen!«

»Wenn nur die Umstände angenehmer wären.« Der Detective unterdrückte ein Lächeln und blickte zur Zimmertür. »Wie geht es ihr?«

»Sie steht unter Schock. Doktor Haygood ist jetzt bei ihr. Ich glaube, er hat ihr ein Beruhigungsmittel gegeben. Sie wird schlafen, und danach geht es ihr sicherlich besser.«

Covingtons Schultern entspannten sich sichtlich, und er gab einen Seufzer von sich. »Tja, das ist eine gute Nachricht.« Er blickte wieder zu der Tür. »Wir haben nicht viel Zeit. Jemand vom Innenministerium kommt hierher, um die Angelegenheit persönlich in die Hand zu nehmen. Besteht eine gewisse Wahrscheinlichkeit, dass die Kugel der Zofe gegolten hat?«

Lord William dachte nach und zuckte mit den Schultern. »Ich weiß es nicht.«

Ein anderer Constable kam durch den Flur geeilt. »Sir, sehen Sie sich das an.«

Der Detective Inspector faltete einen Briefbogen auseinander und las. Seine Augen wurden immer größer, und seine Hände befiel ein leichtes Zittern.

Ehe er etwas äußern konnte, trat Thompkins still, aber zielstrebig zu ihnen und sagte zu Lady Elizabeth: »Ein Anruf für Sie, Mylady. Es ist der König.«

Covington sah aus, als fielen ihm gleich die Augen aus dem Kopf. »Heilige Mutter Gottes.«

13

Wer ein Haustier besitzt und glaubt, er könne am Wochenende länger schlafen als unter der Woche, irrt sich gründlich, vor allem wenn das Haustier ein zwölf Jahre alter verwöhnter Pudel ist. Aus irgendeinem Grund wachte Oreo seit Beginn der Sommerzeit um drei Uhr morgens auf und wollte nach draußen. Obwohl ich erst vor einer Stunde ins Bett gegangen war, stand ich auf, öffnete seine Transportbox und ging mit ihm nach unten. Snickers' Blase war anders getaktet. Sie verschlief unseren Ausflug.

Oreo fand seinen Lieblingsplatz am Zaun, verrichtete sein Geschäft und lief die Treppe hinauf. Er schnarchte bereits wieder, als ich unter meine Decke kroch.

Schlafen konnte ich nicht mehr. Ich drehte mich mal auf die eine, mal auf die andere Seite und gab schließlich auf. Ich war nicht in der richtigen Stimmung, um zu schreiben, und deshalb holte ich mir ein Notizbuch und versuchte, mir einen Reim auf die Informationen zu machen, die wir über Melody Hardwick gesammelt hatten.

Immer wieder dachte ich an das Gespräch mit Mariana zurück. Sie war zweifellos ein leidenschaftlicher Mensch. Sie hatte sich mit Melody geprügelt, also war sie zu Gewalt fähig. Ob ihre gewalttätige Ader für einen Mord reichte, bezweifelte ich. Vielleicht könnte sie töten, wenn sie den

Eindruck hatte, dass ihre Familie in Gefahr war, aber ich bezweifelte, dass sie einen Mord kaltblütig planen würde.

Natürlich mochte ich mich irren. Sie könnte gelogen haben. Das Verhältnis zwischen Trammel und Melody mochte nicht vorbei gewesen sein. Mein Bauchgefühl sagte mir zwar, dass sie die Wahrheit gesagt hatte, aber Dawsons Zukunft wollte ich nicht darauf setzen.

Virgil Russell war ein widerlicher, zwielichtiger Typ. Laut Dawson war er mit der Tochter des Mannes intim gewesen, den er getötet hatte. Das war sonderbar. Andererseits war er nach Ruby Maes Informationen wegen sexueller Nötigung verurteilt worden. Er könnte auch mit Melody eine erpresserische und keine einvernehmliche Beziehung gehabt haben.

Melodys Halbschwester war ebenfalls ein merkwürdiger Bestandteil des Falles. Woher kam sie? Niemand wusste etwas über sie, und sie war wie aus dem Nichts aufgetaucht. Chicago lag von North Harbor nur knapp hundertfünfzig Kilometer entfernt. Ihre Nachricht an Emma ließ vermuten, dass sie Melody nicht nahegestanden hatte. Allerdings konnte man bei der Interpretation einer SMS leicht irren. Vielleicht fasste sie sich beim Schreiben generell knapp. In ein paar Stunden würde ich feststellen können, wie aufrichtig sie war.

Schließlich stellte sich die Frage, ob A-Quadrat wirklich wusste, wer der Mörder war. Er war keine verlässliche Quelle. Wie wahrscheinlich war es, dass er zufällig am selben Ort gewesen war, als der Mord begangen wurde? Es sei denn … es sei denn, er selbst hatte Melody umgebracht.

Ich sinnierte darüber und verwarf den Gedanken immer wieder. So wenig ich ihn leiden konnte – ich traute ihm das nicht zu. Oder vielleicht doch. Wenn er geglaubt hatte, sie würde verhindern, dass er aus Dawsons Football-

Karriere Profit schlug, dann konnte er zum Mörder geworden sein. Aber würde er seinen Sohn dafür ins Gefängnis gehen lassen? Nach einem Schuldspruch wäre es mit dem Millionenverdienst in der NFL auch vorbei.

Doch A-Quadrat war kein Mensch, der Dinge zu Ende dachte. Seine gestrige Bemerkung, dass Dawson in guten Händen sei, konnte bedeuten, dass er sich seinetwegen keine Sorgen machte, weil er wusste, wir würden seine Unschuld beweisen. War er wirklich so gefühllos?

Vielleicht sollte Dawson mal mit ihm reden. Eigentlich sprachen die beiden nicht miteinander, aber sein Sohn könnte ihm anmerken, ob er die Wahrheit sagte oder nicht. Allerdings hatte ich auch das Gefühl, dass Dawson etwas verschwiegen hatte, als er erzählt hatte, dass er Russell und Melody zusammen gesehen hatte. Was, wenn er auch seinen Vater dort bemerkt hatte? Ich nahm mir vor, ihn danach zu fragen.

Ich ging meine Notizen noch einmal durch, aber mir fiel um vier Uhr so wenig dazu ein wie um drei Uhr. Ich schaltete das Licht aus und deckte mich zu. Ich lag vollkommen still, atmete tief und gleichmäßig und dachte über die Verdächtigen nach, in der Hoffnung, ein klarer Handlungsplan werde sich wie von selbst daraus ergeben. Leider spielte mein Verstand nicht mit und vermengte den Mordfall immer wieder mit meinem britischen Krimi. Ich sah Melody in dem Kleid einer französischen Zofe, während ein Tweed tragender Harley Quin eine Pfeife am Kamin rauchte und sein Jagdgewehr reinigte. Ein zwielichtiger Kerl mit Polyesterhemd und Goldkettchen stand verdächtig über Melodys Leiche gebeugt, während A-Quadrat in schmieriger Jeans und T-Shirt Scotch trank und lachte.

Zwei Stunden später wachte ich auf, weil es klingelte. Es war kurz vor sechs, und ich rechnete aus, dass ich insgesamt etwa drei Stunden Schlaf bekommen hatte. Ich blickte mich um. Snickers und Oreo schliefen noch.

»Ihr seid mir zwei Wachhunde.« Ich schlüpfte in die Jeans vom vergangenen Abend, zog ein T-Shirt aus dem Wäschekorb und zog es über.

So eilte ich in die Küche und schaute über das Geländer nach unten. Vor der Ladentür standen zwei Streifenpolizisten. Jetzt war ich hellwach. Mein Herz raste. Ich lief nach unten und riss die Tür auf. »Was ist passiert?«

»Wohnt Dawson Alexander bei Ihnen?«, fragte einer.

Ich atmete bewusst langsam, um meinen Puls zu senken. »Ja«, hauchte ich.

»Dürfen wir ihn sprechen?«

Ich schloss die Augen und nickte. »Kommen Sie mit.«

Ich führte sie in die Garage. Beim Betreten waren sie ein wenig zögerlich und blickten sich vorsichtig um. Ich schaltete das Licht ein, eilte zu seiner Tür und klopfte laut.

Ich musste mehrere Minuten lang an die Eingangstür hämmern, bis ich Dawson auf der Treppe hörte. In einem MISU-T-Shirt, Trainingshose und Flip-Flops öffnete er die Tür. Seine Haare waren zerzaust, und er gähnte herzhaft.

Als er die Polizisten bei mir erblickte, erschrak er. Ihm wich die Farbe aus dem Gesicht. Er guckte wie ein Reh im Scheinwerferlicht. Anscheinend glaubte er, sie wollten ihn wieder verhaften.

»Dawson Alexander?«, fragte der Officer.

Er nickte.

»Ihr Vater hatte einen Verkehrsunfall und wurde schwer verletzt. Er wurde mit dem Rettungshubschrauber ins River Bend Memorial Hospital gebracht.«

Ich hätte nicht geglaubt, dass Dawson noch blasser werden konnte, doch er konnte. Er schluckte mühsam. »Wird er … wird er durchkommen?«

»Leider wissen wir nur, dass er schwer verletzt wurde. Sie müssen mit den Ärzten sprechen.«

»Haben Sie jemanden, der Sie zum Krankenhaus fahren kann?«, erkundigte sich der Officer, der bisher geschwiegen hatte.

Ich antwortete an Dawsons Stelle. »Das kann ich übernehmen.«

Die Polizisten sahen mich und dann Dawson an, der daraufhin nickte.

Sie wandten sich zum Gehen, doch am Garagentor drehte sich einer zu uns um. »Ich habe Sie vor ein paar Wochen spielen sehen. Sie sind wirklich gut. Ich hoffe, Sie haben diese Sache bald hinter sich.«

Wir stiegen ins Auto. Ich schaffte die vierundsechzig Kilometer in knapp dreißig Minuten und setzte Dawson am Eingang zur Notaufnahme ab. Erst als ich in das Parkhaus fuhr, bemerkte ich, dass ich weder Handtasche noch Geld bei mir hatte.

Zum Glück hatte ich mein Handy in der Hosentasche. Ich rief Jenna an und bat sie, mir meine Tasche zu bringen.

Zwei Stunden später kam sie mit Nana Jo den Flur entlang, in der einen Hand meine Handtasche, in der anderen einen Getränketräger von einem nahen Fastfood-Restaurant mit vier großen Bechern und einer Tüte mit fettigen Sausage Biscuits. Beim Anblick des Kaffees lief mir das Wasser im Mund zusammen, und mir knurrte der Magen. Jenna und Nana Jo starrten mich an, sagten aber kein Wort, als ich mir einen Becher nahm und einen Schluck trank.

Jenna setzte sich neben mich. »Wie geht es ihm?«, flüsterte sie mit einem Blick zu Dawson, der im Flur auf und ab lief.

Ich zuckte mit den Schultern. »Nicht gut. A-Quadrat liegt auf der Intensivstation. Dawson durfte vorhin für zehn

Minuten zu ihm, doch dann ging ein Alarm los, und sie schickten ihn hinaus. Ein Heer von Ärzten und Pflegern strömte an sein Bett. Irgendwann kam einer zu uns und sagte, A-Quadrat habe einen Herzstillstand gehabt. Er ist am Leben, doch … ich glaube, die Prognose ist schlecht.«

Nana Jo schnalzte mit der Zunge. »Auch das noch. Der arme Junge. Das ist alles zu viel auf einmal.«

»Wir haben die Hunde rausgelassen, bevor wir gefahren sind, und Chris und Zaq kümmern sich um die Buchhandlung.« Jenna trank von ihrem Tee.

Ich war heilfroh, meine Familie zu haben. Sie waren allesamt anstrengend, und irgendwann würde ich ihretwegen einen Psychiater brauchen, aber sie waren für mich da. Ich sah zu Dawson und versuchte zu erfassen, wie er sich fühlte.

Jenna musterte ihn besorgt und neigte sich an mein Ohr. »Ich habe heute früh mit Stinky Pitt gesprochen«, flüsterte sie.

Ich vergewisserte mich, dass Dawson außer Hörweite war. »Was hat er gesagt?«

»A-Quadrat hat zwei Leute angerufen. Einer war Virgil Russell, der prompt kam und für ihn die Kaution hinterlegte. Über den zweiten Anruf konnte Stinky Pitt nichts sagen.«

»Russell?«

Sie nickte. »Zwei Stunden später rief jemand auf dem Revier an und meldete, dass beim Eden Springs Trailerpark jemand auf den Schienen lag.«

»Auf den Eisenbahnschienen?« Ich schauderte.

»Dort sind ein paar Jugendliche herumgestreunt und dachten zuerst, da läge ein Haufen alter Kleidung. A-Quadrat ist von einem Auto angefahren und auf die Schienen gelegt worden.«

»Du meine Güte. Hat die Polizei einen Verdacht? Haben sie Russell befragt?«

Sie schwieg, solange Dawson an uns vorbeiging, und antwortete erst, als er ein Stück entfernt war. »Er behauptet, dass er ihn vor einem Schnapsladen beim HOD abgesetzt hat, weil A-Quadrat dort telefonieren wollte. Danach hat er ihn angeblich nicht mehr gesehen. Die Polizei besorgt sich einen Durchsuchungsbeschluss für seinen Wagen. Den werden sie genauestens untersuchen.«

Jenna musterte mich und schnupperte mehrmals. »Hast du heute geduscht?«

»Nein. Dazu blieb keine Zeit. Wieso?«

»Du muffelst.«

Ich hob einen Arm und hielt die Nase an die Achselhöhle.

»Und deine Haare stehen am Hinterkopf ab.« Sie nahm einen Klappspiegel aus ihrer Handtasche und gab ihn mir.

Sie hatte recht. Meine Haare standen ab wie elektrisiert. Meine Augenwinkel waren verklebt, und an einem Mundwinkel war getrockneter Speichel zu sehen. »Unglaublich, dass noch keiner etwas gesagt hat.« Ich strich mir durch die Haare, bis sie halbwegs gebändigt waren.

Das Memorial Hospital war die größte Klinik in der Umgebung, da es im Laufe der Jahre mehrmals erweitert worden war, und bestand jetzt aus vielen Gebäuden und einem Labyrinth von Straßen und Zufahrten. An der Wand im Flur hing ein Lageplan mit farbigen Wegweisern. Ich folgte dem blauen Strich zum Aufzug und weiter zum Geschenkeshop. Es kam mir immer wie eine Glanzleistung vor, wenn ich in der Klinik jemanden besuchte und wieder hinausfand, ohne nach dem Weg fragen zu müssen. Heute war es nicht anders.

Der Geschenkeladen war seit meinem letzten Besuch

renoviert worden. Aus dem Kiosk, der Blumen, Grußkarten und überteuerte Snacks verkauft hatte, war ein Geschäft geworden, das einer Innenstadtboutique in nichts nachstand. Ich ging suchend durch die Gänge, bis ich die Drogerieartikel gefunden hatte. Ich kaufte ein Etui, das Zahnbürste, Zahnpasta, Kamm und Bürste, Seife, Deo, Mundwasser und Rasierzeug enthielt, außerdem Unterwäsche und ein T-Shirt. Da ich schon mal da war, suchte ich auch einen Blumenstrauß für A-Quadrat aus.

Am Schwesternzimmer der Intensivstation fragte ich, wo ich mich frisch machen könnte. Sie gaben mir einen Waschlappen und ein Handtuch und brachten mich zum Fitnessraum des Pflegepersonals. Dort duschte ich und zog mich um.

Als ich zu meinen Leuten zurückkehrte, fühlte ich mich besser. Erstaunlich, was saubere Unterwäsche und Zahnpasta ausrichten konnten! Es ging auf Mittag zu, und Jenna sagte, sie müsse nach Hause fahren.

»Sie brauchen nicht hierzubleiben«, meinte Dawson. »Ich komme allein klar.«

»Aber ich möchte bleiben.«

Dawson blieb stehen. »Sie können ja doch nichts tun. Ich weiß, es gibt andere Dinge, die Sie erledigen müssen.« Er senkte den Blick.

»Kann ich etwas für *dich* tun?«

»Ja. Sie müssen herausfinden, wer Melody ermordet hat und … wer meinen Dad umbringen wollte.«

14

»Die Mädels haben es sehr bedauert, als sie hörten, dass wir nach Chicago fahren und sie nicht mitnehmen können. Deshalb habe ich gesagt, sie sollen den Pendlerzug nehmen, und wir treffen uns mit ihnen an dem Outlet-Center.« Nana Jo schaute verlegen. »Ich habe auch gesagt, wir würden hinterher auf das Schiff gehen.«

Der South-Shore-Pendlerzug verkehrte zwischen River Bend in Indiana und Chicago. Für weniger als zehn Dollar gelangte man vom Flughafen River Bend ins Zentrum von Chicago, ohne dass man dem stressigen Straßenverkehr oder der Parkplatzsuche ausgesetzt war. Ich kannte Leute, die damit jeden Tag zwei Stunden und zwanzig Minuten zur Arbeit und wieder nach Hause fuhren. Ich war damit nach Chicago gereist, um zu Spielen der Cubs, ins Museum oder shoppen zu gehen. Der Zug fuhr nicht durch Michigan, aber von North Harbor aus brauchte man nur dreißig Minuten bis nach Michigan City, Indiana, und konnte dort in den Zug steigen.

Michigan City war eine Kleinstadt am See mit hübschen Stränden, dem besagten Outlet-Center und einem Casino-Schiff. Lange Zeit war es in Indiana verboten gewesen, Glücksspiele an Land zu veranstalten. Eines Tages war einem Unternehmer die Idee gekommen, ein Schiff zum Casino umzubauen. Als es eröffnet wurde, fuhr es den Michigansee rauf und runter. Alle zwei Stunden stiegen Gäste zu. Schließlich gab der Gesetzgeber die Forderung auf, dass das Schiff ablegen musste, und die Gäste konnten jederzeit an Bord gehen. Ein Ausflug ins Casino hieß, dass ich erst in den frühen Morgenstunden nach Hause kommen würde. Da ich nur ein paar Stunden geschlafen hatte, war ich nicht angetan von der Idee.

Ich hielt mich an Cassidy Logans Wegbeschreibung nach West Inglenook. North Harbor galt als wirtschaftsschwache Region mit hoher Arbeitslosigkeit und Kriminalitätsrate, war aber kein Vergleich zu West Inglenook, wo auf der gleichen Fläche dreimal so viele Menschen lebten. Die meisten Gebäude waren mit Brettern vernagelt und Gang-Graffiti besprüht. Die wenigen Geschäfte, die sich gehalten hatten, schützten ihre Fenster und Türen mit Eisengittern und wirkten wie Gefängnisse.

Ich parkte vor einem alten braunen Sandsteinhaus mit bröckelnder Fassade und zerbrochenen Fensterscheiben. Im Hof stand ein zerschlissenes geblümtes Sofa aus den Siebzigern mit platt gesessenen Polstern und ohne Füße. In der Gasse neben dem Haus spielten junge Männer ein Würfelspiel. Auf der Treppe vor der Haustür hockten zwei Jugendliche mit extrem tief sitzenden Jeans und Bandanas um den Kopf.

Ich wandte mich Nana Jo zu. »Glaubst du, mein Auto ist hier sicher?«

Sie sah mich verblüfft an und tätschelte mir das Knie. »Im Ernst, Honey? Dein Auto ist zwölf Jahre alt und dreihunderttausend Kilometer gelaufen. Der Blinker ist mit Klebeband an der Lenksäule befestigt, und wenn du über einen Höcker fährst, leuchten die Scheinwerfer auf. Das

Einzige, was noch einen gewissen Wert hat, ist das Radio, und dem fehlen sämtliche Knöpfe.«

»Die habe ich noch alle.« Ich öffnete die Klappe des Aschenbechers und zeigte ihr die Drehknöpfe des Radios und der Klimaanlage sowie die kleine Zange, mit der ich die Senderwahl bediente. »Du beleidigst mein Auto.«

Nana Jo rollte mit den Augen. »An deiner Stelle würde ich den Jungen da drüben fünfzig Dollar geben, damit sie die Karre irgendwo abstellen, wo die Polizei sie nicht findet.«

»Hör einfach nicht hin.« Ich tätschelte das Armaturenbrett.

Wir stiegen aus. Ich holte Melodys Sachen aus dem Kofferraum, und wir gingen auf das Haus zu. Ein Junge, den ich auf etwa dreizehn schätzte, begaffte mich, als wäre ich ein Stück Fleisch, und machte dann auf Spanisch eine unverschämte Bemerkung zu seinem Freund. Ich fand es immer amüsant, wenn Leute glaubten, andere verstünden ihre Sprache nicht. Als ich auf Spanisch antwortete, verflüchtigte sich sein höhnisches Grinsen. Alles an ihm deutete an, dass ich vor dem Rowdy Angst haben sollte, aber mein Instinkt riet mir davon ab. In meinen Jahren an der Öffentlichen Schule hatte ich einen sechsten Sinn dafür entwickelt und mich noch nie getäuscht. Daher vertraute ich auf mein Bauchgefühl.

»Könntest du ein Auge auf meinen Wagen haben?«, fragte ich.

Er sah zu meinem Honda CR-V und lachte. »Die Schrottkarre? Lady, die nimmt nur einer, wenn er dafür Kohle kriegt.«

Zwei Beleidigungen in drei Minuten, das war zu viel. Ich reckte das Kinn und stieg um ihn herum die Stufen hoch. Nana Jo folgte mir. Sie erreichte gerade den Treppenabsatz, als der Junge drohend zu ihr hochkam. »Aber Sie können mir Ihre Handtasche geben, alte Frau.« Er streckte die Hand aus, als glaubte er, sie würde sie einfach hergeben.

Ich weiß nicht, was Nana Jo mehr ärgerte: dass ein Dreizehnjähriger sie um ihre Tasche erleichtern wollte oder dass er sie »alte Frau« genannt hatte. Jedenfalls stellte sie die Füße auseinander und krümmte die Knie, ergriff seinen ausgestreckten Arm mit beiden Händen, drehte sich und fiel auf ein Knie. Der Junge lag auf dem Rücken, und Nana Jo kniete sich auf seine Brust, während sie seinen Arm hochhielt.

Er beschimpfte sie obszön.

Sein Freund stand mit offenem Mund dabei.

Nach ein paar Sekunden ließ Nana Jo den Jungen los und stand auf. »Pass besser auf, wen du eine ›alte Frau‹ nennst«, riet sie ihm und ging weiter.

Es gab keine Haustür mehr, sodass wir ungehindert ins Haus gelangten und die Treppe hochstiegen.

Drei Stockwerke bewältigten wir schweigend. Als wir im obersten Stock ankamen, trat Nana Jo zur Seite, damit ich anklopfen konnte.

Ich sah sie an. »Alles okay?«

»Jep. Das war nur ein einfacher Wurf.«

»Okay, Bruce Lee. Vielleicht solltest du die Bewohner nicht verärgern.«

Sie lächelte. »Dann sollten mich die Bewohner besser nicht herausfordern.«

Ich klopfte an die Wohnungstür.

»Herein.«

Wir betraten die Wohnung.

Sie war klein und vollgestellt. Die wuchtige Ledergarnitur im Wohnzimmer hatte ihre beste Zeit hinter sich. Gegenüber an der Wand hing der größte Flachbildschirm, den ich je gesehen hatte. Wie bei Trammel waren auch hier mehrere Spielkonsolen daran angeschlossen. In der Mitte stand ein Laufstall, in dem zwei Kleinkinder lagen. Bis auf die Windeln waren sie nackt. In einem Sessel saß eine zierliche Frau und rauchte. Sie hatte blasse Haut, dünne rote Haare und grüne Augen. Sie war etwa im sechsten Monat schwanger.

»Sie kommen wohl von dieser Uni?«

»Tja, eigentlich bin ich eine Freundin von Emma, der Zimmergenossin Ihrer Schwester.«

»Halbschwester.« Sie zog an ihrer Zigarette. »Sie können das Zeug irgendwo ablegen.«

Ich musste mir schnell etwas einfallen lassen, sonst wäre unser Besuch in zwei Sekunden vorbei. »Sicher. Ich bin übrigens Samantha Washington, und das ist meine Großmutter, Josephine Thomas.«

Nana Jo runzelte die Stirn. »Wissen Sie, Rauchen in der Schwangerschaft kann zu Schädigungen des ungeborenen Kindes führen.«

Cassidy sah Nana Jo an und atmete langsam aus. »Danke für die Belehrung.«

Das lief nicht gut. »Dürfen wir uns einen Moment setzen? Die Treppen waren mörderisch.« Ich wartete nicht auf ihre Antwort und ließ mich auf das Sofa plumpsen.

Mit spitzen Fingern entfernte Nana Jo ein Kleidungsstück von der Sitzfläche und setzte sich.

»Uff. Vielen Dank.« Ich überlegte, wie ich mit meinen Fragen beginnen sollte, damit sie uns nicht rauswarf.

Nana Jo ging zu dem Laufstall. Eines der Kinder war eingeschlafen. Das andere, ein Junge mit Locken, streckte ihr sofort die Arme entgegen.

Nana Jo blickte zu Cassidy. »Darf ich ihn hochnehmen?«

Cassidy zuckte mit den Schultern.

Nana Jo hob das Kleinkind hoch, das sofort den Kopf zurückwarf und lachte und nach ihren Ohrringen griff. Nana Jo konnte gut mit kleinen Kindern umgehen. Sie kehrte zu ihrem Platz zurück. Der Junge stemmte sich auf ihrem Schoß hoch, und Nana Jo sang *Row, Row, Row Your Boat*. Bei jedem »Row« schaukelte sie ihn hin und her. Er lachte ausgelassen.

Ich sah ihnen einige Augenblicke lang zu. »Cassidy, wann haben Sie Ihre Halbschwester zuletzt gesehen?«

Sie rauchte und überlegte so lange, dass ich glaubte, sie würde mir keine Antwort geben. »Das ist Jahre her. Wir standen uns nicht nahe.«

»Sie beide haben denselben Vater?«

»Mutter.«

Nana Jo unterbrach das Singen. »Wissen Sie, welche Nummer Ihre Schwester gerade abzog?«

Cassidy lächelte. »Sie hat immer irgendwas abgezogen.« Sie zog noch einmal an der Zigarette und drückte sie aus. »Dadurch ist sie in diesem Programm gelandet. ›Geh in den Knast, oder geh aufs College.‹« Sie lachte. »Mel fand das irre komisch. So kam sie an jede Menge neuer Opfer ran.«

»Wissen Sie, worauf sie gerade aus war?«, hakte ich nach.

Cassidy sah mich argwöhnisch an. »Sie stellen ziemlich viele Fragen.«

»Wir wollen herausfinden, wer der Mörder ist. Wir dachten, Sie könnten uns vielleicht weiterhelfen.«

»Warum sollte ich das tun wollen?«

»Weil sie Ihre Schwester war«, erwiderte ich.

Sie winkte ab. »Jeder muss mal sterben.«

»Vielleicht sind Sie aber trotz dieser Haltung im Grunde ein guter Mensch und möchten das Richtige tun«, sagte Nana Jo.

Ich blickte meine Großmutter an, die es anscheinend auf einen Rauswurf angelegte, bevor wir etwas erfahren hatten, und wandte mich dann Cassidy zu.

Die starrte Nana Jo an, schwieg aber. Schließlich wischte sie sich eine Träne aus dem Augenwinkel. »Hören Sie, ich habe Mel seit Jahren nicht gesehen. Sie hat mir manchmal eine SMS geschrieben. Die letzte etwa vor einem Monat.«

»Haben Sie sie noch?«, wollte ich wissen.

Sie schüttelte den Kopf. »Nee. Sie war gerade an einer Sache dran. Meinte, wenn es funktioniert, hat sie ausgesorgt.« Sie schaute auf ihr schlafendes Kind im Laufstall und zu dem auf Nana Jos Schoß. Dann auf ihren Bauch. »Meinte, sie würde uns hier rausholen.« Sie wischte noch eine Träne weg und zündete sich eine neue Zigarette an. »Sie hat immer viel Mist geredet.«

»Hat sie mal jemanden erwähnt, der ihr schaden wollte?«, fragte ich.

Cassidy zog an der Zigarette und setzte sich auf. »Sie hat keine Namen genannt. Doch sie meinte, jemand wollte bei der Sache mitmischen, aber sie hätte ihn in der Hand.«

Wir versuchten, noch mehr zu erfahren, es war jedoch alles, was Cassidy wusste. Das Kind, das bisher geschlafen hatte, wachte auf und fing an zu weinen. Sie stemmte sich hoch und nahm es auf ihren Schoß. Der kleine Junge sah dem anderen zum Verwechseln ähnlich.

»Zwillinge?«, erkundigte ich mich.

Sie nickte.

Da sie alle Hände voll zu tun hatte und wir wohl nichts weiter erfahren würden, standen wir auf. Nana Jo legte das Kind zurück in den Laufstall.

Ehe wir hinausgingen, stellte Nana Jo noch eine Frage. »Kennen Sie Virgil Russell?«

»Ja. Wieso?«

»Es kommt uns seltsam vor, dass Melody mit ihm … zusammen war«, sagte ich.

»Sie war ziemlich eng mit ihm. Er hat ihr praktisch alle Tricks beigebracht. Er hat ihr gezeigt, wie sie sich anziehen und wie sie reden muss, um an die reichen Kerle ranzukommen.«

»Aber er hat doch ihren Vater getötet«, entgegnete Nana Jo.

Cassidy zuckte mit den Schultern. »Das stimmt. Doch das war kein großer Verlust. Er war ein Säufer, der uns bei jeder Gelegenheit verprügelt hat. Dabei ist er draufgegangen. Er hat Mel so schlimm geschlagen, dass wir dachten, er haut sie tot. Virgil wollte ihn aufhalten und hat ihn gestoßen. Er fiel mit dem Kopf auf die Tischkante.« Sie legte ihren Jungen zu seinem Bruder in den Laufstall. »Er und Mel sind sich danach nähergekommen.«

»Wäre es möglich, dass er derjenige war, der bei ihr mitmischen wollte?«, fragte ich.

Cassidy schüttelte den Kopf. »Das glaube ich nicht. Sie haben ja sowieso zusammengearbeitet.«

Wir verabschiedeten uns und gingen die schmale Treppe hinunter. Draußen vor der Tür sahen wir den Dreizehnjährigen wieder. Er hatte sich drohend auf dem Bürgersteig aufgebaut. Die Würfelspieler aus der Gasse standen ein Stück entfernt.

»Vielleicht sollte ich die Polizei rufen«, flüsterte ich.

»Nicht nötig.« Nana Jo ging die Außentreppe hinunter. »Du willst was von mir?«, fragte sie.

Der Junge knurrte wütend. »Diesmal kannst du was erleben, alte Frau.« Er griff in die Hosentasche und zog ein Springmesser hervor, das er aufrecht in der Hand hielt.

Nana Jo öffnete lächelnd ihre Handtasche, nahm die

Pistole heraus und richtete sie auf ihn. Sie kniff ein Auge zu, zielte … und schoss dann neben den Jungen in ein schmales verwildertes Beet.

Der erschrockene Rowdy ließ das Messer fallen und türmte.

Die Würfelspieler lachten schallend und pfiffen, fünf junge Männer mit Tattoos und Piercings.

Einer trat vor. »Hey, ich wette um zweihundert Dollar, dass Sie die Werbetafel nicht treffen.« Er hielt grinsend ein paar Scheine hoch. Auch die anderen holten Geld aus der Tasche und wedelten damit in der Luft herum.

Nana Jo blickte zu der Werbetafel auf dem Dach des gegenüberliegenden Gebäudes.

»Bitte nicht«, flehte ich meine Großmutter an.

Ihr Grinsen und der Glanz in ihren Augen verrieten mir, dass ich meinen Atem vergeudete.

Nana Jo hob den Arm und richtete die Pistole auf die Reklametafel. Sie neigte den Kopf zur Seite und drückte ab.

Alle schauten zu der Tafel. Darauf lächelte die Sprecherin einer großen Versicherungsgesellschaft zu uns herab, und sie hatte ein rundes Loch in der Stirn.

Die Männer johlten und lachten. Einer verneigte sich sogar vor Nana Jo, als sie zu ihr kamen und das Geld ablieferten.

15

Ich schob meine Großmutter in mein unbeschädigtes Auto und brauste davon.

Nana Jo lachte und fächelte sich mit den Geldscheinen Luft zu. »Niemals zuvor habe ich so mühelos tausend Dollar verdient.«

»Das hätte böse enden können. Was, wenn du danebengeschossen hättest?«

»Ich bitte dich! Ich war drei Jahre hintereinander Schützenkönigin von Lauderdale County. Außerdem war die Werbetafel riesig. Ich hätte blind sein müssen, um sie zu verfehlen.«

Ich gab es auf, sie durch Schimpfen bekehren zu wollen, und fuhr nach Osten. Schweigend verbrachten wir die vierzig Minuten bis zu dem Outlet-Center in Michigan City. In der Nähe eines der größeren Geschäfte fand ich einen Parkplatz.

Bevor ich ausstieg, teilte Nana Jo ihren Gewinn in zwei Hälften und gab mir eine. »Herzlichen Glückwunsch zum Geburtstag, Sam!«

Mit offenem Mund starrte ich auf die Geldscheine. »Das kann ich nicht annehmen.«

»Warum nicht?«

»Das ist zu viel. Außerdem hast du das Geld auf anständige und ehrliche Art gewonnen. Du solltest es für dich selbst ausgeben.«

»Ich werde meinen Teil mit Freuden verprassen. Aber die Gelegenheit hätte sich ohne dich nicht ergeben. Außerdem möchte ich, dass du dir ein paar schöne Sachen zum Anziehen kaufst. Man kann nie wissen, wann das nächste Date oder Non-Date ansteht.«

»Wirklich, ich brauche …«

Sie winkte ab. »Sam, wirst du es bitte nehmen und einfach Danke sagen?«

Ich nahm es und umarmte sie herzlich. »Ich danke dir.«

Die Bezeichnung »Outlet-Center« versprach enorm reduzierte Preise, aber reduziert bedeutete nicht unbedingt niedrig. In dem Einkaufscenter hier gab es Designer-Klamotten. Die waren zwar günstiger als in den regulären Geschäften, aber immer noch teurer als Kleidung im normalen Einzelhandel. In der Vergangenheit hatte ich mich auf drei oder vier Geschäfte beschränkt, die für lächerlich niedrige Preise bekannt waren, und hatte dort Jeans für fünf Dollar gekauft. Heute ging ich also in Designer-Läden. Ich kaufte mehrere wirklich gute Jeans, Seidenblusen und sogar ein paar Kleider.

Nana Jo erstand Tennisschuhe und Sportsachen und gab viel Geld für ein hübsches Kleid mit tiefem Ausschnitt aus. Stunden später kehrten wir mit Tüten beladen zum Auto zurück. In wenigen Minuten würde der Zug mit den Damen ankommen. Wir mussten sie vom Bahnhof abholen. Es fuhr zwar eine Straßenbahn von dort zum Outlet-Center, aber die Damen wollten sich das Geld für das Casino-Schiff aufsparen.

Sie warteten schon auf uns. Ich hielt nur kurz an und lud sie ins Auto, dann fuhren wir zum Schiff.

Dort setzte ich alle ab und suchte mir einen Parkplatz.

Bis ich im Foyer ankam, war ich müde. Der fehlende Schlaf der vergangenen Nacht und die Wanderung durch das Outlet-Center machten sich bemerkbar. Wir hatten vereinbart, zuerst etwas zu essen. Darum ging ich in das Büfetrestaurant und sah mich um, bis ich die Damen gefunden hatte.

Normalerweise besuchten wir das *Four Feathers Casino* bei North Harbor. Ausflüge zum Casino-Schiff unternahmen wir selten, und dadurch hatten die Damen nicht genügend Bonuspunkte gesammelt, um davon das Essen zu bezahlen. Eines blieb jedoch stets gleich, egal, wo wir hingingen: Ruby Mae lief immer jemandem über den Weg, den sie kannte. So auch diesmal.

Als ich mich an den Tisch setzte, wurde sie gerade von einem Koch umarmt, und eine Kellnerin stand dabei und wartete, bis sie an die Reihe kam. Wie sich herausstellte, war der Koch ihr Patensohn und die Kellnerin eine Großnichte. Ruby Mae bekam von ihnen Gutscheine für ein kostenloses Dinner und Styroporschachteln mit süßem Gebäck, obwohl die Mitnahme von Speisen bei Büffets eigentlich verboten war.

Nach dem Essen brachte ich die Schachteln zum Auto. Auf dem Rückweg spürte ich meine Müdigkeit noch stärker. Wir kamen überein, uns in zwei Stunden wiederzutreffen, und ich fand einen gemütlichen Ohrensessel in einer stillen Ecke, in dem ich ein Nickerchen machte. Ich stellte die Uhr in meinem Handy ein, damit es mich in anderthalb Stunden weckte.

Als ich wach wurde und mir übers Gesicht strich, hatte der Sesselbezug mir ein Muster in die Wange gedrückt, und auf der Kopfstütze prangte ein nasser Speichelfleck. Ich staunte, wie frisch und energiegeladen ich mich wieder fühlte.

Ich schlenderte durch das Casino und kaufte mir an einem Getränkestand einen Kaffee. Bis zu unserem Treffen war noch eine Viertelstunde Zeit. Deshalb warf ich in einen Automaten mit Tarzan auf der Frontscheibe zwanzig Dollar. Ich spielte immer nur an Münzspielautomaten, und das sehr sparsam, jetzt jedoch schlug ich alle Vorsicht in den Wind und setzte das Maximum von fünfzig Dollar. Nach nur zwei Drehungen bekam ich ein Freispiel.

Ich kannte mich mit den Geräten nicht aus und wusste deshalb nicht, was passiert war, aber plötzlich johlte mein Tarzan und schwang sich mit der Liane über meinen Bildschirm. In dem Automaten ging die Post ab. Die Walzen drehten sich, Tarzan beförderte Gorillas mit Fausthieben aus dem Bild, und Trommeln schlugen. Nach der dritten Drehung flammten die Lämpchen auf, es bimmelte, und mein Sessel vibrierte. Der Bildschirm füllte sich zuerst mit Jokern, dann mit Münzen. Die Dame neben mir kreischte auf und boxte mir gegen den Oberarm. Leute umringten mich.

Ein Casino-Mitarbeiter und seine Kollegin drängten sich zu meinem Automaten durch. Der Mann steckte eine Karte in einen Schlitz, worauf die blinkenden Lichter ausgingen. Die Frau zog lächelnd ein Klemmbrett hervor. »Herzlichen Glückwunsch. Dürfte ich bitte Ihren Führerschein sehen?«

Ich war verwirrt und kapierte nicht so recht, was los war. »Was ist passiert?«

Sie lächelte. »Sie haben gerade viel Geld gewonnen.« Sie nahm meinen Führerschein und schrieb davon ab, was sie an Informationen benötigte.

»Wie viel habe ich gewonnen?«

Sie blickte auf den Automaten. »Vierundfünfzigtausend.«

Ich fiel beinahe in Ohnmacht. »Unmöglich!«

Sie lächelte. »Oh doch!«

Ich sah sie mit offenem Mund an. »Ich glaube, mir wird schlecht.«

Sie schaute erschrocken, half mir aber von meinem Hocker. Ich machte Anstalten, zur Toilette zu gehen, drehte mich jedoch wieder zum Automaten hin.

Ihr Kollege nahm mich beim Arm. »Machen Sie sich keine Gedanken, wir kümmern uns um alles.« Er sprach die Mitarbeiterin an. »Ich bringe sie zum Büro.«

Ich ging mit ihm zu einer schmalen Tür hinter einem Geldautomaten, die ich von selbst nicht bemerkt hätte. Er schloss sie auf, und wir betraten ein Büro mit einem Schreibtisch, zwei Besuchersesseln und einem Zweiersofa. Ich setzte mich und senkte den Kopf zwischen die Knie.

»Soll ich Ihnen Wasser holen?«

Ich nickte. »Ja, bitte.«

Er ging und kam mit einer Flasche Mineralwasser zurück.

Ich versuchte, den Drehverschluss zu öffnen, doch meine Hände zitterten und waren kraftlos, sodass ich den Mitarbeiter bitten musste, mir zu helfen. Er gab mir die offene Flasche, und ich trank einen großen Schluck.

Mein Handy vibrierte. Nana Jo und die Damen wunderten sich anscheinend, wo ich abgeblieben war. Ich konnte das Handy nicht schnell genug aus der Hosentasche ziehen. Ich wollte zurückrufen, aber mit den zitternden Fingern tippte ich mehrmals daneben und wandte mich schließlich wieder an den Angestellten.

»Meine Großmutter und drei alte Damen warten auf mich im Foyer. Könnten Sie sie bitte herholen? Ich weiß nicht, wie ich von hier aus dahin gelangen kann.«

Er sagte, er werde das mit Vergnügen tun. Ich atmete tief

durch und versuchte zu begreifen, dass ich um vierundfünfzigtausend Dollar reicher war. Jedes Mal, wenn ich an die Summe dachte, wurde mir schwindlig, und ich musste wieder den Kopf zwischen die Knie senken.

Kurz darauf kamen Nana Jo und ihre Freundinnen herein.

»Was ist passiert? Was hast du?«, fragte meine Großmutter.

Ich sah den Casino-Mitarbeiter an. »Haben Sie es ihnen nicht erzählt?«

»Er hat uns gar nichts gesagt, nur dass du dich nicht gut fühlst.«

Das Büro war klein, und mit sechs Leuten darin wirkte es auf mich geradezu erstickend. Ich blickte zu dem Mitarbeiter hoch.

Er verkniff sich mühsam ein Schmunzeln. »Ich dachte, Sie möchten es ihnen lieber selbst erzählen.«

Nana Jo zog die Brauen zusammen, und an ihrer Schläfe sah ich eine Ader pochen. Sie wurde allmählich ungehalten. »Was erzählen?«

»Ich habe vierundfünfzigtausend Dollar gewonnen.«

Zwei, drei Augenblicke lang war es totenstill, dann ließ sich Nana Jo auf das Sofa sinken. »Heilige Mutter Gottes.«

Irmas Reaktion war weniger fromm und brachte ihr eine scharfe Ermahnung ein, worauf sie einen Hustenanfall bekam.

Dorothy und Ruby Mae gratulierten mir.

Der Mitarbeiter schlüpfte aus dem Büro und kam mit Wasserflaschen zurück, die er an die Damen verteilte. Nana Jo saß neben mir, Irma und Ruby Mae setzten sich in die Besuchersessel, und Dorothy lehnte sich an den Schreibtisch.

»Junger Mann, könnten Sie die Tür ein wenig offen lassen?« Nana Jo fächelte sich Luft zu. »Entweder habe ich eine Hitzewallung, oder ich stehe kurz vor einer Ohnmacht.«

Er kam der Bitte nach.

Seine Kollegin, die meinen Führerschein an sich genommen hatte, kam mit einem Wachmann herein. Nun wurde es eng wie in einer Sardinenbüchse. Sie gab mir den Führerschein zurück und übergab mir ein Formular zum Ausfüllen. »Das ist für die Finanzbehörde. Möchten Sie, dass wir die Steuer abführen, oder möchten Sie das selbst tun?«

Ich begann, das Formular auszufüllen. »Bitte ziehen Sie die Steuer gleich ab.«

Als ich fertig war, gab ich ihr das Schriftstück.

»Wie sollen wir die Summe auszahlen?«

»Wie bitte?«

Die Casino-Mitarbeiterin lächelte. »Möchten Sie einen Scheck? Bargeld? Oder beides?«

Nana Jo stieß einen leisen Pfiff aus. »Bargeld? Gibt es tatsächlich Leute, die Bargeld wollen?«

Die Frau nickte. »Sie wären überrascht.«

Ich schaute auf den Durchschlag, den sie mir reichte. Da stand, dass ich nach Abzug der Steuer über vierzigtausend Dollar bekommen würde. »Könnte ich fünf Schecks bekommen?«

Sie lächelte. »Alles, was Sie wollen.«

»Ich brauche fünf Schecks, ausgestellt auf uns fünf.« Ich deutete auf die Damen.

Die protestierten. »Oh nein. Das ist viel zu viel …«

Ich hob die Hand. »Wir haben eine Abmachung. Wir teilen die Gewinne. Ohne Unterschied.« So hielten wir es immer bei unseren Casino-Besuchen.

Alle widersprachen, aber zuletzt setzte ich mich durch und erledigte mit den Mitarbeitern die Formalitäten. Wir bekamen jede etwas über achttausend Dollar. Es dauerte fast eine Stunde, bis alles erledigt war.

Irma bat um einen Whiskey. Unser freundlicher Casino-Angestellter nahm unsere Bestellungen auf und brachte uns die Getränke.

Nana Jo fragte, ob jemand unser Auto suchen und zum Eingang fahren könnte.

Ich übergab den Autoschlüssel und beschrieb, wo der Wagen stand. Bis wir mit unseren Schecks zum Ausgang gingen, wartete auch der Wagen draußen auf uns.

Ich war noch immer wie benebelt, doch auch entzückt über den warmen Geldregen für mich und die Damen.

Während der Heimfahrt unterhielten wir uns darüber, wie wir das Geld ausgeben wollten. Irma wollte sich bei einer Schönheits-OP alles liften lassen, was mit den Jahren abgesackt war. Dorothy schlug ihr vor, lieber etwas gegen ihren chronischen Husten zu tun, aber das stieß auf taube Ohren.

Dorothy nahm sich vor, eine Kreuzfahrt zu unternehmen. Ruby Maes Kirchengemeinde plante eine Reise ins Heilige Land, und sie würde nun mitfahren. Jetzt konnte sie sich das leisten. Nana Jo blieb vage und wollte nicht verraten, was sie im Sinn hatte.

Ich hatte noch keine Idee, wie ich meinen Anteil ausgeben wollte, doch die Damen verkündeten sehr entschieden, was sie sich für mich vorstellten. Die einhellige Meinung lautete, ich sollte mir ein neues Auto kaufen. Ich kannte Nana Jos Ansicht über meinen Honda, aber ihre Freundinnen hatten sich nie über ihn beschwert.

»In der Not frisst der Teufel Fliegen«, erklärte Irma.

»Die neuen Autos haben WLAN, und ich fände es wunderbar, unterwegs mein Tablet zu benutzen oder mir darauf einen Film anzusehen«, sagte Dorothy.

»Meine Tochter hat einen Lexus. Der fährt so leise, man merkt praktisch gar nicht, dass der Motor läuft«, schrie Ruby Mae von der Rückbank.

»Auch du, Brutus?« Ich sah sie im Rückspiegel an.

Ruby Mae lachte. »Eines kann ich dem Auto zugutehalten: Seit ich darin mitfahre, bete ich viel häufiger als früher.«

Ich streckte ihr die Zunge raus.

Alle lachten. Ich wusste, sie scherzten nur. Die Damen waren keine Meckertanten. Mein CR-V war alt und laut und hatte eine Menge ästhetischer Schwächen, aber der Motor sprang zuverlässig an, und mit dem Vierradantrieb verhielt er sich auf verschneiten Straßen erstklassig.

Ich setzte die Damen an der Seniorenwohnanlage ab, und anders als sonst baten sie mich, kurz auszusteigen.

Das tat ich. Sie umarmten mich und dankten mir mit Tränen in den Augen, was auch mich zum Weinen brachte.

Ich stieg wieder ein und fuhr mit Nana Jo nach Hause. Als ich in der Garage den Motor abstellte, fasste Nana Jo mir an den Arm.

»Ich möchte mich auch bei dir bedanken, Sam. Was du getan hast, war sehr nett. Du hättest es nicht verschenken müssen. Keiner hätte dir das angekreidet. Das ist viel Geld.«

»Ja, doch ich wollte das tun.«

Sie nickte. »Ich weiß, du hängst an deinem Wagen. Er hat dir viele Jahre lang gut gedient. Doch ich meine, du solltest in Betracht ziehen, dir einen besseren zuzulegen. Nicht, weil der Honda unzuverlässig wäre, sondern weil du in den letzten Jahren viel durchgemacht hast und dir etwas Gutes tun solltest.«

Ich setzte zum Widerspruch an, doch sie hob die Hand. »Du brauchst dich nicht zu rechtfertigen. Ich wollte nur erklären, warum du das tun solltest. Es ist in Ordnung, schöne

Sachen zu haben, und es ist nicht unanständig, Geld für sich selbst auszugeben. Du arbeitest fleißig und verdienst schöne Kleidung und ein schönes Auto. Du denkst sonst immer an andere. Da ist es in Ordnung, auch einmal an dich selbst zu denken.« Sie tätschelte meine Hand und stieg aus.

Ich blieb noch zwei Minuten sitzen und ließ die Tränen strömen. Leon und ich hatten immer hart gearbeitet und nie achttausend Dollar auf einem Haufen besessen. Ich war es gewohnt, sparsam zu leben und mit unseren Gehältern möglichst lange auszukommen. Es fiel mir schwer, Geld für unnötige Dinge auszugeben. Also fuhr ich meine Autos, bis sie auseinanderfielen. Ich strich über das Armaturenbrett. »Du hast mir gut gedient, alte Freundin, aber vielleicht ist es Zeit für einen Wechsel.«

Ich hatte eine emotionale Achterbahnfahrt hinter mir und war erschöpft. Ich stieg aus und ging in meine Wohnung hinauf. Im Laufe des Tages hatte mir Dawson mehrere Nachrichten aufs Handy geschickt. Sein Vater lag noch auf der Intensivstation, sein Zustand war jedoch stabil. Die Ärzte hatten ihn ins Koma versetzt, damit seine Hirnschwellung abklingen konnte. Die Zwillinge hatten für Dawson eine Tasche gepackt und sie ins Krankenhaus gebracht. Sie hatten Snickers und Oreo mit nach Hause genommen, sodass es bei mir im Haus ungewohnt still war.

Eine erfreuliche Überraschung erwartete mich in der Küche: Auf dem Tisch stand ein Blumenstrauß. Dem beigefügten Kärtchen zufolge stammte er von Professor Quin. Ich war froh, dass Nana Jo schon in ihr Zimmer gegangen war, denn ich konnte nicht aufhören zu lächeln.

Das Schlimmste an den Casino-Ausflügen war der Rauchgestank, der hinterher in Kleidung und Haaren haftete. Ich duschte ausgiebig und machte mich bettfertig. Wie zu erwarten war ich zu aufgekratzt, um einzuschlafen. Zwei

Stunden lang sah ich mir im Internet Neuwagen an, dann verordnete ich mir eine Schreibtherapie zur Entspannung.

»Verflixter Doktor.« Lord William schlug mit der Faust auf das Bett und zuckte augenblicklich zusammen, da sein Bein erschüttert wurde und beinahe von dem Kissen glitt, auf dem es ruhte.

Lady Elizabeth setzte sich auf den Stuhl neben dem Bett. »Also, mein Lieber, du weißt, Doktor Haygood kann nichts dafür, dass deine Gicht wieder aufgeflammt ist. Das hast du nur dir selbst zuzuschreiben.«

»Man sollte meinen, er könnte mehr sagen als: ›Legen Sie es hoch und halten Sie Diät!‹ Mein Gott, wir leben im zwanzigsten Jahrhundert. Die Medizin sollte inzwischen ein Heilmittel dafür haben. Ich wundere mich, dass er mir keine Blutegel angesetzt hat. Das ist vorsintflutlich.«

Lady Elizabeth lächelte. Sie kannte die Schimpftiraden ihres Gatten und wusste, dass er starke Schmerzen litt.

Penelope ging auf und ab. »Als der König anrief, hat er gesagt, wie wir seiner Ansicht nach verhindern sollen, dass das in die Presse gelangt?«

Daphne, die in ihrem Sessel am Fenster saß, blickte auf. »Vor allem, da wir den Herausgeber der London Times *im Hause haben.«*

Victor lehnte an einem großen Schrank. »Ich bezweifle, dass Fordham-Baker weiß, welcher Wochentag heute ist. Der Mann ist schon den ganzen Tag betrunken.«

Lady Elizabeth schaute Victor an und murmelte: »Ich frage mich …«

»Vielleicht können wir ihn in dem Zustand belassen«, meinte Penelope.

Lady Elizabeth sah ihre Nichte an. »Das ist vielleicht gar keine schlechte Idee.« Sie holte tief Luft. »Der König wünscht, dass wir den Mord aufklären, wie schon den an Charles Parker.«

Penelope blieb stehen und drehte sich mit großen Augen zu ihrer Tante um. »Aber das war etwas ganz anderes. Da mussten wir einen Freund retten.«

Elizabeth seufzte. »Und jetzt müssen wir ein Mitglied der Familie retten.«

Penelope schaute zerknirscht. »Du hast recht. Ob es uns gefällt oder nicht, Wallis ist mit unserem Cousin verheiratet. Sie gehört zur Familie.«

Daphne seufzte. »Also gut. Wo fangen wir an? Erinnert euch, ich war an eurer ersten Ermittlung nicht beteiligt.«

»Wohl wahr. Das hatte ich vergessen.« Lady Elizabeth runzelte die Stirn. »Nun, ich denke, wir gehen nach dem Prinzip ›Teile und herrsche‹ vor. Zuallererst lasst uns überlegen, was wir schon wissen, und dann legen wir uns einen Schlachtplan zurecht.«

Lord William salutierte. »Aye, Captain.«

Seine Gattin lächelte.

Penelope schritt auf und ab. »Wir wissen, Wallis' Zofe wurde im Moor erschossen, aber nicht, was sie dort wollte.«

»Doch, das wissen wir durchaus.« Lord William richtete sich auf. »Bei all der Aufregung und den Schmerzen«, er tippte an sein Bein, »wäre es mir fast entfallen. Als ich mit Detective Inspector Covington sprach, brachte ihm ein Constable einen Zettel.« Seine Mundwinkel zuckten. »Es ist mir gelungen, einen Blick darauf zu werfen, als Covington abgelenkt war.«

»Ausgezeichnet«, sagte seine Gattin stolz und salutierte ihrerseits.

Er strahlte. »Der Zettel war eine Nachricht von Lord Charles. Er bat Rebecca, sich mit ihm in dem Gehölz beim Moor zu treffen.«

»Das ist sonderbar«, meinte Lady Elizabeth. »Ich frage mich, warum er diese Stelle ausgesucht hat.«

»Ich denke, Covington war im Begriff, das zu erfragen«, fuhr Lord William fort. »Er wollte gerade zu Charles gehen, doch er kam davon ab, weil der Anruf des Königs gemeldet wurde und kurz darauf der Chief Inspector anrief.«

»Und das finde ich erst recht seltsam«, bemerkte Penelope. »Was glaubst du, warum Covington nach London gerufen wurde?«

Lady Elizabeth dachte darüber nach. »Ich vermute, Bertie könnte ein wenig königlichen Druck ausgeübt haben.« Wie so oft, wenn sie vom König sprach, benutzte sie die Kurzform für Albert, wie er mit erstem Vornamen hieß. »Er hat Scotland Yard wohl gebeten, sich für ein paar Tage zurückzuziehen, damit wir Zeit haben, den Fall zu lösen.«

Penelope schaute verblüfft. »Und das haben sie getan?«

»Der König hat erhebliches Gewicht. Es gab mal eine Zeit, da herrschte der Adel uneingeschränkt.« Lord William schüttelte den Kopf. »Diese Zeiten sind vorbei.«

»Und zu Recht. Die Justiz sollte nicht in den Händen des Adels liegen«, sagte Lady Elizabeth. »Also müssen wir nun Lord Charles fragen, warum er sich mit Rebecca treffen wollte.«

Daphne schmunzelte. »Das kann ich dir sagen. Er ist ein geiler alter Bock und hatte höchstwahrscheinlich eine Affäre mit ihr, direkt vor der Nase seiner Frau.«

Alle starrten sie an.

»Ich bin überzeugt, dass Lady Abigail genau weiß, was er treibt«, fügte Penelope hinzu. »Ich habe gestern Abend neben ihr gesessen. Sie mag schüchtern wirken, aber ich konnte ihr ansehen, dass ihr sein Verhalten zusetzt.«

»So sehr, dass sie bereit ist zu töten?«, fragte Victor.

Penelope zuckte mit den Schultern. »Das weiß ich nicht.«

»Wenn ja, verfügt sie jedenfalls über das erforderliche Können«, antwortete Daphne. »Ich hörte, dass sie in Amerika als Meisterschützin galt. Sie hat schon als junges Mädchen einen Pokal gewonnen.«

»Interessant.« Lady Elizabeth drehte sich zu ihrem Gatten. »Meinst du, du könntest ein wenig Ermittlungsarbeit leisten?«

Er nickte. »Ich kann nicht durch die Gegend streifen, aber ich kann reden, und Charles und ich stehen auf recht freundschaftlichem Fuß.«

»Wunderbar«, meinte Lady Elizabeth. »Du sprichst mit ihm und siehst zu, was du herausfinden kannst.« Sie wandte sich an Daphne. »Und du könntest ergründen, wer die Gelegenheit hatte, auf die Zofe zu schießen, und wer sich zu dem Zeitpunkt an welcher Stelle aufgehalten hat.«

Daphne runzelte die Stirn. »Du möchtest wissen, wer vermisst wurde?«

»Ja, genau das. Meinst du, das wird dir gelingen?«

Daphne bejahte.

»Was sollen wir beide tun?«, wollte Penelope wissen.

Lady Elizabeth sah Victor an. »Bertie möchte zwar die Polizei aus der Sache heraushalten, doch wir müssen erfahren, was die bereits ermitteln konnte. Vielleicht könntest du dich mit Detective Inspector Covington zusammentun und möglichst viel über die Tatwaffe herausfinden?«

Victor war einverstanden.

»Und ich?«, fragte Penelope.

»Du könntest mit den Dienstboten sprechen. Die dürften einiges darüber wissen, was vorgegangen ist, und wahrscheinlich haben sie mehr Kontakt mit Rebecca gehabt als einer von uns.«

Pen nickte. »Was wirst du tun?«

Lady Elizabeth zögerte. »Ich werde mir Gedanken machen, wie eines mit dem anderen zusammenhängt. Warum sollte jemand die Zofe töten wollen?«

»Du glaubst, die Herzogin war das eigentliche Ziel?«, erkundigte sich Victor.

Lady Elizabeth schüttelte den Kopf. »Ich weiß nicht. Der Fall wirkt auf mich wie eine ausgeklügelte Scharade.«

»Das leuchtet mir ein«, stimmte Daphne zu. »Diplomaten bedeutender Länder sind unter einem Dach zusammengekommen. Die Welt steht am Rande eines Krieges, die Spannung ist mit Händen zu greifen. Und das Mordopfer ist lediglich eine Zofe.«

»Du sagst es.« Lady Elizabeth staunte über die Auffassungsgabe ihrer Nichte. »In meinen Augen wirkt das wie inszeniert.«

»Aber die Herzogin hat das Treffen initiiert. Dann müsste sie doch hinter alldem stecken«, gab Victor zu bedenken.

Lady Elizabeth runzelte die Stirn. »Möglich. Wallis hat sicherlich allerhand Beweggründe, doch ich bin mir nicht sicher, ob sie … nun, um ganz ehrlich zu sein, ich halte sie nicht für intelligent genug, um die Drahtzieherin zu sein.«

»Wer könnte es stattdessen sein?«, fragte Victor.

»Ich habe keine Ahnung«, gestand Lady Elizabeth. »Aber wir werden es herausfinden.«

16

Am Sonntagmorgen wachte ich früh auf. Obwohl ich weniger als acht Stunden geschlafen hatte, fühlte ich mich zufrieden und beschwingt. Meine gute Stimmung hätte man den achttausend Dollar in meiner Handtasche zuschreiben können. Oder der Tatsache, dass ich mal nicht um drei Uhr hatte aufstehen müssen, um Oreo nach draußen zu lassen. Eine Nacht ohne die Pudel war schön, aber seltsam. Es war ein komisches Gefühl, nicht auf den Boden gucken zu müssen, bevor ich die Beine aus dem Bett schwang oder einen Fuß auf die Treppe setzte. Normalerweise bestand die Gefahr, auf einen Pudel zu treten oder über ihn zu stolpern.

Ich duschte und zog eine meiner neuen Errungenschaften an, ein Jeanskleid mit figurbetontem Oberteil und ausgestelltem Rock. Ich trank einen Kaffee und schnupperte an den Blumen, die mich wieder zum Lächeln brachten. Ich schickte Quin eine SMS und bedankte mich.

»Worüber grinst du?« Nana Jo kam herein und setzte sich auf einen Barhocker.

»Über nichts Bestimmtes. Ich bin einfach sehr dankbar.«

Sie trank von dem Kaffee, den ich ihr reichte. »Nun, dafür hast du achttausend Gründe.«

»Ich habe Nachricht von Dawson. Er schreibt, dass sein Vater im Koma liegt und er bei ihm bleiben wird.«

Sie nickte. »Vielleicht können wir ihm später etwas zu essen bringen.«

»Das ist eine großartige Idee.« Ich sah auf die Uhr. »Du solltest heute mit uns in die Kirche gehen. Ich lade dich hinterher zum Essen ein, und dann holen wir die Mädels ab und fahren zu der Trauerfeier in der MISU und anschließend zu Dawson in die Klinik.«

Nana Jo war einverstanden und zog sich an.

Meine Mutter pflegte sonntags in die große Kirche im Zentrum von South Harbor zu gehen. Es war ein weiß gestrichener Backsteinbau mit bunten Fenstern und einem spitzen Glockenturm. Sie war hundertzwölf Jahre alt und seit der Erbauung äußerlich unverändert geblieben. Der Innenraum dagegen war modernisiert worden. Außer der großen alten Orgel gab es nun auch ein Keyboard, einen Synthesizer und ein Schlagzeug.

Der Pastor, der mich und meine Schwester getauft hatte, war vor ein paar Jahren gestorben. Der neue war sehr jung. Seit Pastor Andy Timmons das Amt versah, war die Gemeinde beträchtlich gewachsen. Seine Predigten waren zeitgemäß, ebenso die Musik im Gottesdienst.

Die älteren Gemeindemitglieder, die an die traditionellen Kirchenlieder und Verkündigungen gewöhnt waren, waren unzufrieden und wollten sich mit den Veränderungen nicht anfreunden. Pastor Timmons hatte eine Lösung gefunden, die alle zufriedenstellte. Er hielt nun zwei Gottesdienste ab. Der frühe war traditionell gestaltet mit den alten Kirchenliedern und mit Orgelmusik, der spätere modern mit beschwingter Musik.

Normalerweise fand ich die traditionellen Lieder langweilig und trübsinnig. Heute dagegen trösteten sie mich, und ich sang die Danklieder frohen Herzens mit.

Hinterher aßen wir im *Boulevard Hotel*, einem der ältesten und hübschesten Hotels in South Harbor. Als meine Mutter hörte, dass wir später zum Krankenhaus fahren würden, um Dawson zu besuchen, bestand sie darauf, unterwegs einen Blumenstrauß für ihn zu kaufen. Nana Jo und ich nahmen auch Blumen für Melodys Trauerfeier mit. Wir luden meine Mutter ein mitzukommen, doch sie lehnte mit einer vagen Begründung ab. Ich brachte sie nach Hause und fuhr zur Seniorensiedlung, um die Damen abzuholen.

Wie verabredet, traf ich Jillian und Emma in der Studentenvertretung. Ich war überrascht, auch Zaq anzutreffen, dachte mir aber, dass er wegen Emma und nicht wegen Melody dort war. Die Trauerfeier wurde in der anheimelnden Campus-Kapelle abgehalten. Sie hatte Holzbänke, bunte Fenster und einen kunstvoll geschnitzten Altar aus dunklem Mahagoni und bot nur hundert Leuten Platz, was jedoch in diesem Fall kein Problem war. Etwa zwanzig waren gekommen, obwohl Jillian überall auf dem Campus Flyer aufgehängt und eine Ankündigung in die Unizeitung gesetzt hatte.

Wir mischten uns unter die Leute, konnten aber so gut wie nichts herausfinden. Im Blumengeschäft hatte ich auch ein Gästebuch gekauft, in das man sich eintragen konnte. Ich hatte vor, es später an Cassidy zu schicken.

Ich war enttäuscht über die geringe Beteiligung, bis ich Professor Quin hereinkommen sah. Ich lächelte ihm entgegen und war froh, dass ich eines der neuen Kleider angezogen hatte.

»Hallo, meine Schöne. Sie sehen fantastisch aus.«

»Was für eine nette Begrüßung«, erwiderte ich.

»Ich wette, das sagen Sie zu allen Frauen«, bemerkte Nana Jo lächelnd.

»Nana Jo, das ist Professor Harley Quin. Er hilft mir bei

der Recherche für meinen Roman. Harley, das ist meine Großmutter, Nana Jo.«

»Nett, Sie kennenzulernen« Sie gab ihm die Hand. »Bitte, nennen Sie mich Josephine.« Normalerweise war Nana Jo zu meinen Bekannten sehr nett, doch ihm gegenüber hatte sie einen gereizten Unterton.

Ich wurde rot. Harley zog eine Braue hoch, lächelte aber.

Ein unbehagliches Schweigen stellte sich ein, sodass ich fieberhaft überlegte, was ich sagen könnte. Als ich aufblickte, betrat Russell die Kapelle. »Ist das nicht Virgil Russell?«

Nana Jo sah kurz hin, wandte sich jedoch gleich wieder Harley zu. »Professor Quin, hat Melody nicht bei Ihnen studiert?«

»Ganz recht. Ganz recht. Allerdings habe ich sie nicht gekannt. Ich bin mir nicht einmal sicher, ob ich ihr je persönlich begegnet bin. Wie ich hörte, hat sie kaum Kurse besucht.«

»Und dennoch hat sie in Ihrem Kurs Bestnoten bekommen. Das ist ziemlich seltsam, finden Sie nicht?«

Nana Jo blickte ihn an wie früher einen ihrer Schüler. Sie war groß und konnte sehr einschüchternd wirken, wenn sie wollte, und offenbar wollte sie das jetzt.

»Ich habe schon mit ihm darüber gesprochen. Es hat sich herausgestellt, dass das an einem Computerfehler lag«, sagte ich.

»Hmm … praktisch«, murmelte Nana Jo gerade laut genug, dass Harley es hörte.

Er lachte. »Ich muss zugeben, ich kann mit Computern nicht gut umgehen, und das Programm, das hier in den Staaten benutzt wird, ist ganz anders als das in England.«

»Woher kommen Sie?«, fragte sie.

»Er ist Engländer«, erklärte ich.

»Das höre ich an seinem Akzent.« Nana Jo lächelte. »Ich meinte, aus welcher Stadt in England?«

Er lachte leise. »Aus einem sehr kleinen Ort. Ich bezweifle, dass Sie ihn kennen …«

»Verraten Sie es mir trotzdem.«

»Er ist, wie gesagt, sehr klein … Deering Vale. Schon mal gehört?«

Nana Jo zögerte. »Kommt mir irgendwie bekannt vor.«

»Ein englisches Dorf ist wie das andere. Strohgedeckte Häuschen, eine Kirche, ein Pub und viele Schafe.« Er lachte wieder.

»Was bringt Sie nach North Harbor?«

»Ich recherchiere für ein Buch über das House of David. Faszinierende Materie.«

Ich wich ein wenig hinter ihn zurück und fing Nana Jos Blick auf, zog die Brauen hoch und deutete mit einer Kopfbewegung an, sie solle verschwinden.

Sie sah zur Tür. »Mein Gott, da kommt Stinky Pitt.«

Ich drehte mich um. Detective Pitt stellte sich an die Seitenwand.

Harley schaute erschrocken.

»Tja, es war mir ein Vergnügen, Sie kennenzulernen, Doktor Quin, aber ich muss jetzt gehen und … mit einem Freund sprechen. Entschuldigen Sie mich.«

Als sie fort war, atmete ich auf, und Harley sah mich lachend an. »Ihre Großmutter hat ein starkes Bedürfnis, Sie zu schützen.« Er weitete seinen Kragen, lächelte jedoch weiterhin.

»Es tut mir leid. Sonst ist sie immer sehr freundlich.«

Er legte einen Arm um meinen Rücken und flüsterte an meinem Ohr: »Vielleicht hatte sie bisher nie den Eindruck, dass Sie Schutz benötigen.«

Ich spürte ein Flattern im Bauch, mir wurde warm im Gesicht, und ich merkte, dass ich selig lächelte, war aber machtlos dagegen. Sein Atem strich über meinen Nacken, und ich hörte meinen Puls in den Ohren. Ich drehte den Kopf, um ihm in die Augen zu sehen, und kicherte wie ein Schulmädchen.

Er lächelte und behielt seine Hand an meiner Taille.

Ich war froh, dass der Pfarrer endlich aufstand und alle bat, sich zu setzen.

Mit der Hand an meiner Taille lenkte mich Harley zu einem Platz weit vorn und auf der anderen Seite der Bank, in der Nana Jo und die Damen Platz genommen hatten.

Wir setzten uns.

Jillian las einen Bibeltext vor. Wir sprachen das *Gebet des Herrn*. Der Pfarrer sagte ein paar Worte. Es war klar, dass er Melody nicht gekannt hatte, doch er sprach von einem jungen Leben, das viel zu früh geendet hatte, und von der Verheißung ewigen Lebens im Himmel. Dann bat er jeden, der über Melody etwas sagen wollte, nach vorn zu kommen.

Niemand rührte sich, und ich fürchtete schon, dass es dabei bleiben würde. Als Nana Jo vortrat, hätte meine Verblüffung kaum größer sein können.

»Ich habe Melody erst zwei Tage vor ihrem Tod kennengelernt. Sie war eine intelligente junge Frau und hatte in ihrem Leben schon viele Schwierigkeiten durchgestanden. Trotz jener Hindernisse fand sie eine Möglichkeit, ihren Verhältnissen zu entkommen. Sie hatte sich in ihren jungen Jahren eine gute Menschenkenntnis und allerhand Fähigkeiten angeeignet. Die nutzte sie, um weiterkommen. Sie verfolgte ehrgeizige Pläne. Unglücklicherweise hat jemand ihre Pläne durchkreuzt. Ich finde es immer tragisch, wenn junge Menschen ihr Leben verlieren und keine

Chance mehr haben, es auszukosten und sich zu entwickeln.«

Ich staunte über meine Großmutter. Alles, was sie sagte, war wahr, doch es verbarg sich mehr in ihren Worten, das nur die Eingeweihten verstanden. Sie war brillant.

Nachdem sie den Anfang gemacht hatte, standen noch andere auf und sagten etwas Nettes über Melody, auch Emma und Jillian. Als Letzter redete Virgil Russell. Er schien wirklich zu trauern. Er sprach über Melodys Schönheit und ihre Willensstärke. Am Ende zog er ein Taschentuch hervor und hastete in eine freie Bank.

Als niemand mehr aufstand, dankte der Pfarrer allen für ihr Kommen und ermutigte uns, den Frieden im Wort Gottes zu suchen. Nach dem Schlussgebet entließ er uns.

Irma gesellte sich sofort zu Russell, Nana Jo unterhielt sich mit Stinky Pitt, Dorothy mit Jillian und ein paar Kommilitonen. Alle kamen ihrer Aufgabe nach, nur ich saß bei Harley. Ich bekam ein schlechtes Gewissen. Ich hätte mich darauf konzentrieren sollen, Melodys Mörder zu entlarven.

»Danke für die Blumen. Ein schöner Strauß.«

Er neigte sich zu mir und flüsterte: »Eigentlich wollte ich Sie damit bestechen.«

»Bestechen?«

»Ich hoffe, dass Sie noch mal mit mir ausgehen.«

»Dazu müssen Sie mich nicht bestechen. Sie brauchen mich nur zu fragen.«

»Gut. Wie wär's mit heute Abend?«

»Tut mir leid, da kann ich nicht. Ich muss mich um meinen Mitbewohner Dawson kümmern. Sein Vater liegt im Krankenhaus.«

Harley schaute überrascht. »Wirklich? Kommt er wieder auf die Beine?«

»Das wissen wir nicht. Er wurde angefahren und liegt auf der Intensivstation. Es sieht nicht gut aus.«

»Das tut mir sehr leid.« Er wirkte tatsächlich besorgt. »In welcher Klinik wird er denn behandelt?«

»Im Memorial in River Bend. Wie wär's mit morgen Abend?«, fragte ich.

Er schüttelte den Kopf. »Tut mir leid. Da kann ich nicht. Ich habe für den Kurs, den auch Melody Hardwick besucht hat, eine Übung angesetzt. Dienstag?«

»Da ist unser Frauenabend. Aber am Mittwoch könnte ich.«

»Dann also Mittwoch.«

Ich bedankte mich bei Jillian, weil sie die Mühe auf sich genommen und die Trauerfeier organisiert hatte, und dann stiegen wir ins Auto. Unterwegs zum Krankenhaus hielten wir kurz an, um für Dawson etwas zu essen zu besorgen. Im River Bend Memorial Hospital gab es mehrere Cafeterien und ein Fastfood-Restaurant, doch ich wusste, dass es dort für Dawson zu teuer war. Nana Jo bestand darauf, ihm auch Unterwäsche, Socken, Orangensaft, Erdnussbutter und Doritos zu kaufen, eben die täglichen Notwendigkeiten.

Während der Fahrt berichtete sie uns von ihrem Gespräch mit Stinky Pitt. »Er glaubt jetzt, dass Russell Melody ermordet hat und auch A-Quadrat umbringen wollte. Er wartet noch auf den Untersuchungsbericht zu Russells Wagen und weiß deshalb noch nichts Genaues. Bis dahin überwacht er ihn.«

»Russell schien wirklich um Melody zu trauern«, bemerkte ich.

Irma hustete. »Das stimmt. Ich kann echte von falscher Trauer unterscheiden.« Sie hustete wieder. »Er wusste, dass Melody andere Männer hatte, doch er meinte, zwischen ihnen beiden hätte eine besondere Verbindung bestanden.«

»Oh ja, ganz sicher. Darauf möchte ich wetten«, murmelte Nana Jo. »Der alte Lustmolch.«

»Ich sage ja nur, dass seine Trauer echt ist.« Irma nahm einen Schluck aus ihrem Flachmann.

»Sind Sie sicher, dass das seine Worte waren?«, fragte ich sie.

Irma machte ein beleidigtes Gesicht. »Natürlich bin ich mir sicher. Ich bin nicht senil.« Sie hustete.

»Ich meinte, sind Sie sicher, dass er von ›Männern‹ im Plural gesprochen hat und nicht nur von ›einem Mann‹?« Ich schaute sie im Rückspiegel an und sah, dass sie verstand.

»Er sprach eindeutig von ›Männern‹, also mehr als einem.« Sie hustete.

»Aber das muss nichts heißen«, warf Ruby Mae ein. »Sie kann auch im Laufe der Jahre verschiedene Lover gehabt haben. Heutzutage ist das für junge Frauen nicht ungewöhnlich.«

»Also, ich hatte immer mehr als einen«, prahlte Irma. »Manchmal war es schwer, sie auseinanderzuhalten, doch Mensch, ich hatte meinen Spaß.« Sie lachte und bekam sofort einen Hustenanfall.

Nana Jo starrte mich an. »Du vermutest, dass sie außer Dawson und Russell noch jemanden hatte?«

»Könnte das dieser Trammel Braxton gewesen sein?«, fragte Dorothy.

Ich schüttelte den Kopf. »Nein, ich glaube, das war vorbei.«

Ich fuhr zur Klinik, ließ die Damen vor dem Eingang aussteigen und parkte. Als ich vor der Intensivstation ankam, hatten sich Nana Jo und ihre Freundinnen um Dawson geschart und bemutterten ihn. Er wurde umarmt und geküsst, gefüttert und geliebt. Alle steckten ihm unauffällig einen Geldschein zu. So viel Zuwendung konnte überwältigend sein. Als ich sah, dass ihm Tränen in die Augen stiegen, schlug ich den Damen einen Ausflug zum Geschenkeladen vor.

Sobald sie gegangen waren, setzte sich Dawson neben mich und gab einen schweren Seufzer von sich. »Danke. Die alten Damen sind hinreißend, aber ich fühlte mich schon ein bisschen erdrückt.«

»Sie mögen dich sehr.«

Er nickte. »Ich weiß. Ich sie auch, doch das war ziemlich emotional. Hier kann man nichts tun, als zu grübeln.«

»Hast du schlafen können?«

»Ein bisschen, und das war nicht leicht. Die Schwestern waren supernett. Es gibt einen Ruheraum fürs Personal, dort durfte ich mich hinlegen. Wenn mein Vater auf eine normale Station gebracht wird, kann ich bei ihm auf einer Liege schlafen.«

»Weiß man schon, wann das sein wird?«

Er schüttelte den Kopf.

Wir blieben noch ein wenig und kehrten zurück nach North Harbor. Ich setzte Nana Jo und die Damen vor ihrer Wohnanlage ab und fuhr weiter zu Jenna, um die Pudel abzuholen. Jenna war keine große Hundefreundin, aber mein Schwager Tony hatte ein Herz für Snickers.

Dort angekommen, hörte ich Oreo schon bellen, als ich aus dem Auto stieg. Er empfing mich an der Tür und bellte unaufhörlich, bis wir uns verabschiedeten. Snickers dagegen lag eingerollt auf dem Sofa neben meinem Schwager, der sich ein Footballspiel ansah und Käsecracker aß. Sie nahm meine Ankunft nur flüchtig zur Kenntnis. Ich musste sie sogar hochnehmen und zum Auto tragen, andernfalls wäre sie liegen geblieben. Ihre Zuneigung war von ihrer Laune abhängig und konnte mit Leckerbissen und Kraulen erkauft werden. Beides hatte sie von Tony bekommen.

Zu Hause ließ ich die Hunde kurz in den Garten, bevor ich nach oben ging. Ohne Nana Jo und Dawson kam mir das Haus verlassen vor. Es war beruhigend, durchs Fenster das warme Licht in seinem Apartment zu sehen. Nana Jo hatte ihr eigenes Haus in der Seniorenwohnanlage, doch seit dem Mordfall im Sommer schlief sie meistens bei mir. Und jetzt, da sie nicht da war, wurde mir bewusst, wie viel Kraft sie mir gab.

Ich versuchte, in den Schlaf zu finden, aber mich beunruhigte etwas, was ich beim besten Willen nicht zu fassen bekam. Ich ging die Informationen des Tages noch einmal durch. Es musste etwas sein, was ich bei der Trauerfeier gehört hatte. Doch je beharrlicher ich dem nachspürte, desto mehr entzog es sich mir. Daher beschloss ich, mich auf etwas ganz anderes zu konzentrieren, und nahm meinen Laptop auf den Schoß.

Lady Penelope ging die Hintertreppe hinunter in das Dienstbotenzimmer. Es war einige Zeit her, seit sie zuletzt dort unten gewesen war. Als sie am Fuß der Treppe um die Ecke bog, kam sie nicht umhin, zu der Stelle zu blicken, wo sie als Kind gestürzt war. Sie hatte sich damals den Kopf angeschlagen, und ihre Lippe war aufgeplatzt. Das war das einzige Mal gewesen, dass sie Thompkins nahezu konfus erlebt hatte.

Er war davongeeilt, um den Doktor zu rufen, hatte aber lange genug innegehalten, um die Hausmädchen zu schelten, weil sie den Boden so stark gebohnert hatten, dass man darauf ausrutschte. Mrs McDuffie war als Einzige ruhig geblieben. Sie hatte das weinende Mädchen auf den Schoß genommen und in den Schlaf gewiegt, während sie die Blutung mit einem Handtuch stillte.

Thompkins und die übrigen Diener beendeten gerade ihre

Mahlzeit, standen aber augenblicklich auf, als sie Lady Penelope sahen.

»Es tut mir schrecklich leid. Ich wollte Sie nicht beim Frühstück stören.«

»Können wir etwas für Sie tun, Lady Carlston?«, fragte Thompkins.

Penelope war erst seit ein paar Monaten verheiratet und freute sich jedes Mal, wenn sie mit diesem Namen angesprochen wurde. Doch sie unterdrückte das Lächeln und schaute in die Gesichter. »Ich möchte mit Ihnen allen sprechen. Bitte nehmen Sie wieder Platz.« Sie setzte sich ebenfalls an den großen Tisch, denn solange sie das nicht tat, würden alle stehen bleiben.

Die Dienstboten blickten ratlos zu Thompkins, der ihnen daraufhin dezent bedeutete, dass sie der Bitte nachkommen durften.

»Sie werden sicher von dem tragischen Vorfall gehört haben«, begann Penelope.

Alle nickten.

»Nun, wir hoffen, dass Sie uns bei der Aufklärung helfen können.«

Thompkins hüstelte leise. »Wir werden selbstverständlich gern in jeder Weise behilflich sein.«

Penelope blickte die anderen an und sah verwirrte Mienen. »Vielleicht berichten Sie mir jede Beobachtung, die Ihnen ungewöhnlich erschienen ist.« Sie lehnte sich zurück.

Die Diener sahen einander an. Eines der Hausmädchen wand sich verlegen.

Mrs McDuffie ergriff das Wort. »Nun, ich weiß nicht viel, das Ihnen helfen könnte. Wir können über das Flittchen wenig sagen.«

»Mrs McDuffie«, mahnte Thompkins.

Penelope hob lächelnd die Hand. »Keine Sorge, Thompkins. Ich gebe es nur ungern zu, aber wir konnten sie auch nicht gut leiden.« Sie neigte sich zu der Haushälterin. »Bitte fahren Sie fort.«

»Tja, wir haben kaum etwas über sie erfahren. Sie glaubte, sie wäre zu gut für unsereins.«

»Wieso meinen Sie das?«, fragte Penelope.

Flossie beugte sich nach vorn. »Das lag an der Art, wie sie redete, Ma'am.« Flossie reckte die Nase und guckte überheblich, um die Zofe nachzuäffen. »Ihre königliche Hoheit wünscht ihren Kaffee ohne Zucker.«

Die anderen kicherten.

Jim steuerte seinen Eindruck bei. »Ich hab versucht, mit ihr ins Gespräch zu kommen, als sie ankam, doch sie hat mir die kalte Schulter gezeigt und klargemacht, dass ich nicht mal gut genug bin, um ihre Schuhe zu polieren.«

Die Haushälterin rümpfte die Nase. »Und dabei ist unser Jim einer der besten Werfer Englands.«

Frank lachte leise. »Ich glaube nicht, dass sie was für Kricket übrig hatte.«

Flossie stieß Gladys in die Rippen und schoss ihr einen ernsten Blick zu.

Gladys blickte auf und holte tief Luft. »Ich habe auch versucht, mit ihr zu reden, nur aus Freundlichkeit. Hab ihr angeboten, ihr beim Auspacken zu helfen, doch sie sagte, sie braucht nicht auszupacken. Sie wollte nicht lange hierbleiben. Sie würde reich werden und in ihr eigenes Herrenhaus ziehen, wo sie dann eigene Dienstboten hätte.«

»Pah!« Mrs McDuffie schnaubte.

»Tatsächlich? Sie hat nicht zufällig erwähnt, wie sie das anstellen wollte?«, hakte Penelope nach.

Gladys schüttelte den Kopf. »Ich bedaure, Mylady. Das hat sie nicht ausgeführt. Nur, dass sie ihre Herrin beobachtet und ihr Benehmen nachahmt. Und sie meinte …« Sie wurde rot.

»Keine Sorge, Gladys. Sie können beruhigt wiederholen, was sie sagte.« Penelope lächelte sie an.

»Tja, sie meinte, wenn eine geschiedene Amerikanerin einen

König ergattern kann, dann müsste sie sich doch wohl einen Lord angeln können.«

Thompkins schnappte nach Luft.

Die Haushälterin schnaubte.

»Auf welchen Lord sie es abgesehen hatte, erwähnte sie nicht?«

Gladys schüttelte den Kopf. »Nein, Ma'am.«

Flossie machte ein verlegenes Gesicht und holte tief Luft. »Ich glaube, ich weiß es, Miss.« Sie blickte zu Thompkins, der daraufhin nickte. »Na ja, ich hab Mr Thompkins erzählt, dass ich gesehen habe, wie Lord Chitterly aus dem Zimmer der Herzogin kam.«

»Ja. Davon wissen wir«, erwiderte Penelope.

»Aber das war gar nicht das Zimmer der Herzogin. Es war Rebeccas Zimmer. Sie und die Herzogin hatten offenbar getauscht. Ich bin reingegangen, um sauber zu machen, und hab Rebecca gesehen. Sie hatte nichts an.«

Mrs McDuffie keuchte. »Die kleine Hure.«

»Aber ich verstehe nicht«, murmelte Penelope.

»Sie sagte, die Herzogin wollte das Zimmer neben dem deutschen Kerl, und ihrer Herrin sei es egal, dass das andere Zimmer kleiner ist. Also haben sie getauscht.«

»Demnach war Lord Chitterly bei Rebecca und nicht bei der Herzogin?«, fragte Penelope.

Flossie nickte. »Ja, Mylady.«

Penelope nickte nachdenklich. »Sehr interessant.«

Während Penelope sich im Dienstbotenzimmer aufhielt, fuhr Victor zu Scotland Yard, um mit Detective Inspector Covington zu sprechen. Er war zum ersten Mal dort und fand die vielen modernen Geräte faszinierend. Wohin er auch blickte, sah er neueste Technik. So gelangte er zum Schreibtisch des Detective Inspector.

Sie gaben sich die Hand. »Mein Gott, ich hatte keine Ahnung, was es alles gibt. Kein Wunder, dass der Yard diesen Ruf hat.«

Covington lächelte. »Das zwanzigste Jahrhundert hat schon hervorragende Technik hervorgebracht, doch es geht nichts über gute, altmodische Polizeiarbeit.« Er bot Victor einen Stuhl an.

Sobald sie beide saßen, fuhr er fort: »Aber Sie sind sicher nicht den weiten Weg hierher gefahren, um mit mir über die neueste Technik zu plaudern.«

Auf der Fahrt in die Stadt hatte Victor sich allerhand Vorwände für seinen Besuch überlegt. Als er dem Detective Inspector jetzt gegenübersaß, fand er keinen mehr glaubwürdig. »Nun ja, eigentlich möchte ich fragen, ob Sie schon wissen, mit welcher Waffe die Zofe erschossen wurde.«

Covington sah sich unauffällig um. »Ich arbeite nicht mehr an dem Mordfall. Ich muss einen Fall von Wilderei in Shrewsbury aufklären.«

Victor sah ihn entgeistert an. »Wilderei?«

»Ja. Eine ernste Sache, die Wilderei.«

»Aber Mord sollte doch sicherlich Vorrang haben?« Victor konnte sein Erstaunen nicht verbergen.

Covington schaute sich noch einmal um. Er zog eine Mappe aus einer Schublade und legte sie auf den Schreibtisch. »Tja, Sie wissen, für Wilderei kommt man auch an den Galgen. Das bedroht die Autorität der britischen Regierung.« Er zwinkerte. »Nichts ist so wichtig, wie Wilderer aufzuspüren.« Er tippte auf die Mappe und schob sie ein Stück von sich. »Wie wär's mit einem Schluck Tee?«

Victor nickte. »Ja. Keine schlechte Idee.«

Covington stand auf. »Leider ist die Kantine am anderen Ende des Gebäudes. Es dauert wenigstens zehn Minuten, bis ich mit dem Tee wieder hier bin. Kommen Sie so lange allein zurecht?«

»Durchaus, danke«, antwortete Victor.

Covington ging in gemütlichem Tempo den Flur hinunter.

Sowie er weg war, griff Victor nach der Mappe und schlug sie auf.

Er war fort, bevor Detective Inspector Covington zurückkam.

Wickfield Lodge war u-förmig gebaut, und die Zimmer der Marshs lagen in dem einen, die der Gäste in dem anderen Flügel. Lord William war die Aufgabe zugefallen, mit Lord Charles zu sprechen. In seinem gegenwärtigen Zustand war es ihm unmöglich, sich zu Chitterlys Zimmer zu begeben. Daphne bot sich an, den Gast zu ihm zu bitten.

Sie stand schließlich vor dem Zimmer, das nun die Chitterlys bewohnten. Als sie die Hand zum Klopfen hob, öffnete sich eine benachbarte Tür, und James kam heraus. Daphne lächelte unwillkürlich, bis ihr einfiel, dass dies nicht mehr sein Zimmer war. Nein, ganz und gar nicht. Sie dachte einen Moment lang nach und erinnerte sich an die geänderten Arrangements, von denen ihre Tante gesprochen hatte. Dieses Zimmer gehörte jetzt Virginia Hall.

Er bemerkte sie und besaß den Anstand zu erröten. »Daphne. Was tust du hier?«

»Ich hole Lord Charles. Mein Onkel möchte mit ihm sprechen.« Sie klopfte an.

»Ich kann das erklären.«

»Nicht nötig.«

Chitterly öffnete die Tür. »Ja?«

»Mein Onkel hatte gehofft, Sie würden ihm beim Tee Gesellschaft leisten. Er hatte einen Gichtanfall und ist zurzeit auf sein Zimmer beschränkt. Aber wenn Sie nichts dagegen haben, führe ich Sie gern zu ihm.«

Lord Charles lächelte. »Nichts lieber als das, meine Teuerste.«

Daphne nickte James zu und ging mit dem Gast den Flur hinunter.

17

Am Montagmorgen musste ich in den Alltag zurückkehren. Die Herbstferien waren vorbei, die Zwillinge wieder an der Uni. Nana Jo hatte versprochen, gegen Mittag zu kommen und mir ein paar Stunden Pause zu ermöglichen. Der Vormittag verlief zäh, und meine Neffen und Dawson fehlten mir bald sehr. Nicht nur wegen ihrer Hilfe, sondern auch weil es schön war, mit ihnen zusammen zu sein.

Dawsons Gebäckvorrat war inzwischen aufgebraucht, und deshalb hatte ich bei einer Bäckerei in South Harbor Kleingebäck bestellt. Es schmeckte gut, doch ihm fehlte das gewisse Etwas, das Dawsons Plätzchen auszeichnete. Oder war ich voreingenommen?

Nana Jo kam pünktlich um zwölf. Ich ging zur Bank und löste den Scheck vom Casino ein, den ich das Wochenende über mit mir herumgetragen hatte. Anschließend fuhr ich zu einem Fast-Food-Restaurant und kaufte mir ein Sandwich. Auf dem Rückweg zur Buchhandlung fiel mir auf dem Parkplatz eines großen Autohändlers ein roter Ford Escape ins Auge.

Ehe ich wusste, was ich tat, bog ich in die Einfahrt. Kaum stieg ich aus, schwärmten Verkäufer wie Heuschrecken auf mich zu. Nach meiner persönlichen Überzeugung gibt es einen speziellen Kreis der Hölle, wo sich die Bewohner permanent mit Autoverkäufern herumschlagen müssen, weil sie ihren eigenen Wagen loswerden oder einen neuen kaufen wollen. Er befindet sich direkt über der, wo man seine Sünden büßt, indem man ein neues Haus kauft und das alte verkauft.

In meiner Ehe war Leon derjenige gewesen, der sich um derlei Dinge kümmerte. Doch ich war ein großes Mädchen und wollte mich nicht einschüchtern lassen.

»Ich schaue nur!«, rief ich und zeigte auf einen Verkäufer. »Wie heißen Sie?«

»Bob.« Er trat näher und gab mir die Hand. Dabei setzte er schon zu seinem Verkaufssermon an, doch ich unterbrach ihn mit erhobener Hand.

»Bob. Ich möchte mir SUVs ansehen. Ich möchte nicht bedrängt werden. Laufen Sie nicht hinter mir her, helfen Sie mir nicht. Wenn ich Sie brauche, komme ich auf Sie zu. Einverstanden?« Ich blickte die Verkäufer alle der Reihe nach an. Sie nickten und zogen sich zurück.

Auf der einen Seite des Parkplatzes standen die Neuwagen, auf der anderen die gebrauchten. Der rote Escape war ein Jahr alt und achtundvierzigtausend Kilometer gelaufen. Er hatte ein gläsernes Schiebedach, Ledersitze und jede Menge anderen Schnickschnack, von dem ich noch nie gehört hatte. Ich entdeckte Bob drei Autoreihen entfernt und winkte ihn zu mir.

Er kam im Laufschritt zu mir. »Kann ich Ihnen helfen?«, fragte er schnaufend.

»Ja. Ich habe eine Frage.«

Bob gab mir jede gewünschte Auskunft und ging im Büro den Schlüssel holen, damit ich eine Probefahrt unternehmen konnte. Ich zeigte ihm meinen Führerschein, worauf er ein Nummernschild an die Heckscheibe klemmte und mir einen Schlüsselanhänger gab. Ich starrte das Ding an. Daran hing kein Schlüssel.

Bob lachte und erklärte, ich müsse nur den Startknopf drücken, und solange ich das Ding bei mir hätte, würde der Wagen reagieren. Die Türen entriegelten sich. Der Motor sprang an. Es war wie Magie.

Ich drehte eine große Runde um den Block mit einem kurzen Abstecher auf die Interstate 94. Es verblüffte mich, wie leise der Motor war und wie glatt der Wagen fuhr. Bob redete derweil unterunterbrochen und erklärte jede Besonderheit, die mich seiner Ansicht nach vom Kauf überzeugen könnte. Er ahnte nicht, dass er mich bereits beim Scheibenwischerintervall und der Lichtautomatik überzeugt hatte. Ich wäre schon zufrieden gewesen, wenn der Wagen einen Warnton abgab, sobald ich beim Aussteigen das Licht brennen ließ. Doch die Scheinwerfer schalteten sich von selbst ein und aus, wie von Zauberhand.

Als wir wieder auf dem Hof standen, fragte Bob, ob ich einen alten Wagen in Zahlung geben wolle. Ich ging mit ihm zu meinem CR-V und war beleidigt, als er fragte, ob ich ihn reparieren lassen wollte, bevor er mir einen Preis nannte.

»Wenn ich ihn reparieren lassen wollte, würde ich mir kein neues Auto kaufen.« Ich stellte heraus, dass an dem Honda alles dran war, und zeigte ihm die Knöpfe im Aschenbecher.

Ich sah auf die Uhr. Es war höchste Zeit, zur Buchhandlung zurückzufahren. Bob tat sein Bestes, damit ich blieb und den Kauf abschloss, unter anderem schlug er mir vor, den SUV anzuzahlen, damit ihn mir niemand wegschnappte. Ich lehnte ab. Wenn er in ein paar Stunden weg sei, dann sollte es eben nicht sein, erwiderte ich.

Als ich mein Geschäft betrat, blickte mich Nana Jo nur

einmal kurz an und wusste, dass etwas los war. Eigentlich hatte ich sie mit dem neuen Auto überraschen wollen, aber sie hatte mir von jeher ansehen können, wenn ich etwas verheimlichte.

»Das wurde auch Zeit«, neckte sie mich, als ich von dem Ford erzählte. »Du kannst wieder hinfahren, ich halte hier die Stellung.«

Im Laden war nichts los. Nana Jo hatte sogar in einer Kurzgeschichtensammlung von Agatha Christie lesen können, *Der seltsame Mister Quin*. Doch nachdem ich ihr von dem Wagen erzählt hatte, wollte ich, dass sie ihn begutachtete, bevor ich mich zum Kauf entschloss. Ich wollte ihre Zustimmung.

Die Stunden bis Ladenschluss vergingen im Schneckentempo. Als es endlich so weit war, sausten wir zu dem Autohändler. Mein roter SUV stand noch da, wo ich ihn geparkt hatte, und ich atmete erleichtert auf.

Nana Jo bestärkte mich, ihn zu kaufen. Ich hatte einige Formulare zur Finanzierung ausgefüllt, bevor ich gegangen war, und als wir zusammen das Büro betraten, erfuhr ich, was ich für meinen CR-V bekommen und wie hoch die Abzahlungsrate sein sollte.

Wenn Bob glaubte, ich wäre vorhin hart aufgetreten, so merkte er nun, dass ich verglichen mit Nana Jo ein leichter Gegner war. Sie rief auf ihrem Handy ein paar Webseiten auf, und am Ende der Verhandlung bekam ich den Wagen für fünftausend Dollar weniger und den Kredit um zwei Prozent günstiger. Wir luden meine Sachen aus dem Honda in den Ford um, und es tat mir ein bisschen weh, als ich einen letzten Blick auf meinen alten Wagen warf. Lächelnd gab ich ihm einen Klaps. »Du hast mir treu gedient.«

Ich leistete allerhand Unterschriften, schüttelte Bob die Hand und fuhr in meinem neuen SUV von dort weg.

»Öffne das Schiebedach«, drängte Nana Jo. »Lass uns die Mädels abholen und eine Runde drehen.«

Bevor wir den Weg dorthin einschlagen konnten, rief Dawson an. Das Klingeln tönte aus den Lautsprechern der Stereoanlage.

»Was um alles in der Welt …«

Nana Jo lachte. »Du hast Bluetooth. Ich habe dein Handy mit dem Wagen synchronisiert, während du mit Bob gesprochen hast. Drück auf den Knopf da.« Sie zeigte darauf.

Ich tat es und hörte Dawsons Stimme aus den Lautsprechern. »Jemand hat versucht, meinen Dad umzubringen.«

»Oh mein Gott. Bist du unverletzt?«

»Ja, mir geht's so weit gut.«

»Ruf die Polizei an. Wir sind in dreißig Minuten da.«

18

An den Parkvorgang am Krankenhaus konnte ich mich anschließend nicht mehr erinnern. Von dem Moment an, da ich im Auto das Telefonat beendet hatte, bis zu dem, da ich Dawson in der Klinik in die Arme schloss, klaffte eine Lücke. Dawson war einen Kopf größer als ich und wahrscheinlich fünfzig Kilo schwerer, aber als ich die Arme um ihn legte, stützte er sich auf mich und weinte. Ich musste meine ganze Kraft aufbringen, um weiter aufrecht zu stehen. Und während dieser Augenblicke – Minuten, Stunden, ich weiß nicht, wie lange wir da standen – fühlte ich es deutlich: Dawson Alexander würde immer zu meiner Familie gehören, und ich würde alles tun, um ihn zu schützen.

Als Dawson sich gefasst hatte, richtete er sich auf, und ich betrachtete sein Gesicht. Er sah mitgenommen aus, hatte dunkle Ringe unter den Augen.

Nana Jo drückte ihn herzlich, zog seinen Kopf zu sich herunter und blickte ihm in die Augen, als wollte sie in seine Seele schauen. »Du siehst schrecklich aus. Du brauchst eine gute Mahlzeit und Schlaf.«

Dawson küsste sie auf die Wange. »Ich komme zurecht, Mrs T.«

»Was ist passiert?«, fragte ich.

Er fuhr sich durch die Haare. »Ich habe im Aufenthaltsraum auf einem Sofa gelegen und ferngesehen.« Er senkte den Blick. »Ich hätte auf ihn aufpassen sollen.«

»Du darfst dir nicht die Schuld geben.« Ich strich ihm über die Schulter und hoffte, ihn zu beruhigen, obwohl ich daran zweifelte. Ich hatte mich auch schuldig gefühlt, nachdem mein Mann mitten in der Nacht gestorben war. Ich hätte bei ihm sein müssen, hatte ich damals gedacht. Ich hätte den Tod in die Flucht schlagen müssen. Ich hätte Leon zwingen sollen, regelmäßig zum Arzt zu gehen. Reue war die Bürde des Überlebenden. Wie Krebs nistete sie sich in den Gedanken ein und zehrte an Einsicht und Vernunft. »Dein Vater lebt noch. Richte deine Gedanken darauf.«

Dawson holte tief Luft. »Einer der Pfleger kam zu mir und sagte, am Empfang sei etwas für mich abgegeben worden.«

»Das ist sonderbar. Wird so etwas nicht auf die Station gebracht?«, fragte ich.

»Das dachte ich auch, aber er meinte, der Mann hätte ausrichten lassen, es käme von Ihnen. Außerdem hatten die Praktikanten schon Feierabend. Ob ich kurz runterkommen und es mir holen könnte. Sonst würde es am nächsten Morgen nach oben gebracht. Ich dachte, Sie haben mir vielleicht wieder eine Pizza liefern lassen wie gestern Abend.«

Ich runzelte die Stirn. Ich hatte Dawson keine Pizza bringen lassen, doch offenbar jemand anders.

»Ich bin nach unten gegangen. Da wusste keiner was von einer Lieferung.« Er blickte auf und zeigte den Flur hinunter. »In dem Moment habe ich den gesehen.«

Wir schauten in die gewiesene Richtung und entdeckten Virgil Russell an einem Schreibtisch in einem kleinen Raum der Schwesternstation. Sein Hemd war voller Blut.

Er hielt sich ein blutiges Handtuch an die Nase und hatte den Kopf in den Nacken gelegt.

»Russell?«, hakte Nana Jo nach.

Dawson nickte. »Er behauptet, ich hätte ihm eine Nachricht geschickt, hab ich aber nicht. Daraufhin rannten wir nach oben, und da war die Hölle los. In Dads Zimmer blinkten lauter Lämpchen, die Apparate piepten laut. Sein Bett war umringt von Ärzten und Schwestern, die alles Mögliche mit ihm machten.« Er sah auf seine Hände. »Da habe ich dem Kerl eine verpasst.«

»Gut«, sagte Nana Jo.

»Du solltest ihn nicht zu Gewalt ermutigen.«

Sie rümpfte die Nase.

Der Aufzug öffnete sich. Stinky Pitt kam mit einem Streifenpolizisten heraus und auf uns zu.

Zugleich verließ ein Arzt das Krankenzimmer und wechselte mit ihnen ein paar Worte. Der Uniformierte stellte sich vor die Tür. Detective Pitt und der Arzt traten zu uns.

»Ihr Vater hat knapp überlebt. Hätte er nicht im Koma gelegen, wäre er jetzt tot. Tatsächlich kann ich mir nicht ganz erklären, wieso er noch lebt. Er ist ein Kämpfer. In den nächsten vierundzwanzig Stunden werden wir mehr wissen. Jetzt können wir erst mal nur warten.« Der Arzt ließ uns allein.

Detective Pitt wollte wissen, was sich abgespielt hatte. Dawson wiederholte, was er uns erzählt hatte. Pitt stellte ein paar Fragen und ging, um Russell zu vernehmen.

Nana Jo schlenderte nahe der Schwesternstation auf und ab, in der Pitt und Russell miteinander sprachen. Als ich begriff, was sie tat, bat ich Dawson, kurz zu warten, und gesellte mich zu ihr. Leider bemerkte Pitt uns und schloss die Tür.

Eine der Schwestern hinter dem Pult blickte auf. Ich fand sie sympathisch und hatte sie schon bei meinem vorigen Besuch gesehen. Sie zwinkerte mir zu, legte einen Finger an die Lippen und bedeutete uns mitzukommen. Sie führte uns um die Ecke hinter die Schwesternstation. Dort gab es eine Kammer, in der ein Kühlschrank und eine Mikrowelle standen und die eine Durchreiche mit Schiebetür hatte. Die stand einen Fingerbreit offen, sodass wir jedes Wort hören konnten, das nebenan gewechselt wurde. Wir sagten lautlos Danke. Die freundliche Krankenschwester lächelte uns an und kehrte an ihr Pult zurück.

»Sie sind hergekommen, um die Sache zu Ende zu bringen, hm?«, sagte Detective Pitt.

»Ich habe den Mann nicht angerührt«, beteuerte Russell gedämpft durch das Handtuch.

»Was hat Sie heute Abend hergeführt?«

»Hab eine Nachricht von Dawson gekriegt, dass er sich hier mit mir treffen will. Er wollte über Melody reden.«

Nana Jo und ich wechselten einen Blick.

»Haben Sie die Nachricht noch?«

Wir hörten Kleidung und dann Papier rascheln.

»Haben Sie ihn darauf angesprochen?«

»Er ließ mich ja nicht dazu kommen.«

Wir hörten die Tür der Schwesternstation aufgehen und zufallen und eilten um die Ecke zurück in den Gang, in dem Dawson auf dem Sofa saß.

Detective Pitt stand bereits dort. »Wo sind Sie beide gewesen?«, wollte er wissen.

»Auf der Toilette. Ich habe eine schwache Blase«, behauptete Nana Jo. »Die kommt mit dem Alter.«

»Und Sie haben auch eine schwache Blase?«, fragte er mich.

»Das geht Sie wohl kaum etwas an«, erwiderte ich.

»Frauen gehen gern zu zweit zur Toilette«, erklärte Nana Jo. »Das dürfte dir auch schon aufgefallen sein, Stinky Pitt.«

Eine leichte Röte kroch dem Detective den Hals hinauf. Ob aus Ärger über mich oder über Nana Jo, hätte ich nicht sagen können.

Er wandte sich Dawson zu und hielt ein Blatt Papier hoch. »Haben Sie das geschrieben?«

Dawson griff danach, doch Detective Pitt zog den Zettel weg. »Nur gucken, nicht anfassen. Möglich, dass Fingerabdrücke drauf sind.« Er hielt das Blatt mit spitzen Fingern an einer Ecke vor ihn, damit er lesen konnte, was darauf stand.

Ich verrenkte mir fast den Hals, um mitzulesen, aber Nana Jo war geschickter. Sie zog ihr Handy hervor und fotografierte den Zettel, bevor Detective Pitt wusste, wie ihm geschah. Sie vergrößerte die Aufnahme mit zwei Fingern, und ich blickte ihr über die Schulter und las:

Wenn Sie wissen wollen, was mit Melody passiert ist, kommen Sie um neun in die Eingangshalle der Klinik.

Die Nachricht stand auf einem Briefbogen des Krankenhauses und war nicht unterschrieben.

»Was denkst du?«, fragte Nana Jo.

»Bin mir nicht sicher. Ein Ablenkungsmanöver?«

»Ja, der Gedanke ist mir auch gekommen. Oder es steckt mehr dahinter.«

»Was Sie nicht sagen«, brummte Detective Pitt. »Haben Sie das geschrieben?«, wollte er von Dawson wissen.

Der schüttelte den Kopf. »Nie zuvor gesehen.«

Ich wandte mich an den Detective. »Wann hat Russell die Nachricht bekommen?«

Pitt sah mich verwirrt an, drehte sich um und ging in den Raum, in dem Virgil Russell saß, sprach mit ihm und kehrte zurück. »Er hat sie unterm Scheibenwischer am Auto gefunden.«

»Aber ich habe das Krankenhaus nicht mehr verlassen, seit mein Vater eingeliefert wurde«, sagte Dawson.

»Woher kann der Mörder gewusst haben, dass A-Quadrat hier liegt?«, fragte Nana Jo. »Das hat nicht in der Zeitung gestanden.«

Pitt wandte sich an Dawson. »Haben Sie es jemandem erzählt?«

»Nein. Wie gesagt, ich habe das Krankenhaus nicht verlassen.« Dawson biss wütend die Zähne zusammen.

»Ich könnte es ein paar Leuten gegenüber erwähnt haben.« Ich hoffte inständig, dass ich den Anschlag damit nicht ermöglicht hatte.

»Gegenüber wem?« Pitt schaute nicht gerade verständnisvoll.

»Nun ja, meiner Schwester und meinen Neffen gegenüber. Und wohl auch Emma und Jillian sowie den Freundinnen meiner Großmutter und Professor Quin gegenüber.«

»Warum haben Sie keine Anzeige in die Zeitung gesetzt? Das wäre effektiver gewesen.«

»Schluss damit. Siehst du nicht, dass sie völlig zerknirscht ist?« Nana Jo legte mir tröstend einen Arm um die Schultern.

Detective Pitt brummte. »Stand Virgil Russell dabei zufällig in der Nähe?«

Ich überlegte. »Er könnte es gehört haben, als ich es Professor Quin bei der Trauerfeier erzählte.«

Pitt stellte noch ein paar Fragen, dann holte er Russell aus dem Raum und bat ihn mitzukommen, er müsse auf dem Revier seine Aussage aufnehmen. »Da können Sie auch gleich Mr Alexander wegen Körperverletzung anzeigen, wenn Sie wollen.«

Nana Jo funkelte Stinky Pitt böse an. Ich ergriff Dawsons Arm.

Russell starrte Dawson an, der nicht im Mindesten reumütig wirkte. Vielmehr sah er aus, als täte er nichts lieber, als ihm noch eine zu knallen. Er und Dawson blickten einander an wie zwei Boxer vor dem Kampf, die ihren Gegner einschätzen. Dabei passierte etwas. Vielleicht erkannte Russell, dass Dawson jünger, größer und stärker war als er. »Nö, ich zeige ihn nicht an.«

Stinky Pitt ging mit ihm zum Aufzug.

»Was ist hier gerade passiert?«, wunderte sich Nana Jo, nachdem sich die Aufzugtür hinter den beiden geschlossen hatte.

»Ich habe keine Ahnung.«

Nana Jo und ich boten Dawson an, im Krankenhaus zu bleiben, doch er drängte uns heimzufahren.

»Ich weiß es zu schätzen, dass Sie extra meinetwegen hierbleiben wollen, aber ich komme klar. Der Mörder kann jetzt nicht mehr an ihn heran. Hier sind alle wachsam. Da steht ein Cop vor dem Zimmer, und ich lasse mich nicht noch mal weglocken.«

»Aber wir möchten helfen«, sagte ich.

Dawson sah mich eindringlich an. »Dann finden Sie den Mörder.«

Nana Jo und ich überlegten unterwegs gemeinsam, ob Russell die Nachricht selbst geschrieben hatte oder ob sie von jemand anderem stammte, kamen jedoch zu keinem Ergebnis. Für alle Fälle schickte sie mir die Aufnahme des Zettels aufs Handy. Ich versuchte auch dahinterzukommen, was mich im Hinterkopf beschäftigte, und endete jedes Mal bei zwei Fragen: Konnte A-Quadrat wirklich wissen, wer Melody ermordet hatte? Und wieso hatte der Mörder jetzt erst versucht, ihn zu töten?

Es war sehr spät oder sehr früh, als wir zu Hause ankamen. Snickers und Oreo schliefen tief und fest. Sie wurden nicht einmal wach, als wir das Licht einschalteten. Ich musste sie sogar nach draußen tragen, damit sie ihr Geschäft verrichteten. Danach liefen sie sofort ins Schlafzimmer und legten sich in ihre Betten, aber ich versuchte erst gar nicht zu schlafen.

»Wallis behauptet, dass sie sich die ganze Nacht mit Graf Rudolph unterhalten hat.« Lady Elizabeth schürzte die Lippen und strickte weiter.

Penelope zog die Brauen hoch. »Unterhalten? Wirklich? Und das mussten sie in seinem Zimmer tun?«

»Das sagt sie, Liebes.«

Beim Tonfall ihrer Tante schaute Penelope sie ungläubig an. »Sag mir nicht, du glaubst ihr.«

Lady Elizabeth strickte ein paar Maschen und hielt inne. »Tatsächlich tue ich das.«

»Aber das ist verrückt. Warum sollte sie sich dazu in seinem Zimmer aufhalten wollen? Für ein Gespräch gibt es hundert geeignete Räume in diesem Haus.«

»Das ist wohl wahr, Liebes, doch du musst bedenken, Wallis versuchte, ein Abkommen auszuhandeln. Sie brauchten einen Ort, an dem sie wirklich unter sich sein konnten.« Lady Elizabeth sah ihre Familie an. »Ich will nicht sagen, dass das klug war, doch ich glaube ihr, wenn sie sagt, dass sie keine Affäre mit dem Deutschen hatte.«

»Obwohl sie sich ihm praktisch an den Hals wirft, seit er hier ist?«, fragte Penelope.

»Ja. Wallis ist keine Schönheit. Sie flirtet viel und versteht es, Männer anzuziehen. Doch sieh dir nur an, auf welchen Typ Mann sie wirkt.«

»Ich verstehe nicht ganz, meine Liebe.« Lord William, der in seinem Bett saß und das Bein auf ein Kissen gelegt hatte, sah seine Frau fragend an.

»Ich denke, ich weiß, was du meinst«, bemerkte Daphne an ihrem Fensterplatz. Sie hielt einen großen Block auf dem Schoß und schien zu zeichnen. »Sie flirtet mit Männern, die nicht besonders klug und die auch nicht … sehr männlich wirken.«

»Genau.« Lady Elizabeth lächelte ihre Nichte an. »Seien wir ehrlich: David ist nicht für sein Denkvermögen bekannt. Er war immer ein wenig verzogen«, sagte sie nachdenklich. »Er liebte Frauen, Tanzen, Trinken, Geselligkeit. Er war ein Playboy.«

Victor stand an der Wand und rauchte. »Er war der König. Er hätte jede Frau haben können, die er wollte.«

Lady Elizabeth strickte weiter. »Und welche hat er gewählt? Eine verheiratete Frau mit zwei noch lebenden Ehemännern. Er konnte unmöglich annehmen, weiter als Oberhaupt der Kirche von England zu regieren.«

Daphne sah ihre Tante an. »Du meinst, er hat Wallis geheiratet, um abdanken zu können?«

»Ja.«

»Und warum hat sie ihn geheiratet?«, fragte Penelope.

Lady Elizabeth strickte, ohne aufzublicken. »Ich denke, Wallis gehört zu den Frauen, die immer die falschen Männer anziehen. Sie will keinen starken Mann. Sie will einen, den sie manipulieren und beherrschen kann, einen, der sie nie lieben wird, nicht auf die wirkliche Art, wie ein Mann eine Frau liebt.« Eine leichte Röte zeigte sich auf ihren Wangen.

Ihr Gatte beschäftigte sich mit seiner Pfeife. »Hol's der Kuckuck!«

»In David hatte sie jemanden gefunden, der eine Mutterfigur braucht. In Graf Rudolph … nun, ich vermute, er interessiert sich nicht für das andere Geschlecht.«

»Heiliger Strohsack«, murmelte Lord William.

»Er ist ein wenig dandyhaft«, warf Victor ein.

»Das erklärt, warum er mir keine Avancen gemacht hat«, bemerkte Daphne. »Die meisten Männer tun das, er jedoch nicht.« Sie schaute sehr ernst.

Die anderen blickten sie mehrere Sekunden lang an, bis ihnen das Zucken ihrer Mundwinkel auffiel, und im nächsten Moment lachte sie.

Alle stimmten ein und verstummten, als es an der Tür klopfte.

Penelope bat mit einem Blick um die Erlaubnis ihrer Tante und ging zur Tür, um sie einen Spalt zu öffnen. Als sie den Besucher sah, ließ sie ihn lächelnd herein. »James, endlich. Ich dachte schon, du kommst nie.«

Der Herzog schritt ins Zimmer, und Penelope schloss hinter ihm die Tür. Er schaute reihum in die Gesichter. Sein Blick verweilte am längsten bei Daphne. »Ich bedaure die Verspätung. Habt ihr herausgefunden, wer der Mörder ist?«

»Lady Elizabeth wollte es uns gerade verraten«, scherzte Victor. »Setz dich.«

Lady Elizabeth schüttelte den Kopf und nahm das Stricken wieder auf. »Leider habe ich keine Ahnung, wer der Mörder sein könnte. Ich bin mir nicht einmal sicher, ob er tatsächlich die Zofe töten wollte.«

Penelope erzählte noch einmal, was sie von den Dienstboten erfahren hatte.

»Das passt zu dem, was ich von Lord Charles weiß«, sagte Lord William. »Der verflixte Narr hat zugegeben, dass er mit der Zofe eine Affäre hatte. Bezeichnete das als ›ein bisschen Spaß‹.«

Er kräuselte die Lippen, als hätte er in eine Zitrone gebissen. »Am nächsten Morgen erlebte er einen ordentlichen Schock. Das Mädchen verlangte, dass er sich scheiden lässt und sie heiratet.«

»Soll das heißen, sie hat ihn erpresst?«, wollte Victor wissen.

Lord William nickte. »So kann man es nennen. Hat gedroht, es seiner Frau zu sagen.« Er kicherte.

»Also, ich finde das nicht lustig.« Lady Elizabeth sah ihren Gatten stirnrunzelnd an. »Es sieht ganz so aus, als hätte er ein Mordmotiv.«

»Nur, dass er nicht die Absicht hegte, seine Frau zu verlassen. Sie ist es, die das Geld hat.«

»Das dachte ich mir«, erwiderte Lady Elizabeth. »Seine Familie besitzt das große Anwesen in Sussex, aber kein Geld. Er ist nach Amerika gegangen und mit einer reichen Erbin zurückgekommen.«

»Er musste bis nach Amerika gehen, um eine Frau zu finden, die ihn heiraten wollte«, fügte Daphne hinzu. »Hier hatte er einen abscheulichen Ruf.«

»Ja, er war ein berüchtigter Schürzenjäger«, erklärte ihre Tante.

Penelope äußerte den naheliegenden Schluss. »Er könnte sie getötet haben, damit seine Frau nichts erfährt.«

»Sie müsste blind, taub und beschränkt sein, um nicht zu bemerken, was ihr Mann treibt«, widersprach Daphne. »Und ich denke, Lady Abigail ist sehr intelligent.«

Alle sahen zu ihr hinüber.

»Ich habe nach der Fasanenjagd mit ihr geplaudert. Sie ist sehr gebildet. Sie hat am Smith College in Massachusetts studiert.«

Penelope runzelte die Stirn. »Wieso hat sie dann einen alten Langweiler wie Charles Chitterly geheiratet?«

»Nun, sie ist nicht sehr anziehend«, meinte Lady Elizabeth. »Vielleicht gab es keinen besseren Bewerber.«

»Genau«, pflichtete Daphne bei. »Sie ist sehr ambitioniert. Ich glaube, sie plant für ihren Mann eine politische Karriere.«

»Eine Frau mit solchen Ambitionen würde nicht wollen, dass eine französische Zofe ihre Pläne durchkreuzt«, sagte James.

»Hattest du nicht erzählt, dass sie in den Staaten als Meisterschützin galt?«, fragte Penelope.

Daphne nickte. »Ja, doch ich glaube nicht, dass sie den Mord begangen hat.«

»Warum nicht, Liebes?«, hakte ihre Tante nach.

Daphne ließ den Blick durchs Zimmer schweifen, als suchte sie nach den richtigen Worten. »Ich glaube, sie hätte sie nicht hinterrücks im Moor erschossen. Sie hätte das Mädchen konfrontiert und ihr gesagt, sie soll sich zum Teufel scheren.«

Lady Elizabeth lächelte ihre Nichte an. »Ich denke, du hast recht. So schätze ich sie auch ein.«

»Also, ich habe heute mit Detective Inspector Covington gesprochen«, berichtete Victor. »Wusstet ihr, dass er von dem Fall abgezogen wurde und nun Wilderer jagt?«

»Wilderer?« Penelope starrte ihren Mann an. »Das ist ein Scherz, ja?«

Alle schauten überrascht außer James und Lady Elizabeth. »Wieso habe ich den Eindruck, dass ihr beide davon wisst?«

Lady Elizabeth rollte Garn von ihrem Knäuel ab. »Von Wilderern weiß ich tatsächlich nichts, doch ich habe schon vermutet, dass Bertie etwas unternehmen wird.« Sie seufzte. »Der König möchte verhindern, dass der Mordfall bekannt wird. Er dürfte seinen beträchtlichen Einfluss genutzt haben, um …«

»Um die Justiz aufzuhalten«, schloss Penelope.

»Um uns mehr Zeit zu verschaffen, Liebes«, hielt Lady Elizabeth dagegen.

James bedachte seine Gastgeberin mit einem anerkennenden Blick. »Drei Tage. Ich sprach gerade mit Budgy, äh … ich meine, mit Chief Inspector Buddington. So lange haben wir Zeit, den Fall aufzuklären, dann kommt Scotland Yard mit allen zur Verfügung stehenden Kräften.«

»Ich habe einen Bericht in Covingtons Akte überflogen, die auf seinem Schreibtisch lag«, sagte Victor. »Demnach wurde die Zofe ganz zweifelsfrei mit keinem Jagdgewehr dieses Hauses erschossen.«

»Gott sei Dank«, murmelte Lord William.

»Aber wenn es keine unserer Waffen war, wessen Waffe war es dann?«, fragte Lady Elizabeth.

»Keine Ahnung«, antwortete Victor. »Die Constables wurden von hier abgezogen, bevor sie alles absuchen konnten.«

»Wir könnten die Tatwaffe suchen«, schlug Penelope vor.

»Ich fürchte, die wird längst nicht mehr hier sein, Liebes«, erwiderte ihr Onkel.

Seine Gattin pflichtete ihm bei. »Da gebe ich dir recht. Ich halte es für unwahrscheinlich, dass der Mörder es riskiert, sie zu behalten.« Sie schüttelte den Kopf. »Schade, dass wir nicht eher daran gedacht haben, die Gästezimmer durchsuchen zu lassen. Aber vielleicht lässt sich doch noch etwas feststellen … Ja, wir könnten herausfinden, wer eine Waffe bei sich gehabt hat und nun keine mehr hat.« Sie strickte und überlegte. »Ich werde ein Wort mit Thompkins sprechen. Nun, Daphne, bist du bei deiner Aufgabe vorangekommen?«

Daphne ging zu ihrer Tante, die in dem Sessel neben dem Bett saß. Sie stellte sich zwischen sie und ihren Onkel und schlug den Zeichenblock auf.

Die anderen versammelten sich hinter ihr, um ihr über die Schulter zu blicken.

»Ich habe skizziert, wer mit wem wo gestanden hat, als der Schuss fiel.« Sie deutete auf eine Zeitachse und Kreise mit Namen, von denen sich ablesen ließ, wer wann mit wem zusammen gewesen war. »Józef Lipski und Virginia Hall sind die Einzigen, die zur Tatzeit nicht anwesend waren.«

Alle betrachteten die Skizze und stellten dazu Fragen, die Daphne beantwortete.

»Das hast du wunderbar gemacht. Eine glänzende Leistung.« Lady Elizabeth lächelte ihre Nichte an.

Alle gratulierten Daphne. Nur James schien sich nicht zu freuen. Schweigend ging er zum Fenster und starrte nach draußen.

»James? Was hast du?«, fragte Lady Elizabeth.

»Nichts.« Er schauderte. »Virginia Hall ist über jeden Vorwurf erhaben. Ich weiß, dass sie das Mädchen nicht getötet hat.«

Daphne rümpfte die Nase.

»Wie kannst du dir so sicher sein?« Lady Elizabeth blickte ihn erstaunt an.

»Ich weiß es eben. Ihr müsst mir vertrauen.«

Er sah allen in die Augen, nur Daphne verweigerte den Blickkontakt.

»Natürlich vertrauen wir dir«, erklärte Lady Elizabeth. »Aber kannst du uns sagen, warum du dir so sicher bist?«

James blickte zu Daphne, als könnte er sie damit zwingen, ihn anzusehen, doch die klappte ihren Block zu und kehrte an ihren Fensterplatz zurück. James schüttelte den Kopf. »Ich fürchte, im Augenblick darf ich das nicht, doch ich verspreche, das bald zu erklären.«

»Nun, wenn Miss Hall ausscheidet, bleibt nur noch Lipski«, sagte Victor.

Die Gruppe kam überein, dass Victor und James den polnischen Gesandten gleich nach dem Tee darauf ansprechen sollten.

James gab einen schweren Seufzer von sich.

»Was hast du?«, wollte Penelope wissen.

»Nichts. Ich dachte nur gerade, was sich daraus entwickeln könnte, wenn sich Lipski tatsächlich als Mörder entpuppt.« James sah ein paar Augenblicke lang aus dem Fenster. »Die Deutschen könnten den Vorfall nutzen, um einen Angriff auf Polen und ihre Expansionsbestrebungen zu rechtfertigen. Niemand will einen Krieg mit Deutschland, doch wir werden ihn nicht ewig verhindern können.«

Alle schwiegen bestürzt.

»Du meinst, der Krieg ist unausweichlich?«, fragte Victor leise.

James nickte. »Allerdings, und mit der Einschätzung stehe ich nicht allein. Einige führende Persönlichkeiten glauben, dass Polen eine Schlüsselfigur im Schachspiel der Deutschen ist.«

Lord William stieß eine Rauchwolke aus. »Verflixt und zugenäht. Ich hoffe, so weit kommt es nicht. Hoffentlich irrst du dich. Aber wenn nicht … nun, wir haben die Krauts einmal besiegt, wir können sie auch noch mal besiegen.«

James senkte den Kopf. »Der letzte Krieg hat England und die Alliierten viele Menschenleben gekostet. Seit dem Versailler Vertrag hat sich vieles verändert. Es gab Fortschritte. Fortschritte in der Waffentechnik, bei Flugzeugen und U-Booten. Deutschland ist stärker geworden.« Sein Blick ruhte wieder auf Daphne. »Das könnte das Streichholz sein, das die Flamme des Krieges entzündet. Und wenn die Flamme erst einmal brennt, wird England nie wieder so sein wie vorher.«

19

Ich war noch nicht im Bett, als Oreo um halb vier nach draußen musste. Dass er erst vor zwei Stunden im Garten gewesen war, hielt ihn nicht davon ab. Seine innere Uhr war fest eingestellt. Snickers rollte mit den Augen und knurrte, als ich ihr vorschlug mitzukommen. Ich konnte es ihr nicht übel nehmen und ließ sie weiterschlafen.

Danach war ich endlich müde genug, um einzuschlafen. Und ich schlief anscheinend so fest, dass ich den Wecker nicht hörte. Stattdessen weckten mich acht Pfund Lebendgewicht, die auf meiner Brust landeten. Snickers war vierzehn Jahre alt und gehörte mir seit ihrer achten Lebenswoche. Man könnte meinen, ich hätte inzwischen gelernt, in solchen Momenten nicht den Mund zu öffnen. Doch leider vergaß ich schnell.

»Igitt.« Ich drehte mich weg und schüttelte den Pudel ab, der mir gerade in den Mund geleckt hatte.

Snickers sprang vom Bett und setzte sich an die Schlafzimmertür.

Ich sah sie böse an. »Weißt du nicht, wie früh es noch ist?«

Sie gähnte, reckte sich und begann, sich zu lecken.

Gerade als ich glaubte, ich könnte mich durch nichts schmutziger fühlen. Ich zog mir das Kissen über den Kopf und überlegte, sie zu ignorieren, doch meine Blase spielte nicht mit. Ich reckte mich ebenfalls und stand auf.

Ich ließ die Pudel hinaus und ging ins Bad. Als ich die Dusche verließ, roch ich, was ich am liebsten mochte: Kaffee und gebratenen Speck. Meine Großmutter war die Beste.

Der Tag verging relativ schnell. Ein gleichmäßiger Strom von Kunden kam ins Geschäft, sodass mir wenig Zeit blieb, um über Russell, A-Quadrat oder Melody nachzudenken. Kurz vor Ladenschluss schaute Frank Patterson herein.

»Frank, was für eine nette Überraschung!«, sagte Nana Jo und klang, als wäre sie nicht im Mindesten überrascht.

Schon als sie vom Lunch zurückgekommen war und dabei so vergnügt gelächelt hatte, hätte ich mir denken können, dass sie etwas im Schilde führte.

»Schon alle Bücher ausgelesen?«, erkundigte ich mich.

»Noch nicht. Ich habe mich gefragt, ob Sie heute Abend vielleicht Zeit haben, mit mir zu essen.«

Ich lächelte. »Danke, aber ich fürchte, ich kann nicht. Heute ist unser Frauenabend, da gehe ich mit den Damen aus.«

»Das macht doch nichts«, mischte Nana Jo sich ein. »Wie wär's, wenn Sie sich uns anschließen, Mr Patterson?«

Ich starrte Nana Jo an.

Frank bemerkte den Blick. »Nun ja, ich möchte nicht stören.«

»Sie stören überhaupt nicht«, erwiderte Nana Jo. »Kommen Sie um acht ins *Four Feathers Casino*.«

»Wenn Sie sicher sind, dass das okay ist.« Frank sah mich an.

Ich lächelte. »Natürlich ist das okay. Treffen wir uns im Foyer bei dem großen Kamin?«

Er sagte zu und verließ den Laden.

Ich starrte Nana Jo an, die eifrig ein Regal abstaubte. »Wieso glaube ich, dass du das eingefädelt hast?«

»Ich weiß nicht, wovon du redest.« Sie drehte sich zu mir um. »Aber wenn du nicht willst, dass er mitgeht, hättest du das doch sagen können.«

Ich lächelte. »Du bist unverbesserlich.«

Dienstags war in vielen Geschäften *Ladies' Day*, und die Damen deckten sich dann gern mit Küchenpapier, Vitamintabletten und anderem ein, das reduziert war. Normalerweise hätte ich zum halben Preis mein Auto waschen und das Öl wechseln lassen, aber da ich es am Vortag erst gekauft hatte, brauchte ich das Angebot nicht zu nutzen. Wir aßen dienstags oft in *Randy's Steak House* und gingen anschließend in irgendeine Bar, um zum halben Preis Cocktails zu trinken. Wegen meines unverhofften Glücks auf dem Casino-Schiff wollten die Damen jedoch unbedingt ihr Glück im *Four Feathers* versuchen.

Überrascht bestaunten sie meinen neuen SUV. Die Türautomatik war eine große Hilfe, als ich sie nach der Shoppingtour in den Wagen lud.

»Jetzt fahren wir stilvoll«, sagte Ruby Mae.

Unterwegs zum Casino brachten wir die Damen auf den neuesten Stand der Ermittlung.

Irma bezweifelte nach wie vor, dass Russell der Täter war, doch die anderen hielten ihn für den Hauptverdächtigen.

Ich setzte sie vor dem Eingang ab und fuhr zum Parkhaus hinter dem Gebäude. Ich hielt größtmöglichen Abstand zu allem, was Schrammen verursachen konnte. Als ich das Foyer betrat, wartete dort Frank Patterson auf mich. Er hielt eine Rose in der Hand, und das brachte mich zum Lächeln.

»Wo sind die Damen?«

»Sie sind schon hineingegangen, um einen Tisch zu besorgen.«

Er trug eine dunkle Jeans und einen Pullover, sah frisch gekämmt aus und roch nach Shampoo. Es gefiel mir, dass er kein Duftwasser benutzte.

Ich hatte eine Seidenbluse und eine hellrote Strickjacke zur Jeans angezogen, lauter neue Sachen aus dem Outlet-Center.

Als wir das Büffetrestaurant betraten, sah ich die Damen in einer kleinen Nische sitzen, in der nur vier Personen bequem Platz hatten. Die Tischanweiserin sprach mit uns, doch ich war dermaßen perplex, dass ich kein Wort davon hörte. Ich ging geradewegs zu der Sitznische und blickte in die Gesichter.

Dorothy und Ruby Mae sprangen auf und eilten zum Büffet. Irma verkündete, sie brauche dringend etwas zu trinken, und winkte einem Kellner. Nana Jo war plötzlich sehr durstig und trank ein ganzes Glas Wasser.

»Also?« Ich blickte meine Großmutter unverwandt an.

»Entschuldige, Liebes, es gab keinen größeren Tisch mehr. Ihr werdet wohl woanders sitzen müssen.«

Ich sah ringsherum freie Tische und Sitznischen, die für uns sechs groß genug gewesen wären.

Die Tischanweiserin war uns gefolgt und stand neben mir, als ich mich abwandte. »Kommen Sie.« Sie führte uns zu einem Zweiertisch in einer Ecke.

Sobald wir Platz genommen und unsere Getränke bestellt hatten, blickte ich Frank an.

Seine Mundwinkel zuckten. Er tat sein Bestes, um nicht zu grinsen. Schließlich stellte er sich meinem Blick, und wir prusteten vor Lachen.

»Ihre Großmutter ist eine außergewöhnliche Frau.«

»Wenn Sie mit ›außergewöhnlich‹ meinen, dass sie sich aufdringlich einmischt, dann haben Sie recht.«

Wir bedienten uns am Büffet und unterhielten uns gut. Ich war überrascht, wie viel wir gemeinsam hatten. Es gab nicht einen Moment unangenehmen Schweigens. Frank hatte ein Talent dafür, interessante Geschichten zu erzählen. Er hatte Anfang des Jahres seine militärische Laufbahn aufgegeben und seinen Traum vom eigenen Restaurant verwirklicht. »Eines wie bei *Cheers*, wo sich alle Gäste mit Namen kennen.«

Gewöhnlich dauerte es bei mir eine Weile, bis ich mich jemandem öffnete und Persönliches erzählte, aber bei Frank fiel mir das leicht, und er war ein guter Zuhörer. Ihn schien alles zu interessieren, von meinem Leben mit Leon über die Pudel bis hin zu Dawson.

»Ihre Großmutter hat mir von Ihrer Ermittlung erzählt. Ich würde gern helfen, wenn ich kann.«

Ich sah ihn erstaunt an. »Ich wüsste nicht, wie. Die Polizei scheint den Mörder schon zu haben.« Ich erzählte, was ich über Virgil Russell wusste und was im Krankenhaus vorgefallen war. Frank fragte mich, wer gewusst hatte, dass A-Quadrat angefahren worden war und in welcher Klinik er lag.

»Ich habe gut vernetzte Freunde. Hätten Sie etwas dagegen, wenn ich die Namen überprüfen lasse?«

»Überhaupt nicht.«

Wir sprachen über Melody, ihre Betrügereien, das Hilfsprogramm, ihre Halbschwester Cassidy, Virgil Russell und über den Unbekannten, der angeblich versucht hatte, bei Melodys Plan mitzumischen.

»Und Russell sagte, dass sie noch andere Lover hatte?«

Ich sah ihn fragend an. »Sie meinen, derjenige, der mitmischen wollte, war vielleicht ihr Lover?«

Frank zuckte mit den Schultern. »Keine Ahnung, aber das erscheint mir sonderbar. Sie hat sich mit niemandem angefreundet, nicht mal mit ihrer Mitbewohnerin. Wie sonst könnte jemand so nah an sie herankommen, dass er von ihrer Betrugsmasche erfährt?«

»Das leuchtet ein.«

»Was leuchtet ein?«

Ich blickte auf.

Nana Jo stand an unserem Tisch. »Seid ihr beide immer noch hier?«

Ich sah auf die Uhr. »Ach, es ist ja schon fast Mitternacht. Wo bleibt unsere Rechnung?«

Frank lächelte. »Um die habe ich mich schon gekümmert.«

Ich wollte Einspruch erheben, doch er lächelte mich an. »Ich bin altmodisch. Ein Gentleman übernimmt stets die Rechnung.«

Im Foyer trafen wir auf die wartenden Damen. Ich ging den Wagen holen, um am Eingang vorzufahren. Frank begleitete mich und hielt mir die Wagentür auf, während ich einstieg. Er versprach noch einmal, die Namen überprüfen zu lassen und sich morgen Abend bei mir zu melden.

Ich lud die Damen vor dem Casino ein. Während der Rückfahrt zu ihrer Siedlung waren sie erstaunlich still. Ich hatte erwartet, dass sie mich wegen Frank necken würden, doch das blieb aus.

Zu Hause angekommen, holte sich Nana Jo den Agatha Christie, in dem sie zuletzt gelesen hatte, und ging in ihr Zimmer.

Während ich die Pudel nach draußen ließ, merkte ich, dass wieder etwas in meinem Hinterkopf nagte. Im Schlafzimmer schaltete ich den Laptop ein und befasste mich noch einmal mit den Ermittlungsergebnissen. Ich las einen Artikel über freies Schreiben, bei dem man sein Bewusstsein ausblenden und assoziativ und spontan schreiben sollte. Doch sobald ich dafür die Augen schloss, brachte mein Bewusstsein Bilder von Frank hervor, und meine Finger tippten *Quin* und *Deering Vale*. Ich schrieb weiter an meinem Roman und hoffte, dabei den Gedanken zu fassen zu bekommen, der sich mir immer wieder entzog.

Alle außer der Herzogin von Windsor und Lord William fanden sich im Salon zum Tee ein. Graf Rudolph und George Brasseur standen am Kamin.

»Ich habe noch nie verstanden, warum die Briten solch ein Gewese um ihren Tee machen«, bemerkte Brasseur. »In Frankreich trinkt man Wein oder Kakao, aber Tee …? Der schmeckt doch wie Spülwasser.«

Lady Elizabeth errötete. »Wie gedankenlos von mir! Wenn Sie ein anderes Getränk vorziehen, lasse ich es gern zubereiten. Ich bin mir sicher, die Köchin hat auch Kakao.«

Lipski war inzwischen zum Fenster geschlendert. »Ach, Sie wissen nicht, was Kakao ist, solange Sie den polnischen nicht probiert haben.« Er warf stolz den Kopf zurück. »Der ist ganz exquisit.« Er nahm eine schmale Blechdose aus der Innentasche seiner Jacke. »Vielleicht möchten Sie ihn probieren?«

Brasseur sah aus, als könnte ihm nichts weniger Freude bereiten, als den polnischen Kakao zu kosten.

»Vielen Dank.« Lady Elizabeth streckte die Hand aus, und Lipski übergab ihr die Dose.

Sie läutete nach dem Butler. »Thompkins, würden Sie bitte eine Tasse Kakao für Monsieur Brasseur zubereiten lassen? Und für Sie auch, Mr Lipski?«

Der lehnte ab. »Ich trinke Kakao nur vor dem Zubettgehen.«

Thompkins nahm die Blechdose an sich und ging hinaus. Lady Elizabeth schenkte den übrigen Gästen Tee nach. Fordham-Baker winkte ab. Er bediente sich anscheinend an einer neuen Flasche Scotch. Das sah Lady Elizabeth lediglich daran, dass die Flasche heute voller war als die gestrige. Wenn sie nicht versuchen würde, den Mord an der jungen Französin vor der Presse zu verheimlichen, würde sie Thompkins anweisen, den Schnapsverzehr des Mannes zu beschränken. Doch angesichts der besonderen Situation sollte sie Fordham-Baker vielleicht gewähren lassen.

Innerhalb relativ kurzer Zeit kehrte der Butler mit einer dampfenden Tasse Kakao zurück, die er dem französischen Diplomaten auf einem Tablett reichte.

Brasseur nahm sie, nickte Lipski zu und stellte sie auf den Kaminsims, um sich weiter mit Graf Rudolph zu unterhalten.

Lipski wurde zornrot. Es war klar, dass Brasseur nicht die Absicht hatte, den Kakao zu trinken.

Thompkins ging zu dem polnischen Gesandten und gab ihm die Blechdose zurück.

Lipski steckte sie wieder ein und trat ans Fenster, sodass er allen den Rücken zukehrte.

Der sonst so stille Graf Rudolph überraschte die Anwesenden. »Vielleicht können wir wieder Musik hören. Oder gehört es sich in England nicht, beim Tee Musik zu hören?«, fragte er auf eine sehr bühnenhafte Art.

»Aber natürlich können wir Musik hören«, antwortete Lady Elizabeth.

Graf Rudolph folgte Daphne zum Radio. Als sie einen Sender gefunden hatte, der Tanzmusik spielte, überraschte er erneut, indem er sie um einen Tanz bat. Er verneigte sich vor Daphne, schlug die Hacken zusammen und fasste ihr um die Taille. So drehten sie sich zu Walzerklängen durch den Salon.

Alle schwiegen verblüfft. Virginia Hall trat an Lipski heran und forderte ihn zum Tanz auf, doch der lehnte ab.

Verlegen schweigend standen sie nebeneinander.

Als der Walzer zu Ende war, verbeugte sich Rudolph vor Daphne und begab sich wieder zu Brasseur.

»Ah, Monsieur Brasseur, Sie haben Ihren Kakao noch nicht gekostet. Sie beleidigen den Gesandten. Sie müssen ihn probieren und uns sagen, ob der polnische Kakao besser ist als der französische.«

Brasseur zog ein Gesicht, als tränke er lieber Benzin. Dennoch nahm er die Tasse von Graf Rudolph entgegen und trank einen Schluck. Er schürzte die Lippen und runzelte die Stirn. Zwei Sekunden später griff er sich an den Hals und rang nach Luft. Er stürzte auf die Knie und sank zu Boden.

James eilte zu ihm. Er lockerte ihm die Krawatte und knöpfte Weste und Hemd auf.

Alle sahen entsetzt schweigend zu.

Der Diplomat wurde von Krämpfen geschüttelt, Schaum trat ihm aus dem Mund, und nach einigen heftigen Zuckungen blieb er reglos liegen.

James fühlte nach dem Puls. Er blickte zu den anderen hoch, die bei ihm standen. »Er ist tot.«

20

Ich erwachte aus einem Traum, in dem James Bond vor sämtlichen Agatha-Christie-Protagonisten floh. Harley Quin führte die Meute, die aus Hercule Poirot, Miss Marple, Tommy und Tuppence und Parker Pyne bestand, durch ein englisches Dorf. In letzter Minute sprang Captain America, der Frank Patterson verblüffend ähnlich sah, aus einem Flugzeug und hielt James Bond auf. Ich war nicht nur verwirrt, ich fühlte mich, als wäre ich einen Marathon gelaufen. Genau das hatte ich anscheinend getan, denn meine Bettdecke war völlig verdreht.

Ich duschte und zog mich sorgfältig an. Denn ich war mit Professor Quin verabredet. Ich hatte Schmetterlinge im Bauch und überlegte, ihm abzusagen. Mehrmals griff ich zum Handy und legte es wieder weg. War ich zu aufgeregt? Hatte ich Angst? Was immer der Grund war, es wurde Zeit, mich auf erwachsene Art meinen Ängsten zu stellen. Gerade als ich mich dazu durchrang, rief Harley an. Sein Wagen sei in der Werkstatt.

»Wollen wir das Treffen verschieben?«

»Eigentlich hatte ich gehofft, Sie würden mich abholen. Ich habe zufällig die Erlaubnis bekommen, mir die Purnell-Villa anzusehen, und darauf bin ich wirklich scharf.«

»Okay, sicher.«

Wir verabredeten uns für sechs Uhr auf dem Campus.

Nana Jo hatte dabeigestanden und mit geschürzten Lippen zugehört.

Ich konnte ihr Schweigen nicht länger aushalten. »Was ist?«

»Nichts.«

Ich weigerte mich nachzuhaken. Und so arbeiteten wir die meiste Zeit schweigend vor uns hin und ignorierten den riesigen Elefanten im Raum. Da mich Nana Jos Schweigen belastete, mir der Traum nicht aus dem Kopf ging, mich meine Unsicherheit wegen des bevorstehenden Dates plagte und ich zudem auf einen Anruf von Frank wartete, war ich bis zum Mittag ein Nervenwrack. Gerade als ich beschloss, das Mittagessen ausfallen zu lassen, kam Frank mit einem Tablett in die Buchhandlung.

»Ich hoffe, Sie beide haben nicht schon gegessen.«

Wir bestätigten das.

»Großartig. Ich dachte zuerst an Blumen, fand aber, dass Sie von einem Essen viel mehr hätten.«

Die Auswahl, die er brachte, sah köstlich aus. Es gab eine sämige Muschelsuppe und Hähnchensalat, was ich beides sehr gern aß, und dabei lag eine Rose. »Hmm … Muschelsuppe gehört zu meinen Lieblingsgerichten. Wie sind Sie darauf gekommen?«

Er lächelte. »Sie haben das gestern Abend erwähnt. Ich wäre schon eher hergekommen, doch ich musste zum Markt, um die Muscheln zu besorgen.«

»Unglaublich, dass Sie die Mühe auf sich genommen haben.«

»Das war gar keine Mühe.«

»Aber die Suppe ist nur Essen für einen?«

Er lachte. »Wie viel Hunger haben Sie?«

Ich grinste. »Wollen Sie sich zu uns setzen?«

»Würde ich gern, doch ich muss ins Restaurant zurück. Zur Lunch-Zeit ist viel los, und ein Koch hat sich krankgemeldet.« Er schaute enttäuscht. »Ein andermal?«

»Auf jeden Fall«, sagte ich lächelnd. »Und vielen Dank.«

Er eilte hinaus, und Nana Jo und ich aßen wegen der Kunden nacheinander. Aber das Essen verringerte die Spannung zwischen uns.

Das einzig erwähnenswerte Ereignis war eine SMS von Emma am Nachmittag. Sie fragte, ob ich in nächster Zeit auf den Campus kommen würde. Ich antwortete, dass ich um halb sechs dort sein könne, und verabredete mich mit ihr in der Cafeteria der Studentenvertretung.

Den restlichen Nachmittag arbeiteten wir in kameradschaftlichem Schweigen. Als es Zeit war aufzubrechen, umarmte ich meine Großmutter.

»Warum drückst du mich?«

»Weil ich dich liebe und dir für alles dankbar bin, was du für mich tust.«

Sie zog mich ihrerseits in eine Umarmung. »Ich liebe dich auch, und ich bin stolz auf dich, abgesehen von deinem Geschmack bei Männern.«

»Warum kannst du Harley nicht leiden?«

Nana Jo schüttelte den Kopf. »Ich traue ihm nicht. Irgendwas stimmt mit dem nicht.«

Ich ließ mir das einen Moment lang durch den Kopf gehen. »Hm, ja. Ich spüre das auch, doch ich habe ja nicht vor, ihn zu heiraten. Wir gehen bloß miteinander essen und besichtigen dann die Purnell-Villa.«

»Die Purnell-Villa? Du meinst den alten Kasten, den die Sekte gebaut hat?«

Ich nickte. »Ich bin auch nicht begeistert, aber Harley schreibt ein Buch über das House of David und will eben heute Abend dorthin.«

»Hmm … was ist mit dem, was du willst?«

Ich lachte. »Bist du nicht froh, dass ich endlich mal ein Date habe?«

»Ich freue mich, dass du wieder ausgehen willst, doch ich möchte nicht, dass du gekränkt wirst.«

Ich drückte sie noch einmal. »Ehrlich, so wichtig ist er mir nicht. Ich fühle mich geschmeichelt, aber das ist auch schon alles. Außerdem gehen wir bloß essen. Da passiert schon nichts.« Ich hängte mir die Handtasche über die Schulter. »Jetzt muss ich los. Bis später.«

Meinen neuen SUV zu fahren machte mir Freude. Ich liebte das Glasdach und wie hell es dadurch war und das Satellitenradio und die Anzeige, die mir mitteilte, wie viele Kilometer ich mit der Tankfüllung noch fahren konnte. Umso mehr bedauerte ich, wie schnell die Fahrt zur MISU heute vorbei war. Ich parkte möglichst weit von anderen Fahrzeugen entfernt und ging bestens gelaunt zur Studentenvertretung.

Drinnen saßen Emma und Zaq in einer Nische. Sie teilten sich eine Portion gebackener Zwiebelringe und steckten lachend die Köpfe zusammen. Ich zögerte, da ich sie in dem schönen Moment nicht stören wollte.

Schließlich blickte Emma auf und sah mir lächelnd entgegen. »Da sind Sie ja.«

Ich setzte mich und lehnte die Zwiebelringe ab, die sie mir großzügig anboten.

»Ich wollte Sie nicht von wichtigen Dingen abhalten, aber es ist etwas Seltsames vorgefallen, und Zaq meint, ich sollte Ihnen davon erzählen.«

»Ich freue mich, dass du angerufen hast. Du kannst jederzeit mit mir reden«, sagte ich ernst. Ich hatte mir vor einiger Zeit abgewöhnt, die Freundinnen meiner Neffen näher kennenlernen zu wollen. Immer wenn ich einen Draht zu ihnen hatte, waren sie schon wieder passé. Doch Emma hatte ich schon vorher gemocht und hoffte, wir könnten uns anfreunden, unabhängig davon, ob es mit ihr und Zaq weiterging.

Sie lächelte. »Also, zuerst ist jemand in mein Zimmer eingebrochen.«

»Wurdest du verletzt? Wurde dir etwas gestohlen?«

»Ich war zum Glück nicht da, und das Einzige, was fehlte, war mein Laptop, soweit ich sehen kann. Das ist am Sonntag passiert, nach der Trauerfeier, als Zaq und ich im Kino waren.«

»Hast du die Polizei verständigt?«

»Die Campus-Polizei. Sie haben einen Bericht geschrieben und meinten, dass ich den Laptop wahrscheinlich nicht wiedersehe. Gut, dass ich immer von allem ein Backup mache. Außerdem war er versichert, sodass ich schon einen Ersatz bekommen habe.« Sie klopfte auf ihr neues MacBook.

»Ich halte das nicht für ungewöhnlich. An Universitäten treiben sich viele Diebe herum.«

»Das Seltsame ist nicht, dass der Laptop gestohlen wurde, sondern dass er zurückgebracht wurde.«

»Zurückgebracht? Du meinst, der Dieb hat ihn wieder in dein Zimmer gelegt?«

»Das nicht. Er hat ihn in einen Mülleimer geworfen. Das finde ich echt beleidigend, so als wäre er ihm nicht gut genug gewesen.«

Zaq schmunzelte. »Ich glaube nicht, dass das der Grund war. Ich denke vielmehr, der Dieb hielt ihn für Melodys Laptop, und als er feststellte, dass er jemand anderem gehört, konnte er nichts mehr damit anfangen.«

»Was bringt dich auf die Idee?«, fragte ich.

Er zuckte mit den Schultern. »Der Dieb hat nichts anderes gestohlen, nicht mal den Schmuck. Und außerdem waren in Melodys Zimmerhälfte alle Schubladen herausgezogen und die Matratze aufgeschlitzt.«

Emma nickte. »Das stimmt. Auf meiner Seite war alles wie immer.«

»Tante Sammy, ich glaube, der Einbrecher hat etwas ganz Bestimmtes gesucht.«

Emmas Handy vibrierte. »Da fällt mir die andere Sache ein.« Sie hielt mir das Display hin. »Ich habe eine Nachricht von Melodys Schwester bekommen.«

Ich las sie.

»Ich wollte sie an Sie weiterleiten, doch das ging nicht. Zaq meint, sie hat das extra so eingestellt.«

»Das geht?«, fragte ich.

»Das hängt davon ab, welches E-Mail-System man benutzt, aber ja, das funktioniert. Es gibt Systeme, die eine Weiterleitung verhindern.«

Cassidy hatte geschrieben, dass Melody mit dem Mann, der bei ihrer Betrugsmasche mitmischen wollte, eine Affäre gehabt haben musste.

»Das heißt wohl, dass Detective Pitt recht hat. Es kann sich nur um Russell handeln.«

»Kennt Cassidy Virgil Russell denn nicht?«, wollte Emma wissen. »Ich dachte, Sie hätten das bei der Trauerfeier erwähnt.«

Ich nickte. »Doch, sie kennt Russell.«

»Und der war ja bereits an ihrem Betrug beteiligt, oder?«, wandte Zaq ein.

Darauf wusste ich nichts zu erwidern. Das war seltsam. Ich erzählte, was Russell im Krankenhaus zu uns gesagt hatte.

Ich sah auf die Uhr. »Ich muss jetzt gehen. Ich muss Harley … äh, Professor Quin abholen.«

Emma sah mich überrascht an. »Sie haben ein Date mit ihm?«

»So würde ich es nicht nennen. Er hilft mir bei der Recherche für meinen Roman, weil er aus England kommt und sich da auskennt. Wie war deine Übung?«

»Was für eine Übung?« Sie schaute mich verwirrt an.

»Ich dachte, du hättest am Montagabend eine Übung zu Professor Quins Kurs gehabt?«

Emma schüttelte den Kopf. »Nein, die ist ausgefallen. Er hat sogar den Kurs abgesagt.«

Sie und Zaq wechselten einen Blick, der mich stutzig machte. »Warum? Was ist los?«

»Nichts.« Emma konnte sehr schlecht lügen. Sie wurde rot und wich meinem Blick aus.

»Du kannst es mir ruhig sagen. Ich bin nicht in ihn verliebt. Er ist ganz nett, aber … na ja, ich weiß nicht so recht. Er hat irgendetwas Seltsames an sich.«

Emma atmete erleichtert auf. »Ich bin froh, dass Sie nichts Ernstes im Sinn haben. Ich finde ihn geradezu unheimlich. Er macht sich an seine Studentinnen ran, und es geht sogar das Gerücht, dass er mit einer eine Affäre hatte.« Emma zögerte, bevor sie den Namen nannte. »Ich glaube, es war Melody.«

»Gibt es dafür einen Beweis?«

»Nein.«

»Einem Professor eine Affäre mit einer Studentin nachzusagen ist eine ernste Sache. Das sollte man nicht ohne Beweis tun«, warnte ich. »Doch vielleicht spreche ich ihn nachher einfach darauf an.«

»Sei vorsichtig, Tante Sammy«, bat Zaq.

»Bin ich. Keine Sorge.«

21

Harley wartete bereits draußen.

»Ist das ein neues Auto?«

Ich lächelte. »Ja. Ich habe es erst seit zwei Tagen.«

»Sie hätten sich einen dieser neuen Land Rover kaufen sollen. Die haben hinten viel mehr Platz.« Er verstaute sein Fahrrad in meinem Kofferraum. Ich versuchte, ein neutrales Gesicht zu wahren angesichts der Erdkrümel, die von seinen Reifen abfielen, und der Kratzer, die er an den Zierleisten hinterließ.

»Unten an der Straße gibt es ein recht nettes veganes Restaurant. Wie wär's, wenn wir da einen Happen essen, bevor wir zu der Villa fahren?« Er warf seinen Rucksack auf den Rücksitz, stieg ein und schnallte sich an.

Einem ersten Impuls folgend, wollte ich mir an die imaginäre Chauffeursmütze tippen, doch ich ließ es bleiben und stieg ebenfalls ein. Ich folgte seiner Wegbeschreibung und bog auf den Parkplatz eines sehr teuren Restaurants, über das die Meinungen auseinandergingen. Das Ambiente war extrem anspruchsvoll, der Service miserabel. Das Essen wurde hübsch angerichtet, schmeckte jedoch nur durchschnittlich. Harley redete viel und war sehr lebhaft.

Gegen Ende des Essens fiel ihm endlich auf, dass ich

kaum etwas gesagt hatte. »Sie sind heute Abend sehr still. Ist etwas nicht in Ordnung?«

Ich schüttelte den Kopf. »Nein. Alles gut.«

Der Kellner brachte die Rechnung, und Harley rührte keinen Finger. Ich auch nicht. Nach ein paar Augenblicken lächelte er und zog sein Portemonnaie hervor. »Ich fürchte, ich habe kein Bargeld bei mir.«

Ich lächelte ebenfalls. »Am Eingang stand, dass man auch mit Kreditkarte bezahlen kann. Sie nehmen doch Kreditkarten, nicht wahr?«, fragte ich den Kellner.

Er nickte.

Harleys Lächeln wirkte inzwischen gezwungen, doch er behielt es bei. Er zog eine Diner's-Club-Karte aus der Geldbörse.

Der Kellner runzelte die Stirn. »Wir akzeptieren Visa, Master Card, Discover und American Express, aber nicht Diner's Club.«

Harley sah mich an. »Ich fürchte, eine andere habe ich nicht. Wären Sie so freundlich? Das nächste Essen geht dann auf mich.« Er lächelte weiter.

Ich überlegte kurz, was wohl passieren würde, wenn ich behauptete, gar kein Portemonnaie bei mir zu haben. Doch der Kellner stand ungeduldig da, und ich hatte keine Lust auf einen wilden Sprint zu meinem Auto. Also gab ich ihm meine Kreditkarte. Das war definitiv das letzte Essen, das ich dem Professor spendierte.

»Danke, meine Liebe.« Er lächelte.

Ich starrte ihn bloß an. Mir war bis dahin nicht aufgefallen, was für schiefe Zähne er hatte.

Nachdem die Rechnung beglichen war, fuhr ich zur Purnell-Villa. Sie war hundertzehn Jahre alt und sah aus, als wäre daran noch nie etwas repariert worden. Mit der breiten Frontveranda, den Bleiglasfenstern und verschnörkelten Simsen hatte sie zu ihrer Glanzzeit sicher prachtvoll ausgesehen, doch die Farbe war längst abgeblättert, die Dielen der Veranda hingen durch, und an mehreren Stellen sah ich Termitenschäden.

Harley stieg aus, schnappte sich seinen Rucksack vom Rücksitz und eilte über den Bürgersteig. Auf halbem Weg zur Veranda fiel ihm auf, dass ich nicht hinter ihm war. Er drehte sich um. »Kommen Sie?«

Vielleicht war es von ihm zu viel verlangt, dass er mir die Wagentür aufhielt, doch ich kam nicht umhin, Vergleiche mit Frank Patterson anzustellen. Ich war nicht darauf *angewiesen,* dass mir jemand die Wagentür aufhielt, aber es war eine freundliche Geste. Seufzend stieg ich aus.

Ein alter Herr mit langem weißen Bart und dicken Brillengläsern empfing uns auf der Veranda. Er stellte sich als Josiah Templeton vor.

»Sind Sie der nette Bursche, der angerufen hat?« Josiah blickte Harley lange und streng an.

»Ja. Ich bin Harley Quin, und das ist Mrs Washington.«

Ich gab dem Herrn lächelnd die Hand. »Freut mich, Sie kennenzulernen.«

Er wirkte gebrechlich und seine Haut fast durchscheinend, doch er lächelte mich freundlich an und tätschelte meine Hand. »Heutzutage bekomme ich nicht mehr viele schöne Frauen zu sehen.«

»Ich wette, das sagen Sie zu allen«, meinte ich gut gelaunt.

Er lachte. »Aber nur noch selten. Von uns gibt es bloß noch eine Handvoll.« Er tätschelte weiter meine Hand. »Zu Weihnachten werde ich hundert Jahre alt.«

»Das sieht man Ihnen nicht an«, flunkerte ich.

Er musterte Harley eingehend. »Sie kommen mir bekannt vor. Sind wir uns schon mal begegnet?«

»Ach, das liegt an meinem Allerweltsgesicht.« Harley wirkte angespannt. »Nun, wir wissen es zu schätzen, dass Sie eine Besichtigung gestatten, aber …« Er schaute ihn mitleidig an. »Ich fürchte, der Rundgang wäre ein bisschen zu anstrengend für Sie, alter Knabe. Wie wär's, wenn Sie mir den Schlüssel geben und wir uns allein umsehen? Ich werde hinterher wieder abschließen.«

Ich kniff die Augen zusammen und hätte ihn wegen seiner Taktlosigkeit gerügt, doch Josiah sagte sofort, er habe nichts dagegen, und übergab den Schlüssel. Er deutete auf die andere Straßenseite zu einem kleinen Haus. »Ich wohne da drüben. Werfen Sie mir den Schlüssel bitte durch den Briefschlitz in der Tür.«

Harley versprach es und schloss hastig auf. »Kommen Sie?« Er drehte sich nach mir um.

»In zwei Minuten. Ich begleite Mister Templeton, damit er gut zu Hause ankommt.«

»Meinetwegen.« Harley verschwand nach drinnen.

Ich bot Josiah meinen Arm, und auf mich und seinen Gehstock gestützt schlurfte er neben mir her.

»Vielen Dank. Wenn Sie mir nur die Stufen zur Haustür hinunterhelfen, komme ich zurecht. Die alten Gelenke muss man ankurbeln, damit sie laufen, aber wenn sie einmal in Fahrt sind, machen sie ordentlich Dampf.«

Langsam überwanden wir die Stufen, und im Stillen fluchte ich über Harley, weil er dem netten alten Herrn solche Mühe machte, nur um sich eine verfallene Villa anzusehen. Ich plauderte mit Mr Templeton, bis wir vor seiner Tür standen. Als er in den Flur getreten war, bedankte er sich, und ich ging hinüber zur Villa. Kurz spielte ich mit dem Gedanken, draußen zu bleiben, doch ich wusste, mein Trotz wäre an Quin vergeudet. Also ging ich hinein.

»Hallo? Harley, wo sind Sie?«, rief ich aus dem Flur.

»Ich bin hier unten.«

Zwischen Gobelins und einer Treppe mit kunstvoll gedrechseltem Geländer ging ich den hohen Flur hinunter zu einer Tür, die in den Keller führte. Ich war überrascht, dass der Rundgang da unten beginnen sollte, aber auch dankbar, dass noch alles recht stabil wirkte. Große Spinnweben und ein modriger Geruch verrieten, dass das Haus viele Jahre nicht gelüftet worden war.

Im Keller schaute ich mich um und versuchte zu ignorieren, dass mich ein Schauder nach dem anderen überlief. Denn bestimmt krabbelten da überall Spinnen herum.

Harley kniete vor einer Wand und suchte mit einer Taschenlampe das Mauerwerk ab.

»Was interessiert Sie da unten?«

Er ließ sich dabei nicht unterbrechen. »Angeblich gibt es Geheimtunnel unter dem Haus.«

»Sie meinen die Tunnel, in denen Benjamin Purnell junge Mädchen vergewaltigt und satanistische Rituale durchgeführt haben soll? Und in denen die Kommune seine Leiche angeblich in einem versiegelten Glassarg aufgebahrt hat?«

Diese Geschichten erzählten sich die Kinder in North Harbor, besonders an Halloween, und da ich dort aufgewachsen war, kannte ich sie alle.

Harley suchte weiter. Ich konnte sein Gesicht nicht sehen, doch ihm war eine lebhafte Vorfreude anzuhören. »Tunnel voll verborgener Schätze.«

»Ach du lieber Himmel, Sie sind ein Schatzjäger.« Ich versuchte nicht einmal, meine Verachtung zu verbergen. Der Kerl war ein Spinner. Ich beschloss gerade, ihn allein zu lassen, als mein Handy klingelte. Es war Nana Jo. Sie ließ mich erst gar nicht zu Wort kommen.

»Sam, du musst abhauen. Der Kerl ist nicht, was er zu

sein vorgibt. Frank hat einen Freund bei Scotland Yard nachforschen lassen. Quin ist vorbestraft, auch wegen Trickbetrugs. Und über seine Herkunft hat er ebenfalls gelogen. Es gibt gar kein Deering Vale …«

Was sie weiter sagte, bekam ich nicht mehr mit, denn Harley riss mir das Handy aus der Hand. »Ihre Großmutter hat ein lautes Mundwerk.«

Ich starrte Harley Quin an, der mein Telefon abschaltete und einsteckte. »Deering Vale … Ach du meine Güte. Unfassbar, dass ich nicht geschaltet habe. Das ist eine fiktive Kleinstadt in den Harley-Quin-Geschichten von Agatha Christie.« Ich schlug mir an die Stirn. »Harley Quin? Oh mein Gott, wie konnte mir das entgehen?«

Er lächelte selbstgefällig und zog eine Pistole aus der Tasche. »Was soll ich bloß mit Ihnen machen?«

Eine innere Stimme riet mir, ihn nicht zu beleidigen, doch ich hörte nicht auf sie. »Sie mieses, heimtückisches Subjekt! Sie Mörder!«

Er holte aus und schlug mich ins Gesicht, mit solcher Wucht, dass ich gegen die Wand prallte. Ich stieß mir den Kopf am Türpfosten und stürzte. Ich musste eine Weile bewusstlos gewesen sein, denn als ich die Augen öffnete, fiel durch die schmalen Kellerfenster kein Tageslicht herein.

Ich bekam einen Tritt in die Seite. »Wieder wach?«

Ich stöhnte.

Quin bückte sich tief zu mir herab. »Also, was soll ich mit Ihnen machen?«

Mir kamen ein paar Ideen, was ich mit ihm machen wollte. Offenbar stand mir das auf der Stirn geschrieben, denn er lachte auf. »Sie sind eine ganz Temperamentvolle, hm? Zu schade, dass Sie so schlau sein wollten. Wir hätten viel Spaß miteinander haben können.« Er strich mir höhnisch grinsend mit einem Finger über die Wange.

Ich schlug seine Hand weg. Wäre mein Mund nicht so trocken gewesen, ich hätte ihn angespuckt. Leider hatte der Tofu-Schwarzbohnen-Brei im Restaurant meinen Speichelvorrat aufgebraucht.

»Hier kommt kaum mal jemand her. Es wird lange dauern, bis man Ihre Leiche findet. Sie und Benjamin Purnell können gemeinsam verrotten.« Er richtete sich auf und zielte mit der Pistole auf mich. »Auf Wiedersehen, Samantha.«

Ich musste ihn zum Reden animieren und Zeit schinden. »Warum haben Sie das getan? Warum haben Sie Melody getötet?«

»Sie wurde gierig. Sie hatte mit diesem Einfaltspinsel Dawson Alexander eine gute Sache angeleiert, aber sie wollte mich nicht beteiligen.« Er grinste hämisch.

Wie hatte ich ihn jemals attraktiv finden können? Als ich ihn jetzt in dem kalten, feuchten Keller ansah, fand ich ihn nur noch abstoßend. »Also ging es um Geld?«

»Es geht doch immer um Geld.«

»Vielleicht hatte sie wirklich etwas für Dawson übrig.«

Er lachte schallend. »Sie sind unglaublich naiv. Nicht mal zwei Cent hatte sie für den dummen Sportler übrig. Er war bloß ein leichtes Opfer. Er sollte ihr Goldesel werden, mit dem sie ihr altes Leben hinter sich lassen kann, hat sie gesagt.« Harley ging vor mir auf und ab. »Meinetwegen sollte sie ruhig glauben, dass sie anständig werden kann, solange sie mir meinen Anteil gibt. Doch das wollte sie dann nicht mehr.«

Seine Gefühlskälte ließ mich schaudern. »Also haben Sie sie getötet. Einfach so?«

Er nickte. »Einfach so.« Er richtete wieder die Pistole auf mich.

»Und wieso A-Quadrat?«, fragte ich hastig, damit er vielleicht noch nicht abdrückte.

»Er hat uns zusammen beim HOD gesehen. Ist uns sogar gefolgt.« Er zuckte mit den Schultern. »Der alte Dummkopf hat versucht, mich zu erpressen. Mich!« Er lachte. »Ist das zu glauben? Er hat gesehen, wie ich sie auf dem Parkplatz erwürgt habe, und glaubte, ich würde ihn für sein Schweigen bezahlen?« Harley schüttelte den Kopf. »Aber genug geredet. Ich habe etwas gegen ungelöste Probleme, und genau das sind Sie für mich, ein ungelöstes Problem.« Er zielte auf meinen Kopf und sah mich dabei an.

Ich weigerte mich, die Augen zu schließen. Stattdessen blickte ich ihn herausfordernd an und erwartete mein Schicksal.

In dem Moment polterte es auf der Treppe. Jemand sprang die Stufen herunter. Harley drehte sich um, als sich ein riesiger Schatten auf ihn warf und ihn umriss. Ich versuchte aufzustehen und wurde von zwei Händen hochgezogen.

»Sam, bist du verletzt?«, fragte Nana Jo.

Ich sank in ihre Arme und lehnte den Kopf an ihre Schulter. »Nicht besonders. Wer ist das?« Ich zeigte auf die dunkle Gestalt und erkannte ihn.

Dawson zog Harley am Kragen hoch und schlug ihm ins Gesicht. Harley erschlaffte, und Dawson schlug noch einmal zu. Er war rot vor Zorn. Als er zum dritten Mal ausholte, fielen ihm Zaq und Frank in den Arm und hielten ihn zurück.

Dawson stand mit tränennassem Gesicht da. »Er hat Melody getötet und wollte auch meinen Dad umbringen.«

Frank legte die Arme um ihn und hielt ihn fest. »Ich weiß, aber jetzt ist es vorbei.«

Zaq trat zu mir. »Alles okay, Tante Sammy?«

Ich nickte. »Es geht mir schon besser.«

Polizeisirenen kamen rasch näher und verstummten vor dem Haus, über uns polterten Schritte.

»Wir sind hier unten!«, rief Nana Jo.

22

Die Rettungssanitäter nähten meine Platzwunde am Kopf. Sie wollten mich ins Krankenhaus bringen, doch ich lehnte ab. Nana Jo bestand darauf, dass ich mit Frank nach Hause fuhr, aber ich wollte mein neues Auto nicht stehen lassen.

Ich sah Dawson an. »Wie bist du hergekommen?«

Er deutete auf Zaq. »Mein Dad ist zu sich gekommen. Er hat mir gesagt, dass es Harley war. Er stand hinter einem Busch beim HOD und hat gesehen, wie er sie erwürgte. Sie haben auf dem Rücksitz geknutscht, und dann hat der Kerl sie erwürgt, ist vorne eingestiegen und weggefahren. Er muss sie am Fluss aus dem Wagen geworfen haben, wo die Polizei sie gefunden hat.« Dawson sah mich traurig an. »Er hat sie wie Müll am Straßenrand liegen lassen. Mein Dad wollte Geld von ihm erpressen, und deshalb hat Quin versucht, ihn umzubringen.«

Ich umarmte ihn. »Dawson, ich bin froh, dass es deinem Vater besser geht. Aber wie bist du hierhergekommen?«

»Zaq und Emma kamen vorbei, um zu hören, wie es mir geht, und sie haben mich hergebracht.«

Ich sah mich um. »Wo ist Emma?«

Er lächelte. »Zaq hat sie überredet, in der Buchhandlung zu bleiben.«

»Würden Sie mir gestatten, Sie nach Hause zu fahren?«, fragte Frank.

Draußen ging Zaq um meinen neuen Wagen herum. Er hatte ihn noch nicht gesehen. »Wow. Schönes Auto, Tante Sammy.«

Ich lächelte und überließ Frank meinen magischen Schlüsselanhänger, den Key Fob. Er hielt mir die Tür auf, und ich stieg auf den Beifahrersitz. Doch bevor er sie schloss, sprang ich wieder raus.

»Was haben Sie vor?«, rief er.

Ich öffnete die Hecktür, packte Harleys Fahrrad und warf es auf die Straße. Ich bürstete die Erdkrümel nach draußen und schloss die Tür. Dann stieg ich wieder ein und schnallte mich an.

Frank brachte Nana Jo und mich nach Hause. Dawson fuhr bei Zaq mit.

Später kam Detective Pitt in die Buchhandlung, um meine Aussage aufzunehmen. Wir waren oben in meiner Wohnung. Snickers und Oreo mussten gespürt haben, dass etwas passiert war, denn sie wichen mir nicht mehr von der Seite. Christopher und Jenna waren zum Taxidienst eingeteilt. Laut Jenna hatte Dorothy sie zur Seniorenwohnanlage bestellt, damit sie die Damen abholten. Christopher hatte zuerst meine Mutter und mit ihr zusammen Jillian von der MISU abgeholt.

Umringt von Freunden und Familie und Detective Stinky Pitt machte ich meine Aussage.

»Er hat gesungen wie ein Vögelchen«, berichtete Pitt. »Er will nämlich nicht nach England ausgeliefert werden.« Er kicherte.

Jenna legte ihr Diktiergerät auf den Tisch. »Also hatten Russell und Melody vor, Dawson zu einer Profikarriere zu drängen, damit sie ihn ausnehmen konnten. Ist das richtig?«

Ich nickte. »Melody hoffte wohl, dass Dawson sie heiratet, damit sie ihn fest im Griff hat.«

Dawson schüttelte den Kopf. »Mein Dad wusste davon. Er dachte, er könnte auch was von meinem Geld abkriegen.«

»Aber Dawson hat mit ihr Schluss gemacht«, fügte ich hinzu. »Russell sagte, dass sie einen anderen datet.«

»Und dieser andere war Professor Quin«, konstatierte Emma.

Nana Jo schnaubte. »Professor? Dass ich nicht lache!«

»Er war der andere Nutznießer dieses Hilfsprogramms, von dem Dorothy berichtet hat«, sagte ich.

»Wenn er kein Professor war, was war er dann?«, fragte Emma.

Ich deutete zu Frank.

»Er war ein Trickbetrüger«, antwortete er. »Ein Freund von mir war mal bei Scotland Yard. Der hat mir die Information gegeben.« Er wich meinem Blick aus, und ich glaubte zu sehen, dass seine Ohren ein wenig röter waren als sonst.

»Also war er genau wie Melody und landete mit ihr an derselben Uni. Wie praktisch«, brummte Detective Pitt.

»Tja, nur wenige Unis waren bereit, sie aufzunehmen. Ich denke, wenn man der Sache nachgeht, wird man feststellen, dass Harley Quin ursprünglich zu einer anderen Universität geschickt wurde. Er hat wohl schon mit Melody in Kontakt gestanden, die ihm erzählte, dass an der MISU gute Beute zu machen war, also kam er hierher. Er dürfte von den Gerüchten über House of David gehört haben und hat sich eine passende Identität zugelegt.« Ich sah in die Runde. »Deshalb hat sich Melody nicht die Mühe gemacht, an Kursen teilzunehmen. Sie wusste, dass Harley ihr gute Noten geben würde und dass sie nur so lange zu bleiben brauchte, bis sie sich einen Sportler mit fantastischem Erwerbspotenzial geangelt hätte.« Ich sah zu Nana Jo.

»Aber was wurde aus dem wirklichen Professor Quin?«, hakte Emma nach. »Oder gab es den nie?«

»Den hat er erfunden und der Universität etwas vorgemacht. Du wärst überrascht, wie oft bei der Überprüfung der Referenzen geschludert wird.«

»Gut, dass er den Namen schon mal benutzt hat, sonst hätte ich über ihn womöglich nichts herausgefunden«, sagte Frank.

»Dank Irma haben wir erfahren, dass Russell von einem anderen Lover wusste.« Ich drehte mich zu ihr. »Das haben Sie bei der Trauerfeier aus ihm rausgeholt.«

Irma lächelte breit und bekam einen Hustenanfall.

»Da spitzte sich alles zu, und das haben wir Jillian zu verdanken.«

Die junge Frau schaute erschrocken. »Mir?«

»Wenn du die Trauerfeier nicht organisiert hättest, hätte Quin nicht erfahren, dass A-Quadrat noch lebte und auf der Intensivstation lag.«

Sie lächelte.

»Aber dadurch konnte Harley Quin noch mal einen Mordversuch unternehmen«, erwiderte Dawson.

»Ja, doch dadurch geriet er in die Falle. Wenn Stin… äh … Detective Pitt mich nicht gefragt hätte, wem ich davon erzählt habe, wäre ich vielleicht nicht darauf gekommen. Wir waren auf Russell fixiert, aber jemand anderes musste den Zettel an die Windschutzscheibe geheftet haben.«

»Das hätte er auch vortäuschen können.« Detective Pitt sah mich herablassend an. »Ein Profi-Ermittler bedenkt diese Möglichkeit.«

Nana Jo brummte. »Ein Profi-Ermittler hat den falschen Mann festgenommen.«

Ich beschloss, Detective Pitt zu ignorieren. »An Quins Geschichte hat mich die ganze Zeit etwas gestört, und ich bin nicht drauf gekommen, obwohl er sich gerade bei mir damit hätte verraten müssen.«

»Was war es?« Pitt starrte mich an.

»Er behauptete, aus Deering Vale zu stammen.«

Pitt schaute verwirrt. »Na und?«

»Deering Vale ist eine fiktive Kleinstadt in einer Geschichtensammlung von Agatha Christie. Nana Jo fragte Quin bei der Trauerfeier, wo er in England gelebt hat, und er gab diesen Ort an.«

Nana Jo grinste. »Er hielt sich für schlau. Ich wusste gleich, dass ich den Namen mal in einem Roman gesehen hatte. Darum habe ich angefangen, die Agatha-Christie-Bände noch einmal durchzugehen. Da bin ich drauf gestoßen. Der blöde Hund.«

Frank schüttelte den Kopf. »Das war ziemlich dumm. Bei zwei leidenschaftlichen Krimileserinnen hätte er sich besser einen anderen Namen ausgedacht.«

»Nun ja, hätte er St. Mary Mead gewählt, hätte ich sofort geschaltet. Doch er hat einen Namen aus den Geschichten mit Harley Quin genommen, die nicht so bekannt sind wie die mit Hercule Poirot oder Miss Marple.«

»Außer bei Leuten, die eine Krimibuchhandlung betreiben«, warfen meine Neffen ein.

»Der Name kam mir gleich bekannt vor, aber es hat eine Weile gedauert, bis es mir eingefallen ist«, sagte Nana Jo.

»Warum hat er Emmas Laptop gestohlen?«, fragte Zaq.

»Das kann ich beantworten«, meinte Detective Pitt. »Er wollte herausfinden, wie viel Sie wissen.« Er deutete mit dem Kinn auf mich. »Er dachte, die Studentin hätte sich Notizen gemacht.«

Wir unterhielten uns noch stundenlang, nachdem Pitt gegangen war, doch irgendwann konnte ich die Augen kaum noch offen halten.

Als ich aufwachte, roch es nach gebratenem Speck und Kaffee. Nana Jo streckte den Kopf ins Schlafzimmer, um nach mir zu sehen. Ich vermutete, dass sie das mehrmals während der Nacht getan hatte, denn wann immer ich mich umdrehte, war ich bis zum Kinn zugedeckt, und Oreo hatte mich auch nicht geweckt, damit ich ihn in den Garten ließ. Ich richtete mich auf und sah die Pudel nirgendwo liegen.

»Ich habe sie Dawson mitgegeben, damit du in Ruhe ausschlafen kannst.« Nana Jo zog die Vorhänge auf. »Kannst du schon ein Frühstück vertragen?«

»Definitiv.«

Ich fühlte mich steif und wund, und an der Stirn hatte ich einen hässlichen rotvioletten Bluterguss. Davon abgesehen ging es mir ziemlich gut. Obwohl ich einen gesunden Appetit bewies und versicherte, ich sei arbeitsfähig, wollte Nana Jo nichts davon hören. Sie werde sich um die Buchhandlung kümmern, erklärte sie, und die Damen würden ihr dabei helfen. Der Gedanke, dass Irma meine männlichen Kunden anmachte, jagte mir einen Moment lang Angst ein, doch dann dachte ich, mein Geschäft und die Krimi lesenden Herren von North Harbor würden einen Tag mit Irma überleben.

Nach dem Frühstück legte ich mich wieder hin und versuchte zu schlafen, aber das war hoffnungslos, und darum wandte ich mich meinem eigenen Krimi zu.

»Das ist Manipulation. Bin reingelegt worden. Jestem wrobiony …*«*

Józef Lipski ging in seinem Zimmer auf und ab und beteuerte mal auf Englisch, mal auf Polnisch seine Unschuld. Weder James noch Victor sprachen Polnisch, doch den Kern des Wortschwalls verstanden sie.

»Mr Lipski, niemand beschuldigt Sie des Mordes. Jedoch müssen wir Sie einiges fragen«, sagte James.

»Fragen, Fragen. Engländer fragen immerzu.« Sein Akzent wurde stärker, je mehr er sich aufregte, und machte es Victor und James schwerer, ihn zu verstehen.

»Haben Sie schon vorher jemandem von Ihrem Kakao erzählt?«, wollte James wissen.

»Natürlich. Ich spreche darüber. Ich sage allen, dass polnischer Kakao der beste ist.« Er reckte wieder stolz den Kopf. »Ist auch wahr.«

»Dessen bin ich mir sicher«, erwiderte Victor ruhig und schaute durch das Zimmer.

James versuchte es weiter. »Haben Sie die Blechdose auch jemandem gezeigt?«

»Gezeigt? Ich habe davon gesprochen, sie aber nicht gezeigt.«

James rieb sich den Nacken. »Die Polizei wird das Pulver prüfen müssen.«

Lipski hielt inne. »Gut. Gut. Soll sie prüfen.« Er übergab James die Dose. »Das wird meine Unschuld beweisen.«

»Fällt Ihnen jemand ein, der Ihnen übelwill?«, hakte Victor nach.

»Mir?« Lipski sah ihn mit großen Augen an. »Sie denken, das Gift war für mich bestimmt?«

»Wäre möglich.«

Lipski war einige Augenblicke lang still. Er ging zu seinem Bett, hob die Matratze an und zog einen Zettel hervor, den er James gab. »Lesen Sie.«

James faltete das Stück Papier auseinander und las. Er blickte den Polen an, las es noch einmal und gab es an Victor weiter.

Victor überflog das Geschriebene und schaute James an.

»Wann haben Sie den bekommen?«, fragte James.

Lipski ging zur Tür und zeigte auf den Boden. »Da lag er. An dem Tag, als die Französin erschossen wurde.«

»Kommen Sie zu dem Gehölz am Moor. W.«, las James laut vor. »Haben Sie die Zofe dort getroffen?«

»Nein.« Lipski ging wieder auf und ab. »Ich habe mit der Amerikanerin geschossen.« Er blieb stehen und drehte sich zu James und Victor. »Wir haben die Jagdgesellschaft verlassen. Aber sie blieb mit dem Bein im Morast stecken.« Er zog an seinem Bein. »Ich zog und zog, doch … das Bein kam nicht heraus. Sie hat es abgeschnallt. Erst dann konnte ich es herausziehen.«

James' Lippen zuckten, während Lipski ihnen vormachte, was sich abgespielt hatte.

»Sie haben also die Prothese aus dem Morast gezogen. Was haben Sie dann getan? Sind Sie ins Moor gegangen?«

Er schüttelte energisch den Kopf. »Nein. Ich half der Amerikanerin nach Hause.« Er hüpfte auf einem Bein. »Ich habe ihr geholfen. Ich war nicht im Moor. Ich habe mich mit niemandem getroffen. Erst später wurde die Frau erschossen.«

»Warum haben Sie die Nachricht nicht erwähnt?«, erkundigte sich Victor.

Lipski zuckte mit den Schultern. »Sie ist tot. Daher weiß ich, dass es ein falsches Spiel ist. Jestem wrobiony …«

Victor gesellte sich zu den Marshs in Lord Williams Schlafzimmer.

»Was hat so lange gedauert?«, fragte Penelope. »Und wo ist James?«

»Unterwegs wurden wir von Thompkins aufgehalten. James wurde am Telefon verlangt.«

Im nächsten Moment platzten James und Detective Inspector Covington herein und schlossen die Tür hinter sich.

»Ich bedaure, die Zeit ist knapp. Ich wurde nach London gerufen. Ich hoffe, ich habe mir nicht zu viel angemaßt, aber ich habe Detective Inspector Covington hergebeten. Ich denke, es wird schneller gehen, wenn wir ihn einbeziehen.«

»Wie konnten Sie so rasch hier sein?«, wollte Lady Penelope wissen.

»Ich habe angerufen, gleich nachdem Brasseur vergiftet wurde«, erklärte James.

Victor lächelte Covington an. »Wie steht's mit den Wilderern?«

Covington grinste. »Ich bin ihnen dicht auf den Fersen.« Er legte die Finger an die Lippen und stellte sich ans Fenster, wo Daphne saß.

Lady Elizabeth nickte. »Selbstverständlich sind Sie uns willkommen.«

Der Detective dankte lächelnd, nahm sein Notizbuch aus der Jackentasche und setzte sich.

»Was ist passiert?« Daphne blickte James gespannt an.

»Es gab ein Attentat auf einen deutschen Botschaftssekretär in Paris, Ernst Eduard vom Rath.«

»Gütiger Himmel. Wo soll das noch hinführen?«, flüsterte Lady Elizabeth.

James schritt auf und ab. »Ich fürchte, das ist noch nicht alles. Man hat einen siebzehnjährigen Polen als Attentäter verhaftet.«

Die Familie schaute bestürzt.

Lord William stopfte seine Pfeife. »Da stehen wir am Rande eines Krieges, und nun das.«

James nickte. »Genau. Und irgendwie ist in die Week gelangt, dass ein Attentat auf die Herzogin von Windsor fehlgeschlagen ist.

Daphne wurde blass. »Was ist die Week?«

»Ein antifaschistisches Informationsblatt, das von Claud Cockburn herausgegeben wird. Der Leserkreis ist klein, aber …«

»Trotzdem können sich daraus Schwierigkeiten ergeben?«, fragte sie.

James nickte.

»Wenn sich also herumspricht, dass der französische Botschafter von einem polnischen Gesandten vergiftet wurde …«

»… kann das zu einer Katastrophe führen. Deshalb muss ich schleunigst nach London. Ich komme so bald wie möglich zurück.« James eilte hinaus, und die Übrigen saßen ein paar Minuten lang schweigend da.

Schließlich blickte Lady Elizabeth auf. »Nun, am besten gehen wir an die Arbeit.«

Sie berichteten Covington, was sie bisher herausgefunden hatten, und gaben auch das Gespräch mit Lipski wieder.

»Demnach kann Józef Lipski die Zofe nicht ermordet haben«, sagte Penelope. »Wenn er mit Virginia Hall zusammen war, hat er ein Alibi. Hat jemand bei ihr nachgefragt?«

Victor nickte. »Gleich nachdem wir Lipski allein gelassen hatten, sind wir zu ihr gegangen. Sie hat seine Behauptungen bestätigt.«

»Glaubst du ihr?«, vergewisserte sich Daphne.

»Ja. Sie war sehr glaubwürdig. James und ich sind uns darin einig.«

»Er kann auch den Kakao nicht vergiftet haben«, bemerkte Lady Elizabeth.

»Wirklich? Wie kommen Sie darauf?«, fragte Covington.

»Ich habe mit Mrs Anderson gesprochen.«

»Wer ist das?«

»Unsere Köchin. Ich musste ein wenig insistieren, aber schließlich hat sie gestanden, dass sie neugierig auf den polnischen Kakao war. Sie hat deshalb auch eine Tasse für sich und ihre Tochter Agnes gekocht.«

»Also, so etwas!«, murmelte Lord William.

»Ja. Sie sagt, er schmeckte genauso wie der gute alte englische Kakao, und ihr und ihrer Tochter geht es gut.«

Covington rückte bis zur Sitzkante vor. »Das ist ein Beweis.«

Lady Elizabeth nickte. »Das bedeutet, dass das Gift nicht im Kakaopulver war.«

Lord William sah sie groß an. »Aber wie kann das sein? Wenn das Gift nicht im Kakao war, wie wurde der verflixte Kerl dann vergiftet?«

»Das Gift muss in die Tasse gegeben worden sein«, schloss Lady Elizabeth.

»Das ist noch nicht das Schlimmste«, bemerkte Daphne.

Penelope blieb stehen und sah ihre Schwester an. »Was meinst du?«

»Wenn wir Thompkins oder Mrs Anderson nicht unterstellen wollen, dass sie das Gift in die Tasse gegeben haben, dann muss es jemand im Salon getan haben.«

Penelope wurde blass. »Du meinst, einer von uns.«

»Ganz recht«, erklärte ihre Tante.

Covington notierte sich hastig einiges. »Sie machen das sehr gut, sehr gründlich.«

Es klopfte zaghaft an der Tür.

»Herein«, rief Lady Elizabeth.

Thompkins betrat das Zimmer, schloss die Tür und wartete.

»Ausgezeichnet, Thompkins. Sie haben Ihre Aufgabe erledigt?«

Der Butler räusperte sich leise. »Ja, Mylady.«

»Ich hatte ihn gebeten, hierherzukommen und uns das Ergebnis der Durchsuchung mitzuteilen.«

Covington schaute verwirrt. »Verzeihung, sagten Sie ›Durchsuchung‹?«

Lady Elizabeth bestätigte das. »Wir mussten herausfinden, ob jemand von den Gästen eine Schusswaffe besitzt, da der Mord mit keinem unserer Jagdgewehre begangen wurde.«

Covington blickte sie ehrfürchtig an. »Wirklich? Wie haben Sie es erreicht, dass die Leute der Durchsuchung zustimmten?«

Lady Elizabeth lächelte. »Ich habe nicht um Erlaubnis gefragt.«

Thompkins schien ein gewisses Unbehagen zu verspüren, doch er straffte die Schultern noch mehr als ohnehin schon und hielt den Kopf noch ein wenig höher. »Wie von Ihrer Ladyschaft befohlen, habe ich die Hausmädchen Flossie, Millie und Gladys gefragt. Nur Millie konnte sich erinnern, eine Schusswaffe gesehen zu haben, und zwar bei Graf Rudolph, aber seitdem ist sie ihr nicht mehr vor die Augen gekommen. Unter meiner Aufsicht haben sie das Zimmer durchsucht und keine Schusswaffe gefunden.«

Lady Elizabeth seufzte. »Das hatte ich befürchtet.« Sie lächelte ihren Butler an. »Gut gemacht, Thompkins. Bitte richten Sie dem Personal meinen Dank aus.«

Thompkins nickte. »Ja, Mylady.« Er wirkte einige Augenblicke hin- und hergerissen.

»Gibt es noch etwas?«

Er räusperte sich. »Nur eines … Ich zögere, es anzusprechen, doch Sie hatten mich angewiesen, alles Ungewöhnliche zu melden.«

»Ganz recht.«

Alle blickten den Butler an.

»Millie fand das im Papierkorb der Herzogin von Windsor.« Er hielt ein zum Trichter geformtes Papierchen hoch. Alle starrten darauf, aber Detective Inspector Covington sprang sofort auf und eilte zu Thompkins.

Er nahm den Papiertrichter mit zwei Fingerspitzen und stieß einen leisen Pfiff aus. »Den werde ich untersuchen lassen.« Er schlug ihn in ein Taschentuch ein und steckte ihn in die Tasche.

Thompkins nickte. »Ich glaube, Ihre Gnaden befindet sich im Salon bei den übrigen Gästen.«

Lady Elizabeth schaute nachdenklich vor sich hin.

»Den Gesichtsausdruck kenne ich.« Ihr Gatte richtete sich auf und schaute sie an. »Du hast das Rätsel gelöst.«

Alle Blicke richteten sich auf Lady Elizabeth, die noch nachdachte. Schließlich blickte sie in die Runde und bemerkte die erwartungsvollen Mienen. »Verzeihung, hast du etwas gesagt, mein Lieber?«

»Du hast erkannt, wer der Mörder ist, nicht wahr?« Penelope ging zu ihrer Tante. »Sag es uns.«

»Ja, ich glaube, ich kenne jetzt den Täter.« Lady Elizabeth nickte.

Der Detective Inspector stand reglos da, sah sie jedoch gespannt an.

»Ich fürchte, ich war entsetzlich schwer von Begriff«, meinte sie. »Ich hätte das viel eher erkennen müssen. Daphne bemerkte unlängst, wie inszeniert ihr der Mordfall vorkommt. Da hätte mir ein Licht aufgehen müssen. Vielleicht wäre der arme Mann dann noch am Leben. Aber nun, wenigstens können wir ihm Gerechtigkeit verschaffen.«

»Wer ist der Täter?«, fragte Covington.

»Graf Rudolph natürlich. Er war vor dem Weltkrieg Schauspieler. Er hat sogar in einem grauenvollen Propagandafilm mitgespielt, der für die Sterilisation von geistig Behinderten und Menschen mit Erbkrankheiten plädiert.« Sie schauderte. »Er hat den Mord wie eine Inszenierung geplant. Die Kulisse: ein herrschaftliches Anwesen in England, wo die Herzogin von einem polnischen Gesandten erschossen wird.«

Penelope runzelte die Stirn. »Aber die Herzogin lebt noch.«

»Meiner Ansicht nach hat der Graf ihr während der Nacht, als sie miteinander sprachen, den Zettel in die Jackentasche ihres Reitkostüms gesteckt. Er konnte nicht ahnen, dass die Zofe es tragen würde.«

»Und Rebecca fand ihn und glaubte, die Herzogin wolle sich mit ihr treffen«, schloss Penelope.

Victor schüttelte den Kopf. »Doch Lipski hat ein wasserdichtes Alibi. Niemand kann ihm den Mord anlasten.«

Lady Elizabeth nickte. »Das wusste Graf Rudolph aber nicht. Virginia Hall spricht offen und ungezwungen über ihr Holzbein, sie scherzt darüber und nennt es Cuthbert. Dennoch meine ich, es war ihr peinlich, dass sie damit im Morast stecken blieb. Weder sie noch Lipski haben das vor jemandem erwähnt.«

»Aber wie konnte der Graf Rebecca töten? Hätte man ihn beim Fasanenschießen nicht vermisst?«, fragte Penelope.

Lord William errötete. »Er war mit Brasseur und Wallis zusammen. Ich nehme an, da war es für einen Gentleman ein Leichtes, sich … kurz zu entschuldigen und davonzustehlen.«

Daphne starrte ihren Onkel an. »Davonzustehlen?«

Der wand sich verlegen.

Penelope lächelte. »Du meinst, um sich zu erleichtern?«

Ihr Onkel zog errötend an seiner Pfeife.

»Das hätte einer der beiden doch sicher erwähnt«, gab Daphne zu bedenken.

»Zunächst dürften sie es für unwichtig gehalten haben«, sagte Victor. »Doch später, nachdem sie Zeit zum Nachdenken gehabt hatten, könnte es ihnen verdächtig erschienen sein. Wahrscheinlich wurde Brasseur aus diesem Grund getötet.«

Lady Elizabeth nickte. »Das nehme ich auch an.«

»Das hätte die Herzogin aber doch erwähnt«, meinte Daphne.

Ihre Tante seufzte. »Vielleicht. Sie befand sich jedoch selbst in einer misslichen Lage. Erinnert euch, sie wurde gesehen, als sie das Zimmer des Grafen verließ. Sie wird von den Briten zurzeit nicht besonders geschätzt. Daher muss sie negative Presse unbedingt vermeiden.«

»Wo ist der Graf jetzt?«, fragte Covington.

»Soweit ich weiß, hält er sich im Salon auf«, sagte Thompkins.

Covington rief einen Constable zu sich und ging mit ihm zum Salon, um den Grafen zu stellen. Victor begleitete sie.

Graf Rudolph blickte auf, als die Polizisten den Raum betraten. In seinen Augen blitzte Begreifen auf, rasch gefolgt von Panik. Ehe die Polizisten reagieren konnten, rannte der Graf zur Tür, stieß die Männer zur Seite, schloss die Tür hinter sich und verriegelte sie.

Nachdem Covington wieder auf die Beine gelangt war, rüttelte er am Türknauf, aber vergebens.

Er warf sich mit aller Kraft dagegen, doch die schwere Eichentür gab nicht nach.

Victor sah sich nach einem Ausweg um. »Schnell, die bodentiefen Fenster.«

Sie entriegelten die Fenstertüren und hasteten nach draußen.

Dort teilten sie sich auf. Covington und Victor liefen nach rechts, der Constable nach links.

An der Rückseite des Hauses angekommen, entdeckte Victor den Grafen, der auf die Garage zuhielt. »Da drüben. Er rennt zur Garage.«

Die Diener Jim und Frank trugen für Gladys, die ihnen folgte, soeben einen großen Korb mit Wäsche.

»Haltet ihn!«, schrie Victor.

Die Diener schauten, wohin er zeigte, ließen den Korb fallen und setzten dem Grafen nach.

Frank holte ihn schnell ein, Jim war nur zwei Sekunden hinter ihm. Als sie ihn erreichten, schlangen sie die Arme um ihn und warfen ihn zu Boden wie Rugbyspieler einen Ballträger.

Der Graf wehrte sich, erkannte aber rasch, dass es vergeblich war. Detective Inspector Covington stieß zu ihnen und nahm den Dienern ihre Beute ab. »Gut gemacht!«

Frank und Jim sahen Victor an, der ihnen anerkennend zunickte.

Die Herzogin von Windsor war ungeheuer aufgebracht, als sie von ihrer Gastgeberin erfuhr, was Graf Rudolph getan hatte. Sie reiste sofort ab und kehrte nach Fort Belvedere zurück, ungeachtet der rückständigen Haustechnik.

Der polnische Gesandte wurde per Telegramm nach Polen zurückgerufen. Der Anschlag auf den deutschen Botschaftssekretär und die Befürchtung, dass die Gewalt eskalieren könnte, wurden als Grund angegeben. Lipski bedankte sich überschwänglich bei den Marshs und reiste ab.

Lord und Lady Chitterly gestalteten ihre Abreise diskret.

Fordham-Baker verließ das Haus als Nächster.

Lady Elizabeth wartete im Flur, um ihm Lebewohl zu sagen.

»Vielen Dank für die wunderbare Gastfreundschaft«, erklärte er.

Sie lächelte. »Ich habe Ihnen ebenfalls zu danken, oder?«

Er sah sie überrascht an. »Mir, Mylady? Ich weiß nicht, was Sie meinen.«

»Ich denke, doch.« Sie schmunzelte. »Sie waren ganz gewiss nicht so … indisponiert, wie es schien. Ich vermute außerdem, dass Sie es waren, der Claud Cockburn informierte.«

Er riss die Augen auf. »Ich weiß nicht …« Er kicherte. »Was hat mich verraten?«

»Sie haben Ihre Rolle überzeugend gespielt«, räumte Lady Elizabeth lächelnd ein. »Deshalb waren wir um Ihre Gesundheit besorgt, und ich habe meinen Butler angewiesen, den Scotch zu verdünnen. Der schien jedoch dieselbe Wirkung zu haben wie der unverdünnte.«

»Das hätte ich mir denken können.« Er lachte. »Ich nehme alles zurück, was ich über die Qualität Ihres Kellers gedacht habe.« Er lachte, bis ihm Tränen kamen. »Meiner Erfahrung nach sind Leute in Gegenwart eines Journalisten wortkarg, es sei denn, er ist betrunken. Dann reden sie frei von der Leber weg, Sie wären überrascht.«

Lady Elizabeth wünschte ihm eine gute Heimfahrt.

Virginia Hall suchte vor ihrer Abreise Lady Daphne auf. Sie fand sie in der Bibliothek am Fenster sitzend.

Daphne blickte auf. »Sie reisen ab? Nun, es hat mich gefreut, Sie kennenzulernen«, sagte sie höflich.

Virginia Hall lächelte. »Die britischen Ladys sind so kultivierte Lügnerinnen. Sie haben sich über meine Anwesenheit keineswegs gefreut, Lady Daphne.«

Daphne schaute bestürzt. »Ich weiß nicht, was Sie meinen.«

»Bitte regen Sie sich nicht auf, meine Liebe. Das ist nicht Ihre Schuld, und ich mache Ihnen nicht den geringsten Vorwurf.« Sie setzte sich auf die Fensterbank neben sie. »Schuld hat nur Ihr stattlicher Verehrer.«

Daphne wurde rot und blickte zu Boden. »Ich weiß nicht, wovon Sie sprechen.«

»Doch, durchaus. Ich spreche von Lord James Fitzandrew Browning.« Virginia schaute sich rasch um. »Ich habe James geraten, reinen Tisch zu machen und Ihnen alles zu erklären, aber er wollte nicht hören.«

Daphne stand abrupt auf. »Ich weiß wirklich nicht, worum es geht, doch ich denke nicht, dass ich mir das anhören möchte.« Sie drehte sich um und ging Richtung Tür.

»Zwischen James und mir ist gar nichts«, erklärte Virginia.

Daphne blieb stehen. »Wie bitte?«

Virginia stand auf und trat zu ihr. »Hören Sie. Er hätte es Ihnen selbst sagen sollen, aber er versteifte sich darauf, dass Sie ihm vertrauen müssen.« Sie schnaubte. »Männer! Sie sind unmöglich.« Sie zog ein Kärtchen aus ihrer Handtasche und zeigte es Daphne. »Ich arbeite für den amerikanischen Geheimdienst. Ich wurde hergeschickt, um ein Auge auf Lipski zu halten. Der Präsident glaubte, die Deutschen könnten etwas gegen ihn geplant haben, und anscheinend hatte er recht.«

»Sie sind eine Spionin?«

Virginia Hall nickte. »Ziemlich gute Tarnung, wie? Wer käme auf die Idee, eine einbeinige Frau könnte Spionage betreiben?« Sie klopfte sich an ihr versehrtes Bein.

»Sie kommen tatsächlich damit zurecht?«

»Ja. Cuthbert ist ein guter Gefährte.« Sie steckte ihr Kärtchen wieder ein und blickte Daphne an. »James hat wirklich eine Menge für Sie übrig.«

Daphne schüttelte den Kopf. »Wenn das so ist, warum sagt er mir nicht die Wahrheit?«

»Weil ich dumm gewesen bin«, antwortete James von der Tür her.

Beim Klang seiner Stimme drehte sich Daphne um.

Virginia Hall nahm sie in den Arm und raunte ihr zu: »Ich denke, wir beide könnten sehr gute Freundinnen werden. Ich hoffe darauf.«

Daphne erwiderte die Umarmung. »Danke«, flüsterte sie.

Virginia nickte James beim Hinausgehen zu.

Daphne kehrte zu ihrem Fensterplatz zurück, und James ging ihr nach.

»Es tut mir schrecklich leid, Darling. Ich hätte dir gleich zu Anfang sagen sollen, wie es sich verhielt.«

»Nein, mir tut es leid. Ich war … eifersüchtig.« Sie lachte. »Ein ganz neues Gefühl für mich. Ich glaube nicht, dass ich das jemals zuvor empfunden habe.«

James nahm ihre Hand. »Dazu hast du keinen Grund. Mein Herz gehört voll und ganz dir.« Er sah ihr in die Augen. »Ich liebe dich.«

»Ich liebe dich auch«, antwortete Daphne leise.

Er zog sie an sich und küsste sie leidenschaftlich und gründlich. Daphne hätte nicht sagen können, ob der Kuss Sekunden oder Stunden dauerte.

Als sie sich voneinander lösten, sagte er leise: »Darling, ich werde offiziell um deine Hand anhalten, doch vorher möchte ich dich um einen Gefallen bitten.«

Daphne schmiegte sich an ihn wie ein Kätzchen. »Alles, was du willst.«

»Ich möchte dich meiner Mutter vorstellen.«

Daphne lächelte. »Nichts lieber als das.«

Lady Daphne ahnte nicht, wie sehr sie die Antwort bereuen würde.

»Hmmm. Vielleicht ist die Vorausdeutung an dieser Stelle zu viel«, sagte ich laut, obwohl niemand bei mir war.

Ich entschied, den Satz zu löschen, und las die letzten zwei Zeilen laut.

»Ich möchte dich meiner Mutter vorstellen.«

Daphne lächelte. »Nichts lieber als das.«

ENDE

23

Donnerstags traf sich der Buchklub der »Schnüfflersenioren«. Und nur deshalb ging ich nach unten. Der Bluterguss an meiner Stirn war inzwischen dunkelviolett, und es sah aus, als bekäme ich ein blaues Auge. Doch nach einem Tag in meinem Schlafzimmer hielt ich es allein mit mir selbst nicht mehr aus.

Dawson hatte den ganzen Tag gebacken. Morgen würde er an die Uni zurückkehren und wieder ins Footballteam aufgenommen werden. Er hatte meinetwegen einen Karottenkuchen mit Frischkäseguss gebacken. Er war köstlich, und ich aß unvernünftig viel davon, genoss aber jeden Bissen.

»Haben sich die Damen schon geeinigt, welches Buch als Nächstes gelesen wird?«

»Wir haben uns für Raymond Chandlers *Der große Schlaf* entschieden«, sagte Dorothy.

»Der ist gut«, fügte Nana Jo hinzu.

»Kommt darin eigentlich auch Sex vor?«, fragte Irma.

Ich versuchte, mich zu erinnern. »Es ist eine Weile her, seit ich das Buch gelesen habe, doch ich glaube, nicht.«

Irma schaute enttäuscht.

»Aber ich habe etwas für Sie.« Ich ging ins Büro und holte drei Bücher, die ich ihr hinlegte. »Die habe ich für Sie bestellt.«

Sie blätterte darin. Es waren Romane von Brenda Jackson.

»Es sind eigentlich Liebesromane, aber es gibt eine Krimi-Nebenhandlung. Ich dachte, die könnten Ihnen gefallen.«

Irma hustete und umarmte mich. »Danke, Sam. Ich kann es kaum erwarten, sie zu lesen.«

Frank Patterson kam mit einer Flasche Champagner herein, hinter ihm Dawson mit einem Tablett voller Gläser. Nana Jo trat zu mir. Sie hielt einen rätselhaften Umschlag in der Hand und lächelte eigentümlich. »Sam, ich habe eine Überraschung für dich.«

Ich überlegte, was das sein könnte, und blickte die Damen der Reihe nach an. Sie wirkten gleichzeitig glücklich und nervös.

Nana Jo holte tief Luft. »Wir wissen, dass du deinen Roman sehr vertraulich behandelst und eigentlich niemanden lesen lassen willst. Wir durften ihn lesen und finden ihn alle wunderbar.«

Ich spürte, dass mir Hitze ins Gesicht schoss. Es war mir schwergefallen, mein Manuskript aus der Hand zu geben, aber die Damen hatten sich nur lobend geäußert. Allerdings waren sie mir wohlgesinnt und würden niemals etwas sagen oder tun, was mich kränken könnte.

»Josephine, hör auf, um den heißen Brei herumzureden«, meinte Dorothy. »Erzähl es dem Mädchen endlich.«

Ich blickte von einer zur anderen. »Mir was erzählen?«

Nana Jo zögerte. »Du weißt, Ruby Mae hat einen Cousin, dessen Tochter in New York als Literaturagentin arbeitet.«

Plötzlich spürte ich ein großes Gewicht in der Magengrube. »Ja.«

»Nun, wir haben ihr dein Manuskript geschickt, und sie ist davon begeistert.«

»Ihr habt *was?*« Mir wurde schwindlig und übel.

Nana Jo schaute bestürzt. »Wir … ich wollte helfen.«

Ich senkte den Kopf zwischen die Knie und schwieg für ein paar Augenblicke. Im Raum war es totenstill.

Als ich meinte, mich aufrichten zu können, ohne dass mir wieder schlecht werden würde, tat ich es. Mir strömten Tränen übers Gesicht.

Nana Jo setzte sich hastig neben mich. »Es tut mir ungeheuer leid, Sam.« Sie legte tröstend die Arme um mich. »Ich hätte das bestimmt nicht getan, wenn ich geahnt hätte, dass es dich so sehr aufregt.«

Ich löste mich und stand auf. »Aufregt?« Ich starrte sie an.

Sie wirkte enttäuscht und zerknirscht, die anderen Damen machten beschämte Gesichter.

Ich atmete tief durch und fasste mich. Dann warf ich die Arme um meine Großmutter. »Ich danke dir!«

Nana Jo schob mich von sich, damit sie mir ins Gesicht sehen konnte. Sowie sie sicher war, dass es mir gut ging, zog sie mich an sich und drückte mich fest.

Irma nahm einen Schluck aus ihrem Flachmann. »Herr im Himmel, einen Moment lang war ich zu Tode erschrocken!«

Dorothy und Ruby Mae kamen und umarmten mich. Frank ließ den Korken knallen und schenkte Champagner ein.

»Ich war bloß geschockt. Das tut mir leid. Ich kann es gar nicht glauben.« Ich starrte auf den Brief, den Nana Jo mir gegeben hatte.

»Solltest du aber.« Sie strahlte mich an. »Und ich habe noch eine Überraschung für dich.«

»Ich weiß nicht, ob ich eine weitere verkraften kann.«

»Ich habe mich entschieden, wie ich meinen Anteil von dem Casino-Gewinn verwenden möchte.« Sie zog einen zweiten Umschlag aus der Hosentasche und gab ihn mir.

Ich öffnete ihn. Darin fand ich Prospekte für eine Reise nach England. Mit Tränen in den Augen sah ich meine Großmutter an. »Wirklich?«

»Ich dachte, das nützt dir bei der Recherche … für deinen nächsten Roman.«

Ich war sprachlos. Meine Tränen strömten von Neuem. Ich drückte sie noch einmal. »Ich danke dir.«

»Du hast es verdient.« Nana Jo tupfte sich selbst ein Tränchen ab und trank einen Schluck aus dem Glas, das Dawson ihr reichte. »Das muss gefeiert werden!«

Danksagung

Besonderer Dank gilt meiner Agentin Dawn Dowdle bei Blue Ridge Literary; Mary Lasher, weil sie meine Pelzbabys so gut eingefangen und solch ein großartiges Titelbild angefertigt hat; Kristen Lepionka für die Antwort auf meinen Notruf, ihren großartigen Promo-Support und ihre Grafiken für die Social Media; und dem wunderbaren Personal bei Kensington Publishing, John Scognamiglio, Paula Reedy und Michelle Addo.

Ich danke Anthony Cameron (alias Trooper Tony) und Eric Haskin für die Beantwortung meiner Fragen zu polizeilichem Vorgehen, Dave »Moose« Mitchell (alias Missouri Man), weil ich Sie über Regeln und Bestimmungen des College-Footballs ausquetschen durfte, und Chris Siriano für Unterstützung beim House of David. Besonderer Dank gebührt meiner Freundin Cassandra Morgan, die Mitleid mit mir hatte und mir erlaubte, von ihrer Social-Media-Expertise zu profitieren.

Ich freue mich über all die Unterstützung, die ich von '17 Scribes und Mit-Einhorn Kellye Garrett erhalten habe. Ich danke meinem SHU Tribe (Juni 2012), insbesondere Jessica Barlow, Lana Ayres und Michelle Lane. Mit meinem fantastischen Trainingsteam (Deborah Hughes, Grace Dixon, Jamie Medlin und Tena Elkins) bin ich so unglaublich gesegnet. Vielen Dank für eure Hilfe, meine Tage einfacher zu machen, damit ich in den Nächten meinen Traum verfolgen kann. Ihr seid die Größten!

Mein Traum, ein Buch zu schreiben und veröffentlicht zu werden, wäre niemals verwirklicht worden ohne die Liebe und Unterstützung von Freunden, Familie und wirklich guten Freunden, die meine Familie geworden sind. Dazu gehören mein Vater, Benjamin Burns; meine Schwester, Jacquelyn Rucker; meine Nichte Jillian Rucker und mein Neffe Christopher Rucker; und meine guten Freundinnen Shelitha Mckee und Sophia Muckerson. Ihr wart bei allen Höhen und Tiefen auf dieser Achterbahnfahrt dabei. Danke, dass ihr mir immer den Rücken freigehalten habt.

LETTERS ONLY
8.30am

JULIA CHAPMAN
Rendezvous mit Todesfolge
DIE DALES DETECTIVE AGENTUR
KATE HIGH
Die Katze und die Leiche in der Scheune
EIN FALL FÜR CLARICE BEECH
C. C. BENISON
Tod im Buckingham Palast
IHRE MAJESTÄT ERMITTELT
JOANNE FLUKE
Das Geheimnis der Schokoladenkekse
EIN FALL FÜR HANNAH SWENSEN
HELEN COX
Mord am Münster

Lesejury